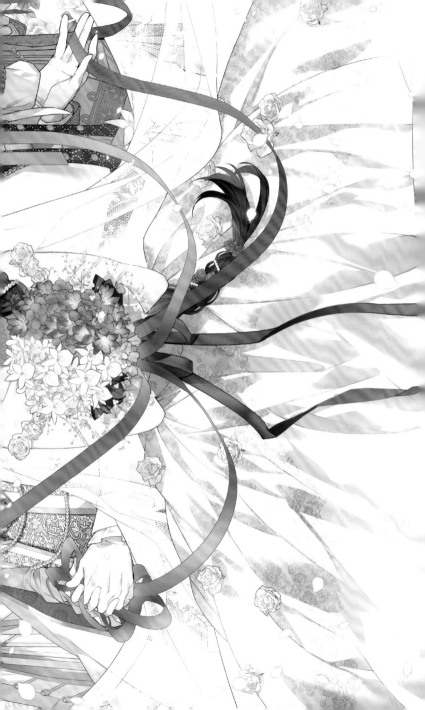

contents

차례

일러스트 하치피스☆왕 디자인 AFTERGLOW

미스티아 아렌

주인공. 전통 있는 아렌 백작가의 영애. 전생의 기억을 떠올려 자신이 여성향 게임 [두근두근 러브 스쿨]의 세계 속 악역 영애 캐릭터라는 것을 알게 된다. 일가족과 사용인들이 뿔뿔이 흩어지고 투옥, 사형당하는 데드 엔딩을 피하고자 분투 중. 전속 메이드인 멜로와 사이가 좋다.

레이드 녹터

미스티아의 약혼자. 신사적인 성격으로 공부, 체술, 예술 모든 분야에 우수한 왕자님 캐릭터. '미스티아가 웃는 모습을 보고 싶어, 친하게 지내고 싶어'라고 생각하지만 공포심을 유발해 피하게만 만든다. 매우 따함.

에릭 하임

미스티아보다 한 살 연상인 선배로 소꿉친구. 게임 속에서는 거만한 캐릭터라는 설정이었으나 미스티아와 만나 성격이 변해 버렸다. 미스티아의 첫 번째가 되고 싶어서 그녀를 '주인'이라고 부른다. 미스티아의 약혼자인 레이드와 전속 메이드 멜로를 적대시한다. 의존 체질.

로베르토 와이즈

자신에게도 남에게도 엄격하며, 본래 게임 설정으로는 처음부터 미스티아를 싫어하던 동급생 캐릭터. 장래희망은 의사지만 와이즈 가문의 당주 자리를 이어받아야 해서 고민 중이다. 미스티아를 도와주려고 노력 중이다.

제이 시크(제시 선생님)

담임 교사. 미스티아가 어릴 적에 승마를 가르쳤으며 장대한 착각으로 혼자서 나이 차이를 극복한 세기의 사랑을 시작했다. 험한 인상과 말투와는 다르게 순정을 지닌 청년이지만 '미스티아와 행복한 가정을 꾸리고 싶다(내 신부)'라는 생각으로 비뚤어진 첫사랑 중이다. 기적적인 대화 성공률을 자랑한다.

CHARACTER

아렌가의 사용인

멜로

미스티아의 '안전과 행복'을 바라는 전속 메이드. 미스티아의 신변에서 일어나는 일을 모두 책임지며 호위와 가정 교사직도 겸하고 있다. '미스티아 님이 행복하다면 나는 어찌 되든 좋아, 헤어져도 괜찮아.'라고 생각하면서도 속으로는 '계속 함께 있고 싶어.'라는 마음을 품고 있다.

루크

집사. 멋 내기용으로 외알안경을 끼고 가슴팍에 회중시계를 찼다. 저택 내 위험인물로부터 미스티아를 지키고 싶어 한다(자애).

포레스트

정원사. 아렌가의 넓은 경원을 혼자서 관리하는 실력자. 가정 교사도 겸하고 있다. 숭배하는 미스티아의 말투를 특히 좋아한다.

스티브

집사장. 저택의 사용인이 늘어나는 것을 좋아하지 않으며 정기적으로 사용인을 해고하거나 지원자가 채용되지 않도록 한다.

브람

문지기. 원래는 음악가가 되고 싶어 하던 불량배. 미스티아에게 도움을 받아 지금은 음악 교사도 겸하고 있다. 미스티아를 숭배한다.

리자

청소부장. 원래 술집에서 일하던 평민 여성이었다. 남편으로부터 폭력을 당하던 때 미스티아에게 도움을 받았다.

라이아스

요리장. 평소엔 밝고 쾌활하지만 미스티아가 외식하려고 하면 주변에 아무것도 보이지 않는 듯이 허둥댄다.

솔

마부. 더듬거리는 말투와 낯을 가리는 성격 모두 꾸며낸 것으로, 어떻게 하면 미스티아와 가까워질 수 있을지를 항상 생각한다.

랜스데이

전속의. 미스티아가 평소 건강하기 때문에 기본적으로 한가하며, 평소엔 저택 내를 산책하거나 아렌가를 수선하고 그림 교사도 맡고 있다.

토마스

문지기. 미스티아의 생일에 설립된 고아원 출신. 밝고 천진난만하며 바느질을 잘한다.

종 장

미스티아 아렌

악역 영애의 해방

1년 전에 그렇게 두려워했고, 이 시기가 지나면 나는 죽은 목숨일지도 모른다는 불안으로 가득했던 귀족 아카데미 1학년 생활의 마지막, 3월. 그 3월이 지나려 하고 있다.

창가에는 게임 보정으로 인해 한 달 내내 피는 벚꽃이 제 존재를 뽐내고 있었다. 꽃비라고 불러도 과언이 아닐 정도로, 푸른 하늘이 나설 자리가 없을 정도로 꽃잎이 흩날리는 중이다.

"저, 진급 가능할까요……."

흩날리는 벚꽃잎과 맑게 갠 하늘, 그 두 가지의 색을 지닌 이 세계의 유일한 존재──앨리스가 노트를 쥐며 몸을 떨었다.

원작에서 미스티아가 단죄당하는 3학년 졸업 파티, 그리고 그녀가 아카데미에 불을 지르는 날로부터 일주일간. 나는 루키트 님, 피나 선배와 함께 선배의 저택에서 스터디 모임을 가졌다.

3월은 아직 끝나지 않았지만, 공교롭게도 이미 아카데미는 불타버린 상태다.

특히 게임에 등장한 장소는 더 탈 곳도 없을 정도로 참혹하게 변해 버렸다.

이제, 투옥, 사형으로 이어질 만한 일은 일어나지 않는다.

──딜리아는 의외로 네 바로 옆에 있어.

클라우스가 속삭였던 그 말.

딜리아가, 바로 옆에 있다.

그렇다면 어째서 딜리아는 그걸 말하지 않은 걸까.

어째서 조용히 근처에 있던 걸까. 신경 쓰이는 일이 많았다.

"너는 공작가에서 뭘 배운 거야? 어떻게 이 문제의 정답이 마이너스가 되지……? 너 시험 순위는 높았잖아……? 대체 어떻게 된 거야……?"

피나 선배의 방에서 루키트 님이 앨리스의 프린트를 손에 들고 바들바들 떨었다.

프린트는 피나 선배가 만든 문제집으로, 귀족 아카데미 1학년 학습 과정을 총 복습하기 위한 것이었다.

"어어…… 저택에선 예절 레슨을 받고 공부는 자습이었어요!"

앨리스의 활기찬 대답에 루키트 님은 머리를 싸맸다.

"귀족 아카데미 1학년이라는 중요한 시기에 아카데미의 수업이 없으면 이후 학습에 지장이 갈지도 모르니까 나랑 같이 공부하자. 아, 괜찮다면 미스티아 양의 친구도 불러와."

그런 피나 선배의 말로 시작된 오늘의 스터디 모임은 피나 선생님, 루키트 선생님, 그리고 내가 앨리스를 가르치는 3 대 1 개별 지도로 변모했다.

"으음. 역시 자습에도 한계가 있구나. 진도를 조금씩이라도 나가 볼까?"

피나 선배가 "참고서 가져올게."라며 자리를 떴다.

작년 장마철의 스터디 모임 이벤트 이후로 상승세를 이어왔던 앨리스의 학력은 학생회 선거 이후와 이번 사건, 두 번에 걸친 자습 기간에 의해 하강하고 말았다.

그보다 어디를 자습해야 하는지 잘 모른다는 점도 있었다.

학생회 선거 이후의 앨리스는 공작가에서 지냈고, 다른 고민이 많았을 테니 어쩔 수 없는 부분도 있다.

하지만 "2학년이 되면 힘내자."라는 선택을 하기에는 상당히 위태로웠고, 이대로 가면 2학년 첫 시험에서 낙제점을 받아 성적이 최하층으로 주르륵 떨어질 가능성이 있었다.

"죄송해요, 미스티아 님⋯⋯. 저, 저는 이 상황을 어떻게 책임져야 하죠?"

충혈된 눈으로 앨리스가 바라보기에 나는 서둘러 고개를 가로저었다.

"괜찮아요. 엎질러진 물이라도 아직 만회할 수 있어요. 선거 전 성적은 좋았으니까 복습만 하면 될 거예요."

"엎질러진 물이라니 말이 조금 심하지 않아? 이 성적도 심하지만⋯⋯."

루키트 님은 떨떠름한 표정을 지었다. 작게 한숨을 내쉬며 참고서를 뒤적이더니 앨리스를 위해 문제를 골라 주었다.

"모처럼 아카데미에 다시 다닐 수 있게 됐는데⋯⋯."

"그럼 다닐 수 있게 다시 열심히 해. 이 성적이면 위축돼 있을 여유도 없어."

나는 두 사람이 대화하는 모습을 바라보며 앞으로의 일을 생각했다.

어쩌다 보니 사이가 좋아졌지만, 지금까지 나는 앨리스를 피하고, 그녀의 앞에서 수상한 행동을 취해 왔다.

책임을 져야 하는 건, 나였다.

제대로 사과해야만 한다.

앨리스에게 게임 시나리오에 관한 이야기를 하는 게 맞을지, 아직 확신이 서지 않았다.

이 세계를 게임이라고 생각하여 최악의 선택을 한 사람을 바로 얼마 전에 보지 않았는가.

이 세계에 관해 알게 되면 앨리스가 변하지 않을까. 앤지 양처럼 변하지는 않겠지만 망설여지는 기분을 지울 수 없었다.

하지만 제대로 친구가 되고 싶다.

제대로 사과하고 나면 새 학기나 학기말에 기회를 봐서 다시 잘 부탁한다고 인사하고 싶다.

그리고 레이드 녹터에게도 지금까지 무례하게 굴었던 점을 사과하고 싶다. 당연히 알리 씨에게도 감사 인사를 해야겠고, 계속 내 일에 휘말렸던 부모님이나 사용인들에게도……라며, 생각하면 할수록 인사해야 할 사람들의 얼굴이 계속하여 떠올랐다.

"조금 늦으시지 않나……?"

앞으로의 일을 생각하고 있는데 루키트 님이 문으로 시선을 보냈다.

그리고 보니 피나 선배가 나간 후로 좀처럼 돌아오지 않았다.

"네인 선배, 작년에 복도에서도 쓰러지셨다는 얘기를 들었는데…….."

앨리스가 불안한 얼굴로 시계를 바라봤다. 아마 그녀가 말하는 건 화상 사건이겠지.

그건 누군가 일부러 일으킨 사건이었지만, 아까 시계를 확인했을 때보다 시간이 꽤 흘러 있어서 나도 덩달아 불안해졌다.

"제가 보고 올게요."

잠깐 복도 상황을 살펴보고 오자.

다른 사람의 저택을 멋대로 돌아다니는 건 실례되는 일이지만, 만일 우리의 상상처럼 피나 선배가 복도에서 쓰러져 있기라도 하면 큰일이다.

갑작스럽게 넘어졌다가 머리를 잘못 부딪쳐 목숨을 잃는 일도 적지 않게 일어난다.

머리에서 피를 흘리는 피나 선배를 상상하면서 나는 방을 나왔다.

회색조의 벽에 푸른 빛이 도는 허브그린 색의 바닥이 깔린 긴 복도를 걸어갔다. 네인 선배는 레이드 녹터 루트에서 미스티아의 앞을 가로막아서는 적으로 등장한다. 그래서 색이 겹치지 않게 설정된 것일지도 모른다.

그런 생각을 하다가 나는 정신을 차리고 발걸음을 멈췄다.

시나리오가 끝났는데도 두근러브의 시점으로 세상을 보는 버릇이 좀처럼 고쳐지지가 않았다.

지금까지는 이 1년을 어떻게 넘어갈지만을 생각했지만 앞으로는 나의 장래도 생각해야 한다.

"오라버니."

갑옷이나 역사가 담긴 검, 총 등 다양한 장식품이 늘어선 긴 복도를 걷고 있자 피나 선배의 목소리가 들려왔다.

목소리가 들리는 방향으로 발걸음을 옮긴 나는 계단참에서 두 사람의 모습을 발견했다.

"오라버니. 모처럼 미스티아 양을 저택에 초대했는데 왜 대본대로 못 하시는 거예요?"

"그, 그래도 피나. 나는 쿠키를 구워본 적이 없다고. 이 대본은 뭐야? '쿠키를 구워 봤어. 너무 많이 만들었는데 네가 먹을래?'라니. 원래 과자는 만들기 전에 재료의 양을 계산해 두잖아? 예상보다 많이 만드는 상황은 애초에 불가능해."

네인 선배는 피나 선배에게 붙잡혀 당황한 얼굴로 그녀에게 변명을 하고 있었다.

네인 선배는 4월에 봤을 때와는 마치 다른 사람 같았다.

전에는 뭐라고 표현해야 할까. 게임의 최종 보스 같은 분위기 ──레이드 루트에서 보여준 '어둠의 지배자'로서의 풍격이나, '흑막'까지는 아니어도 속마음을 알 수 없는 심오한 분위기가 있었다.

약간⋯⋯이지만.

친척 오빠 같은 요소가 8할, 그 외에는 어떻게 대해야 할지 모를 어색한 느낌도 섞여 있었다.

하지만 여름을 지난 이후로 네인 선배는 항상 몸 상태가 좋지 않아 보이는 얼굴이었다.

항상 무언가를 두려워하고, 특히 동생인 피나 선배의 눈치를 과하게 보며, 나와 마주칠 때마다 자꾸만 사과했다.

복도 구석에서 떨리는 손으로 위장약을 바라보고 있던 적도 있었다.

비유하자면 무서운 선생님을 겁내는 1학년 같은……

이벤트를 맞닥뜨리지 않도록, 부주의하게 공략 대상과 엮이지 않도록, 언제나 쉬는 시간에는 교실을 나와 최대한 여자 화장실에 틀어박혀 있던 내가 말하기에도 뭐하지만, 네인 선배는 거동이 수상해 보였다.

아마 게임과 다르게 피나 선배가 살아나서, 이른바 '흑화'하지 않은 게 관련되어 있겠지만, 너무 사람이 바뀌어 버려서 걱정도 되었다.

그리고 네인 선배를 두렵게 만드는 피나 선배는 네인 선배를 다그치며 입꼬리를 올렸다.

"불가능해. 건설적이지 않아. 못 해. 오라버니는 언제부터 그렇게 변명이 익숙해지신 거예요?"

지금 나는 갈굼의 현장을 보고 있는 걸까.

"사람은 언제나 도전을 해야죠. 저도 작년까지는 오라버니의 그림자처럼 지냈지만 지금은 어떤지 봐요. 혼자서 토지를 운용할 정도로 성장했다고요."

"그건 할 말이 없네……"

피나 선배가 쓰러져 있을까 봐 걱정했는데 건강해 보였고, 엿듣는 것도 좋지 않다.

자리를 뜨는 게 맞는 일이겠지만, 역시 저건 갈굼이 아닐까……

어떻게 할지 고민하고 있는데 "그래서, 미스티아 양 말인데요."라며 내 이름이 나왔다.

"예전에…… 저희의 적이었던 후작가를 무너트린 건 아렌가가 아니었어요. 오라버니의 예상대로 공작가…… 그것도, 필진 공작이 한 일이었더라고요."

앨리스가 아카데미에 돌아올 수 있도록 나서준 그 공작이었다. 여름엔 잠깐 대화를 나누기도 했는데…… 후작가를 무너트렸다는 건 대체 무슨 이야기일까.

"필진? 거긴 다른 가문의 일에 개입하지 않잖아? 어째서……."

내 의문을 대변하듯이 네인 선배가 피나 선배에게 질문했다.

"동기는 당연히 미스티아 양이죠. 저희를 돕기 위해서가 아니라. 아마 미스티아 양에게 도움을 받아서 은혜를 갚으려고 했나 봐요."

"어떻게 그렇게 확신해?"

"그야 미스티아 양은 자기 몸도 돌보지 않고 다른 사람을 돕는 게 일상인걸요. 이틀에 한 번꼴로 잘 모르는 사람한테 감사 인사를 받는 걸 봤어요. 사람을 돕는 사업이라도 차렸으면 이익이 상당할 정도라…… 만…… 억은 간단히 넘을 거예요. 종교인이 되면 어느 정도 세금도 줄일 수 있고……."

"피나."

"아무튼 필진가가 엮인 건 확실해요. 교묘하게 흔적을 지우긴 했는데 증거를 모았죠. 이제 그 가문과 연이 있는지 미스티아 양한테 물어봐야죠."

피나 선배가 공작가가 숨긴 흔적을 찾을 정도로 추적 능력이 좋은 줄은 몰랐기에 놀랐다.

그리고 나는 그 가문과 연이 없다. 제공할 수 있는 정보도 없다.

"어머. 미스티아 양."

과거를 되돌아봤지만 떠오르는 것이 없어서 생각에 빠져 있는데, 어느샌가 피나 선배가 내 앞에 서 있었다.

"죄, 죄송해요. 대화하시는 걸 조금 들어 버렸어요."

엿들은 점을 사과하자 피나 선배는 "괜찮아."라며 미소 지었다.

"그래서 말인데, 무례한 질문일지도 모르겠지만 필진가가 뭔가 해 주려는 이유가 짐작 가?"

"실은 세 번 정도 만난 적은 있는데, 집안일로 엮인 적은 한 번도 없어서."

"마차에 치일 뻔한 걸 구해 줬다거나?"

"아뇨. 체육제 때 수돗가에서 대화한 거랑, 여름에 아카데미에서 잠깐 대화를 나눈 적이 있었고, 그리고 앨리스 씨 관련된 일로……."

"그래?"

내 말에 피나 선배는 고개를 기울였다. 잠시 생각에 빠져 있던 그녀는 손뼉을 짝 쳤다.

"그래. 내일 아카데미에 가서 공작에 관해 조사해 보자. 필진 공작이 예전에 학생회장이었다는 이야기를 들은 적이 있어. 그리고 교사에서 학생회 물건도 가져와야 하고. 출입 제한도 풀렸을 거야."

귀족 아카데미의 교사는 계속 출입 제한 상태였다.

불에 타지 않거나 딱히 피해가 없던 곳도 있지만, 겉으로 보이지 않을 뿐이고 무너질 가능성도 있어서 안전하다는 것이 확인될 때까지는 선생님들도 출입할 수 없었다.

하지만 단계적이긴 해도 서서히 출입이 허가되기 시작해서 지금은 대부분의 장소에 출입할 수 있다고 한다.

지금은 동아리 활동으로 사용하던 물건이나 비품을 꺼내 정리하는 등의 목적으로 학생들도 출입하는 듯했다.

"괜찮다면 미스티아 양도 가지 않을래?"

"좋아요."

다음 학기부터라고는 해도 나도 학생회에 들어가게 되었으니 일할 필요가 있다.

나는 고개를 크게 끄덕이고 피나 선배와 함께 방으로 돌아왔다.

공부하던 방으로 돌아온 후로 앨리스와의 3 대 1 개별 지도를 재개하여 어느 정도 진도를 나간 후 해산하게 되었다.

아렌가의 저택에 돌아왔을 땐 해가 질 무렵이었다.

보라색도 아니고, 분홍색이라고도 할 수 없는 애매한 색의 하늘에 달이 떠 있다. 별생각 없이 중정을 바라보자 마침 정원사 포레스트가 꽃에 물을 주고 있던 참이었다.

작은 불꽃이 톡톡 튀는 것처럼 하얀색, 분홍색 제라늄이 피어 있다. 클로버가 그 줄기를 휘감으며 뻗어 있어서 나도 모르게 홀린 듯이 그 광경을 바라봤다.

정원사 포레스트는 그 외에도 먹을 수 있는 허브 종류나 향유에 쓰이는 약초도 키우고 있다. 라이아스 씨와 "식재료로 쓰고 싶어.", "이건 관상용이에요."라며 가끔 다투기도 한다.

"어서 오세요, 아가씨."

이윽고 물 주기를 끝낸 포레스트가 느긋한 발걸음으로 내게 다가왔다. 부드러운 흑발이 바람에 휘날려 그의 산뜻한 분위기가 더욱 돋보였다.

"다녀왔습니다."

나는 고개를 숙여 인사하고 다시 꽃에 시선을 보냈다. 좁은 벽돌길로 둘러싸인 아름다운 정원은 내가 좋아하는 장소이기도 하다.

언제나 물이 졸졸 흐르고 온실 같은 분위기를 풍기는 포레스트의 연구소도 아름답지만, 역시 이렇게 멍하니 정원을 바라보는 시간이 좋다.

작년까지는 이렇게 여유롭게 꽃을 구경하지 않았다. 작년에 피었던 꽃이 쓸데없었다는 생각은 결코 하지 않지만, 즐기지 못해 아쉽다는 생각이 들어서 가슴 한쪽이 시렸다.

전생에서 고등학교 수험 공부를 할 때, 지망 학교에 합격하기 위해 관심 있던 게임을 몇 개나 포기한 적이 있었다.

게임을 사 놓으면 분명 공부를 소홀히 하고 말 테니까. 하지만 게임은 내가 플레이하지 않더라도 남아 있지만, 꽃은──생물은 다르다.

그때 한 번뿐이다.

"이 시기는 제라늄이 가장 좋아요."

포레스트는 꽃 한 송이를 쓰다듬더니 내게 시선을 보냈다.

"왜요?"

"해충…… 모기를 막아 주거든요. 향도 좋고, 보기에도 좋고. 벌레를 막으려면 촘촘한 방충망으로 저택을 감싸는 게 가장 좋겠지만 그러면 시야가 가려지잖아요?"

"그렇죠……."

모기의 침입을 막으려면 창문을 닫아야겠지만, 그래도 바람이 통하면 기분이 좋다.

제라늄 향을 즐기며 심호흡하고 있자 그는 갑자기 내게 작은 목소리로 말했다.

"오늘은 공부하러 다녀오셨다면서요."

"네."

"정말 공부만 하셨나요?"

빤히 바라보는 소리가 날 정도의 강렬한 시선에, 나는 고개를 끄덕였다.

포레스트는 눈을 가늘게 뜨더니 "그럼 다행이고요."라며 내 옆에 서서 함께 제라늄을 바라봤다.

"또 다른 영애에게 저를 소개하려고 하신 건 아니겠죠."

"당연하죠."

전에 어떤 귀족 영애에게 포레스트를 소개해 달라는 요청을 받은 적이 있었다. 어딘가에서 그를 마주쳤고, 간단히 말하자면 한눈에 반했다고 한다. 일단 포레스트를 소개해 줬는데 포레스트가 철저하게 영애를 거부하며 사태는 종료되었다.

"그러면 다행이고요."

긍정적인 내용에 반해 울림이 무거웠다.

화가 담겨 있는 것처럼 느껴졌다.

"저는 아가씨가 있는 저택에서 절대 벗어나지 않을 거예요."

평소라면 "그렇군요."라고 대답했을 것이다. 아니면 "잘 부탁드리겠습니다."라거나.

왜냐하면 마지막엔 내보내야 한다고 생각했으니까.

포레스트뿐만 아니라 저택의 사용인 모두를.

괜찮다고, 분명 괜찮으리라고 생각했지만 너무나도 무서웠다. 내 행동 하나로 부모님이 체포되고 투옥당할지도 몰랐다.

황당무계한 망상일지도 모르지만, 내가 평범하게 2학년이 되는 미래보다, 부모님과 사용인들이 괴로워지는 미래가 더욱 선명하게 상상되었다.

내 행동으로 누군가가 불행해지는 게 싫어서 주변의 좋은 사람들에게 거리를 둬 왔다. 이 1년간은 살아 있어도 살아 있는 것 같지가 않았다.

"나가지 않아도 괜찮아요. 포레스트만 괜찮다면 계속 이 저택에서 일해 주세요. 저는 포레스트가 계속 여기 있으면 좋겠어요."

하지만 이제 두려워할 일은 없다.

불안함은 아직 남아 있지만, 나 때문에 가족과 사용인 모두가 괴로워질 일은 없다.

이제 내게 남은 것은, 앞으로 모두와 소중한 일상을 보내자는 마음뿐이었다.

"그럼, 다음에 또 봬요."

나는 포레스트에게 고개 숙여 인사했다. 슬슬 들어가서 손을 씻고 옷도 갈아입어야 한다.

저택을 나올 때보다 발걸음이 가벼웠다. 벽돌에 굽이 닿아 경쾌한 소리가 나는 것을 들으며 나는 정원을 뒤로했다.

스터디 모임의 다음 날, 나는 바로 자료 정리를 돕기 위해 아카데미로 향했다. 그리고 학생회 자료 보관고라고 불리는 곳에서 정리를 시작했는데…… 자료의 양이 어마어마했다.

두근러브 세계에선 1년 정도의 기간만 그려졌지만, 귀족 아카데미의 역사 자체는 게임이 시작되는 시점의 100년 전부터 시작된다. 이게 다 역사의 증거겠지.

나는 상자에 가득 담긴 의사록을 가져와 창가에서 서류를 확인하던 피나 선배 앞에 놓았다.

"피나 선배, 의사록은 이거로…… 전부인가요?"

날카로운 표정이던 선배는 "500개는 더 있을 거야."라며 미소 짓더니 책장 사이로 들어갔다.

이 학생회 자료 보관고는 학생회실 옆에 있다.

학생회실에 들어가 본 적이 없어서 비품을 두는 곳이라고 예상했는데, 이 방 전체가 의사록으로 가득 차 있었다.

나는 실내를 다시 둘러보았다.

전생의 학교 교실 만한 크기의 방은 천장까지 가득 의사록이 꽂힌 책장이 늘어서 있었다.

학생 총회는 1년에 한 번.

하지만 학생회 임원끼리 대화를 나누거나 결정하는 사안은 나중에 어떤 흐름으로 회의가 진행되었는지 확인할 수 있도록 기록을 남겨야 한다. 한번 정한 교칙을 몇 년 후에 다시 바꾸게 되면 옛날 의사록을 참고하여 회의한다고 한다.

나는 나중에 필요할 만한 것…… 교칙에 관한 것은 놔두고 동아리 활동이나 동호회 승인에 관한 의사록을 폐기하는 임무를 맡았다.

"행사 관련 서류도 버리는 게 좋겠어."

책장에 꽂힌 서류를 살피고 있자 어느샌가 네인 선배가 옆에 서 있었다.

그는 "이제 안 쓰니까."라고 말을 덧붙이며 행사 관련 의사록을 한 군데로 모았다.

"그러고 보니 아렌 양은 동아리 활동을 안 하지?"

"네. 바로 귀가해요."

1학년일 때 일단 동아리 활동 오리엔테이션…… 각 동아리가 1학년에게 자신의 동아리를 어필하는 자리가 있었다.

나중에 들은 이야기로는 1학년이 많이 가입하면 그만큼 동아리 활동비도 늘어난다고 한다.

귀족 아카데미는 아카데미 자체에 기부하는 것은 추천해도 개인…… 예를 들면 자녀의 동아리 활동비를 부모가 지원하는 것은 금지되어 있다. 신입생이 한 명도 가입하지 않으면 동호회로 격하되어 받을 수 있는 활동비가 더욱 줄어드는 탓에, 동아리들은 필사적으로 신입생들에게 가입을 권유했다.

하지만 나는 게임 시나리오를 신경 쓰느라 동아리 활동을 하지 않았다.

"나는 동아리에 들어갈 걸 그랬어. 그러면 도망칠 곳이 있는데."

"도망칠 곳이요?"

질문하자 네인 선배는 "동아리 활동은 부원만 참가할 수 있잖아."라며 당연한 이야기를 꺼냈다.

"그렇긴 한데……."

"나는 모두가 즐겁게 다니는 아카데미를 만들고 싶었어. 피나도 행복해지길 바라. 그런데 행복에는 희생이 따라오더라고."

"희생이라니요?"

"내 위장 말이야. 피나가 나한테 그러더라고. 오라버니는 네인가의 훌륭한 당주가 되어야 한다고."

네인 선배는 피나 선배의 말투를 따라 했다. 그런데 게임에서 네인 선배가 레이드 녹터를 함정에 빠트렸을 때, 자신의 계획을 자백하던 말투와 닮아서 어떻게 반응해야 할지 알 수 없었다.

피나 선배는 상냥하고 영애들의 귀감이 되는 사람이지만, 네인 선배는 피나 선배를 악의 넘치는 지능범이나 흑막처럼 여기는 듯했다.

"쌍둥이란 뭘까…… 나는 대체 뭘까…… 헉, 피, 피나!"

네인 선배는 마치 앨리스처럼 당황했다.

그의 시선 끝에는 책상에서 얼굴을 빼꼼 내밀고 있는 피나 선배가 있었다.

"저기, 오라버니. 미스티아 양은 오라버니의 이야기를 들으면서도 손을 움직이고 있는데 오라버니는 왜 손이 움직이지 않죠? 몸이 움직이지 않나요? 그거참 이상하네요. 입은 잘 움직이는데."

피나 선배는 범인을 심문하듯이 네인 선배에게 압박을 가했다. 이건 본 적이 있다. 나를 아동성애자로 오해하여 동생을 지키는 데에 전력을 다하던 레이드 녹터와 닮았다.

"그게…… 죄, 죄송해요. 제가 동아리 활동에 관해서 물어보는 바람에……."

"그래? 그러면 추천할 만한 동아리를 소개해 줄게. 나중에 같이 들어가자."

피나 선배는 "사격은 어때?"라고 말하며 내게 다가왔다.

"그보다 미스티아 양. 열심히 일해 주는 건 고마운데, 그 가문에 관한 건 찾았어?"

"아뇨. 안건 승인으로 이름이 적힌 것 외에는……."

다리우스 필진. 이게 필진 공작의 이름이었다. 피나 선배를 괴롭히던 가문을 무너트리고, 앨리스가 아카데미에 돌아올 수 있도록 힘을 쓰고, 아카데미 학생들을 위해 일하는 공작에 관해서는 나도 자세히 알고 싶었다. 여름에 내게 말을 건 이유나 태도도 신경 쓰이고…….

그리고 오늘 알아낸 것은, 공작은 학생 시절에 원래 다른 나라에서 유학하다가 도중에 아카데미에 편입했다는 것이다. 전에 클라우스가 루키트 님에 관해 이야기하면서 예전에 특례 편입생이 있었다는 말을 한 적이 있었는데, 그 편입생이 바로 공작이었다.

그래서인지 더욱 신경 쓰였다.

다리우스 필진 공작이 좋은 사람이고 학생을 생각하는──제시 선생님 같은 사람이라면 바람직한 일이지만, 아무리 생각해도 그 외에도 뭔가가 더 있을 것 같았다.

"피나 선배. 각 동아리가 출장한 대회에 관한 서류는 전부 처분해도 좋다고 하셨는데, 예산 관련 서류도 처분할까요?"

산뜻한 목소리가 들려와서 나는 자연스럽게 뒤를 돌았다.

오늘 서류 정리에는 당연히 차기 학생회 부회장인 레이드 녹터와 회계를 담당하는 에릭도 참가한다.

이 양이라면 며칠은 정리해야 할 테니까 그와도 계속 얼굴을 마주치게 되겠지.

미스티아가 불을 지르는 날은 이미 지났고, 지금은 게임에선 생략된 시기이다.

그러니 경계하지 않아도 되는 만큼, 거리를 어느 정도 두어야 할지 알 수 없었다.

아직 그에게 사과는 하지 못한 상태다.

"그래. 예산 관련 서류도 작년 거 외에는 전부 처분해도 좋아. 지금까지 과거 예산을 수정해 달라는 요청이 들어온 적은 없었고, 요청이 들어오더라도 학생회 선에서 각하하면 되니까."

피나 선배의 말에 나는 당황하고 말았다.

그러자 그녀는 "아냐. 예산은 절대 더 못 줘! 라고 하는 건 아니니까."라며 쓴웃음을 지었다.

"한 번이라도 작년 예산이 부족했다는 건의를 받아 줬다가는,

우리 동아리도 신청하면 주는 거 아니야? ……라는 헛된 희망을 주게 되잖아?"

"무서워, 피나. 설명이 더 가혹하잖아."

"오라버니는 조용히 하세요. 아, 맞다. 학생회장 날인이 필요한 자료가 있는데 잠깐 처리해 주실래요?"

피나 선배는 네인 선배를 바로 가로막더니 그와 함께 떠나갔다.

나는 손에 들린 의사록으로 시선을 떨어트렸다.

예산 처분…… 확실히 피나 선배의 말도 일리가 있긴 한데, 그러면 독재 같은 느낌이……라는 생각을 하고 있자 의사록에 그림자가 졌다.

고개를 들자 레이드 녹터가 나를 내려다보고 있었다.

"미스티아. 손 베이지 않게 조심해."

"네. 조심할게요."

"종이에 베이면 아프니까. 상처를 통해 감염돼서 손이 썩을지도 몰라."

그렇게 극단적으로 생각하면 아무것도 하지 못하는데. 레이드 녹터가 너무나도 당연하다는 듯이 이야기해서 위화감이 들었다.

하지만 마침 잘됐다. 지금 그에게 사과하자.

"잠깐 시간 괜찮으신가요?"

"응. 뭔데? 유학이라도 갈 생각이야? 도망 상담?"

레이드 녹터는 차가운 눈빛으로 나를 바라봤다.

원래 상냥했던 그가 이렇게 바뀐 건 나의 무례한 태도가 원인이다.

"지금까지 죄송했어요."

나는 일어서서 그를 향해 똑바로 선 후 고개를 숙였다.

"뭐가……?"

"저는 지금까지 레이드 님에게 무례한 태도를 수도 없이 보여 왔어요. 정말 죄송해요."

그는 나를 빤히 바라봤다. 입꼬리를 올리더니 눈을 살짝 가늘 게 떴다.

"괜찮아. 이제 지나간 일이잖아. 중요한 건 미래야. 고개 들 어, 미스티아. 내가 네게 사과받고 싶었던 적은 한 번도 없었어. 그리고 나도 너한테 사과하고 싶어."

"네……?"

"벌써 5년 전이지만, 약혼 이야기가 나와서 만났을 때, 너한테 짓궂게 굴었어. 미안해."

레이드 녹터가 나처럼 고개를 숙였다. 나는 깜짝 놀라서 그의 어깨를 붙잡고 고개를 들게 했다.

"사, 사과하지 마세요. 전혀 그런, 레이드 님이 사과할 만한 일은 없었어요."

나도 모르게 당황하여 손을 좌우로 흔들며 수상한 반응을 보 이고 말았다. 그 모습을 보고 레이드 녹터는 쿡쿡 웃었다.

"그건 내가 할 말이야."

레이드 녹터는 "그런데 설마 네게 사과를 받을 줄이야." 하고 말을 덧붙였다.

"네?"

"유학하게 됐다고 작별 인사를 하는 줄 알았어."

"아니에요."

레이드 녹터는 용서해 줬지만, 앞으로는 제대로 그에게 성의 있는 태도를 보이자.

나는 마음속으로 굳게 다짐하며 그와 서류 정리를 재개했다.

지금까지 레이드 녹터와 대화한 적은 있었지만 항상 긴박한 느낌이었다.

그래서 시나리오가 끝나면 바로 사이가 소원해질 줄 알았는데, 서류 정리를 하는 사이에 놀랄 정도로 대화가 끊이지 않았다.

음악, 식사, 독서, 관극. 다양한 화제가 있긴 했지만 설마 이렇게 많은 대화를 나눌 수 있을 줄은 몰라서 비축해 둔 나의 대인용 대화 패턴이 빠르게 동날 정도였다.

"그러고 보니 레이드 님은 필진 공작과 면식이 있으신가요?"

왠지 잡담이 아니라 청문회 같다고 생각하면서도 나는 레이드 녹터에게 질문했다.

이제 내 머리에는 사용인들과 어떻게 지낼지와 지금 조사하는 필진 공작에 관한 일만 남아 있었다.

"왜 지금 다른 남자 이름을 꺼내는 거야?"

레이드 녹터는 나의 갑작스러운 질문을 수상하게 여겼다.

그는 차가운 목소리로 내게 질문을 돌렸다.

나는 의사록을 가리키면서 "내년 이사장, 학생회장이었던 적이 있어서 그냥 궁금해서요."라며 일단 이유를 만들어 냈다.

납득한 듯한 레이드 녹터는 "한 번 만난 적 있어."라며 고개를 끄덕였다.

"여름이었나. 아, 딱 저 부근이었어."

그렇게 말하며 그가 가리킨 것은 창밖, 도서실 뒤에 있는 정원이었다.

"장미를 보고 있었더니 옆에 와서 서더라고. 아카데미 관계자라고 생각해서 인사했는데 공작이어서 놀랐어."

내가 여름에 만났을 때, 공작은 이름을 알려주지 않았다.

이름을 물었을 땐 '진흙'이나 '그라탕' 같은, 누가 들어도 가짜 같은 이름을 댔다.

하지만 레이드 녹터에겐 그러지 않았던 모양이다.

"공작과 무슨 이야기를 했나요?"

"아카데미 상황이 어떻다거나, 반 분위기 같은 거. 그 정도였어. 그리고 지키고 싶은 게 있냐고 묻기도 했고."

나와 나눴던 대화와 거의 비슷했다. 체육제 때 받았던 질문과 같았다.

하지만 신경 쓰이는 점이 있어서 나는 그에게 물었다.

"지키고 싶은 것?"

"응. 꽤 꼬치꼬치 묻더라고. 아카데미 운영 방침에 참고하고 싶다면서."

나는 지키고 싶은 게 무엇이냐는 질문은 받은 적 없었다.

불만은 딱히 없지만, 상대에 따라 질문을 바꾸는 의도가 궁금해졌다. 잠시 생각에 빠져 있자 레이드 녹터가 의아하다는 듯이 고개를 기울였다.

"그 사람 때문에 곤란한 일이라도 있어?"

"앗, 아뇨. 그런 건 절대 아니에요."

고개를 가로젓자 그는 "곤란한 일이 있으면 말해 줘."라며 덤덤하게 덧붙였다. 하지만 나는 속마음을 떠보는 듯한, 화가 섞인 눈동자에 위축되었다.

"혼자 조사하는 데에는 한계가 있으니까."

그의 말에 고개를 몇 번이나 끄덕이자 레이드 녹터는 조용히 일어섰다.

"그럼 나는 이 자료를 확인하고 올 테니까 천천히 해."

천천히.

자료 정리를 천천히.

별 뜻은 없을지도 모르겠지만 복잡한 의미가 담겨 있는 듯해서 나는 간담이 서늘한 상태로 그의 뒷모습을 배웅했다.

다리우스 필진 공작에 관해 오늘 알게 된 것은, 레이드 녹터와 만난 적이 있다는 것, 그에게는 가명을 쓰지 않았다는 것, 이 두 가지였다.

덧붙일 게 있다면, 레이드 녹터는 도서실 뒤 화단에서 그와 만났다는 점일까.

오늘은 서류 정리 첫날이어서 공작에 관한 조사보다는 학생회의 서류 정리를 우선했지만 작업은 내일도 이어진다.

내일은 뭔가 수확이 있었으면 좋겠다고 바라면서 귀족 아카데미에서 귀가한 후 저녁 시간. 나는 부엌에서 요리장 라이아스 씨가 케이크를 만드는 모습을 구경하는 중이다.

"바로 완성되니까 꼭 보고 즐겨주세요⋯⋯!"

라이아스 씨가 상쾌하게 웃는 것을 보며 나는 두근거리는 마음으로 홍차를 마셨다.

그는 케이크를 만들 때가 가장 활기차다.

우람한 팔을 사용하여 호쾌하게 젓고 있는 것은 휘핑크림이다. 소복한 눈처럼 쌓인 크림이 거품기에 엉겨서 그릇 안에서 춤추고 있다.

달그락달그락 금속이 부딪히는 소리가 날 것 같은데도, 들려오는 건 열린 창문에서 들어오는 새의 지저귐과 살랑거리는 바람 소리뿐.

나는 다리가 긴 목조 의자에 앉아서 라이아스 씨가 전에 했던 말을 떠올렸다.

그가 말하기로는, 무언가를 섞을 때 금속이 부딪히면 향이 바뀐다고 한다.

강한 향을 입히면 그렇게까지 민감하게 굴지 않아도 되지만 그는 최대한 정성을 담아 만들고 싶다고 했다.

주방 안은 달콤한 향기로 가득해서 점심 식사를 마친 지 두 시간 정도 지났지만 허기가 지는 기분이었다.

어렸을 때는 이렇게 라이아스 씨가 과자를 만드는 모습을 자주 구경하곤 했다.

주방의 조리대는 그의 키에 맞췄기 때문에, 내가 다섯 살일 땐 다리가 긴 의자 위에 앉아야 구경할 수 있었다. 의자에서 떨어지지 않도록 조심하라는 말을 들은 기억이 지금도 선명했다.

걱정하게 만든다는 건 알고 있었지만 누군가가 열심히 무언가를 만드는 모습을 바라보는 게 정말 좋았다.

"완성됐습니다―!"

달그락 소리를 내며 내 앞에 접시가 놓였다. 유백색 접시에는 노르스름한 아몬드 색 머랭 위에 폭신한 크림, 라즈베리와 블루베리가 꽃처럼 장식된 케이크…… 파블로바가 있었다.

"자신 있는 메뉴에요. 드셔 보세요."

라이아스 씨는 그렇게 말하며 내 맞은편에 앉았다.

"잘 먹겠습니다."

나는 바로 나이프와 포크를 손에 들고 머랭을 잘랐다.

바삭바삭 가벼운 소리가 나는 머랭을 잘라 과일과 폭신한 크림을 곁들여 한입에 넣자 입안 가득 부드러운 달콤함이 퍼져 나갔다.

"맛있어요……!"

크림에선 희미하게 레몬과 치즈 향이 났다. 구운 머랭은 향기로운 캐러멜과 함께 옅은 씁쓸함을 남기고 녹아들었다. 시원한 라즈베리와 블루베리의 산미 덕분에 끝맛이 깔끔했다.

몇 접시라도 먹을 수 있을 것 같아…….

정신적으로 힘들 때 식사량이 늘어나는 사람과 줄어드는 사람이 있다. 물론 어느 쪽도 아닌 사람도 있지만, 나는 최근 1년간 식사량을 줄여 달라 부탁했다.

그래도 지금은 마음이 편안한 시간이 늘어나면서 체중도 늘어나는 중이었다.

먹는 양이 늘어나면 그만큼 몸을 많이 움직여야 한다.

앞으로 저택 부지 내에서 달리기 운동을 하자 결심해 죄책감을 줄인 나는 포크를 열심히 움직였다.

"그건 제 마음입니다."

라이아스 씨가 자기 앞에 놓인 파블로바를 칼로 자르며 작은 목소리로 말했다.

"구운 머랭은 습기가 닿으면 맛이 떨어지죠. 위에 크림을 얹으면 더 빨리 눅눅해지고요. 과일 무게가 더해지면 더하죠. 그래서 영원이란 건 없다고 생각하며 만들었어요."

"영원……."

확실히, 영원한 것은 없다.

영원이란 게 존재한다면 '영원한 괴로움' 같은 것도 존재하고 만다.

그건 매우 무섭고, 괴로운 일이다.

그렇지 않아도 괴로움을 참기 어려운데, 그게 평생 이어진다면 불행할 것이다.

언젠가 끝난다, 끝낸다는 생각이 있어야 노력할 수 있다.

"어렵네요. 이렇게 라이아스 씨와 맛있는 음식을 먹는 시간은 영원히 이어졌으면 좋겠는데, 영원이란 게 존재하면 곤란한 상황도 영원히 이어질 가능성이 생기잖아요."

"저도, 아가씨가 제가 만든 요리를 먹는 시간이 영원했으면 좋겠지만, 아가씨가 결혼해서 다른 사람이 만든 식사를 입에 댄다고 생각하면 무척이나 괴로워요. 지금 시간이 멈추면 좋을 텐데."

"그래도 의외로 이런 시간이 길게 이어질 것 같은 기분이 들어요. 20년 후라거나, 라이아스 씨가 만든 파블로바에 관해 이야기하면서 다른 과자를 먹거나."

요리장은 비관에 빠졌지만 나는 외동딸이다. 그리고 영원은 무섭지만 나는 영구적인 아렌가의 외동딸이다.

결혼 상대는 데릴사위로 들어오게 될 테고, 내가 저택을 떠날 일은 없을 것이다.

"정말, 인가요?"

"네. 제가 죽지만 않는다면요."

사람은 언제 죽을지 모른다.

그 가능성을 고려하자, 라이아스 씨는 창백한 얼굴로 떨면서 고개를 가로저었다.

"누구도 아가씨를 죽일 수 없어요!"

"아니, 그게, 살인 외에도 사고나 병이나 돌연사 같은 사인은 많은데……."

"아가씨는 사고를 맞닥뜨리지 않을 거예요! 그쪽으로는 신경을 많이 쓰고 계시니까! 맞닥뜨린다면 아마 사고를 당한 사람을 돕느라 그런 거겠죠! 병에 걸리면 전속의가 반드시 치료할 거예요! 그러면 아가씨의 사인은 살인 외에는 없잖아요!"

"어어……."

그의 말대로 차도를 횡단할 땐 좌우를 꼭 확인하고, 건강도 신경 쓰고 있다.

하지만 언젠가 살해당한다고 암시하는 것 같아서 고개를 끄덕이기가 어려웠다.

"저는 계속 생각했어요. 아가씨는 살해당할지도 모른다고."

복잡한 기분에 빠져 있자 강속구가 날아왔다.

살해당할지도 모른다고 생각해 왔다니.

"사, 살인…… 동기는요?"

"아가씨를 가지기 위해서겠죠. 아가씨를 좋아하니까요. 저는 아가씨가 건강하게 지내시기만을 바랍니다. 하지만 케이크를 만들 수단이 몇 개나 있듯이 사람의 생각도 가지각색이에요. 살의와 호의가 양립할 수도 있으니까요."

"살의와 호의……."

"그래서 저는 이런 생각을 영원히 할 겁니다. 아가씨가 계속 건강하게 저의 요리를 드시며 지내기를 바라면서 언젠가 살해당할지도 모른다고."

"후자는 어려운 영원이네요……."

어렵다. 정말로.

인간은 언젠가 죽기 마련이지만, 신뢰하는 사람에게 '이 녀석은 언젠가 살해당할 거야'라는 소리를 들으면 기분이 복잡해진다. 나는 달콤한 케이크를 즐기면서 영원이란 것이 무엇일지를 생각했다.

"인생이란 건 어렵네."

"네?"

학생회실 정리 2일 차. 오늘도 서류 정리에 힘쓰고 있자 어두운 표정의 네인 선배가 말을 걸었다.

"나, 내년엔 3학년이 되는데 무서워서 어쩔 줄을 모르겠어. 2학년에서 3학년이 된다는 건 말이야, 2학년에서 3학년이 된다는 거라고."

무슨 말인지는 잘 모르겠지만 네인 선배에게 고민이 많다는 것은 알 수 있었다.

"나는 당연히 가문을 잇게 될 거라고 생각했어. 그런데 인생에 당연한 건 없어. 느긋하게만 있으면 최악의 경우엔 팔려 갈 거야."

"뭐, 뭐가요?"

"내가."

네인 선배는 떨리는 손으로 품에서 위장약을 꺼내 들었다.

행동이 완전히 불법 약물 중독자 같아서 "그렇게 드시면 죽어요!"라면서 막았지만 그는 "괜찮아."라고 답하며 약을 먹었다.

"나는 오늘, 어제보다 배는 일해야 해. 그러니까 너는 학생회장 일지를 읽어 줘. 그러지 않으면── 나는 죽을 거야."

네인 선배는 그렇게 말하며 책장 사이 통로를 빠져나갔다.

걱정되었지만 나의 노력이 그에게 영향을 미치는 것 같아서 나는 지시대로 학생회 일지── 다리우스 필진 공작이 학생회장을 맡았을 당시의 일지를 집어 들었다.

페이지를 넘기며 내용을 확인했다.

글씨는 마치 인쇄된 것처럼 깔끔했고 날짜뿐만 아니라 날씨까지 적혀 있었다.

당일 학생회에서 일어난 일 외에도 회장 개인이 한 일까지 적혀 있었다.

아무래도 그는 학생회장을 맡는 동시에 도서위원으로서도 활동한 듯했다.

생각해 보면 학생회는 들어가고 싶다고 바로 들어갈 수 있는 게 아니라, 위원회 경험이 있어야만 지원할 수 있었다. 공작은 편입했다고 하니까, 학생회장과 도서위원을 겸임하여 그 조건을 충족시키려고 한 것일지도 모르겠다.

그렇다면 공작에 관해서 조사하려면 도서실로 가는 편이 좋을지도 모른다.

나는 일지를 한 손에 들고 자리를 옮겼다.

다리우스 필진 공작이 도서위원이었다는 사실을 전하자 피나 선배는 놀란 모습이었다.

이야기를 들어보니 도서위원회에는 다른 학생의 이름이 등록되어 있었고, 공작이 뒤늦게 위원회에 들어가서 도서위원을 겸임한 사실은 몰랐다고 한다.

피나 선배도 그가 도서위원이 된 이유를 나와 비슷하게 추측했다. 나는 도서실에 서류를 전달하면서 도서위원회의 기록을 확인하기로 했다.

"어라, 와, 와이즈 씨……?"

그런데 도서실에 들어서자 카운터에는 다른 학생이나 사서가 아닌 로베르토 와이즈가 있었다.

"음? 여기엔 무슨 일로?"

로베르토 와이즈도 놀랐는지 카운터에서 나와 내게로 달려왔다.

그는 어떤 위원회도 들지 않았을 터였다. 대체 왜 여기에 있는 걸까.

"학생회실에서 전달할 게 있어서요."

"나는 서류를 확인할 게 있어서 아카데미에 왔는데, 도서실 정리를 도와달라는 부탁을 받았어."

로베르토 와이즈의 말을 듣고 주변을 둘러보니 확실히 안쪽에는 위원으로 보이는 학생들이 책을 상자에 담고 있었다.

타거나 그을음이 생긴 자국이 없는 걸 보면 화재의 피해는 적은 듯했다. 도서실 안에 있는 책 전체를 꺼내려면 상당한 작업이 되었을 것이다.

"바쁜데 죄송하지만 이건 학생회실에 있던 도서 관련 서류인데, 도서위원회에서 확인하고 보관할 필요가 없으면 처분해 주셨으면 해서……."

나는 들고 있던 자료를 조심히 꺼내 들었다. 그리고 고개를 숙이며 말을 이어나갔다.

"그리고 만일 괜찮다면 과거 도서위원회의 기록을 볼 수 있을까요……?"

다들 바쁜 와중에 이런 부탁을 하게 되어서 정말 면목이 없었다.

그렇다고 해서 일지를 이대로 새 교사에 넘겨 버리면 매우 곤란해진다.

"상관없어."

로베르토 와이즈는 간단히 승낙하면서 도서실 카운터 안쪽, 사서실로 나를 안내했다.

"일지는 마지막에 버리기로 했으니 천천히 확인해도 좋아."

그렇게 말하며 그가 안내한 곳은 도서실과 교실보다 훨씬 작은 방이었다.

전생으로 비유하자면 병원 진찰실 정도의 크기로, 서류와 일보가 놓인 책장 외에도 필기구가 든 상자가 놓여 있었다.

"그럼 나는 카운터 옆에서 정리하고 있을 테니까 무슨 일이 생기면 불러 줘."

"감사합니다."

그는 고개를 가로젓고는 방에서 나갔다.

나는 곧바로 공작이 재적하던 시기의 도서실 일보를 살폈다.

팔락팔락 페이지를 넘기자 드디어 학생회 일지에서도 본 기계적인 글씨가 나타났다. 공작이 쓴 부분이었다.

내용은 딱히 수상하지도 않았고 딱히 누군가와 친하게 지낸 듯한 내용도 없었다.

다만 그는 독서가였는지 자신이 당번을 맡은 날엔 반드시 책을 빌린 듯했다. 장르는 다양했고, 수업에서 사용했는지 사전을 빌린 적도 있었다. '예절의 모든 것', '네게 엮는 이 세계에 관하여', '입과 귀를 뚫어주는 외국어', '100명에게 감사함을~내가 세계 최대의 베이커리 점주가 된 과정~', '미안해 전기1—유토피아 붕괴 전편—'등, 독서 이력으로는 어떤 사람인지 추측할 수가 없었다.

독서 후엔 평가를 남겼는지 제목 뒤에는 숫자가 적혀 있었다. 예절 책은 2점, '네게 엮는'은 1점이었다. 점수가 높은 건 의외로 '미안해 전기'였는데 좋아하는 것에는 말이 적어지는지 다른 1점, 2점짜리 책에는 감상이 6줄 정도 적혀 있었는데 '미안해 전기'의 감상은 '읽어 본 적 없는 책. 주인공이 밝다.'라고만 짧게 적혀 있었다.

수상한 점은 없다.

수상한 점은 없지만 왠지 위화감이 들었다.

그리고 적혀 있는 제목 중에 '미스티아'라는 것을 발견하고 손이 멈췄다.

"내, 이름……."

조심스럽게 일보를 계속 읽어나가다가, 저자 설명 부분에서 납득했다.

이 책은 우리 영지에 사는 지인의 시집이었다.

제목을 내 이름으로 해도 되냐는 편지가 와서 아버지가 기뻐했던 시집. 이 책은 최고 점수였던 '미안해 전기'와 1점 차로 꽤나 좋은 평가를 받았다.

이 시집을 읽은 적이 있어서 내게 말을 걸었나? 하지만 나는 공작에게 내 이름을 말한 적이 없었다.

나는 어쩐지 쓸 일이 있을 것 같아서, 들고 있던 학생 수첩에 제목과 평점을 메모해 두었다.

너무 오래 있어도 좋지 않다고 생각하여 나는 사서실을 나가려 했다. 문고리를 분명히 돌렸는데, 문이 열리지 않았다. 문고리가 헛돌고 있는 것 같지도 않았다.

"저기, 누가……."

안에 사람이 있다는 것을 알리기 위해 노크하자 반대편에서 앗 하는 목소리가 들려왔다. 로베르토 와이즈의 목소리였다.

"미안해. 아무도 못 들어오게 앞에 서 있었어."

"아…… 문고리에 부딪히진 않으셨어요? 문이 안 열리는 줄 알고 꽤 세게 밀어 버렸는데…… 죄송해요."

전생에 밖에 동생이 있는 줄 모르고 문을 열었다가 문으로 동생을 강타한 적이 있었다.

같은 짓을 저지른 줄 알았는데 그는 고개를 가로저었다.

"괜찮아. 그보다 더 살펴보지 않아도 되겠어?"

로베르토 와이즈의 질문에 나는 "괜찮아요."라고 대답하며 고개를 끄덕였다.

"오늘은 감사했어요. 그럼 이만 실례할게요."

고개를 숙이고 나는 자리를 뜨려 했다. 그런데 뒤에서 팔을 붙잡혔다. 뒤돌아보니 로베르토 와이즈가 내 팔을 잡고 있었다.

"무슨 일이신가요?"

"뭔가 곤란한 일이 있으면 언제든지 말해 줘."

"네."

고개를 끄덕였지만 로베르토 와이즈는 내 팔을 놓지 않았다.

이내 그는 깜짝 놀라더니 "잘 다녀와."라며 어색하게 손을 흔들었다.

"다, 다녀오겠습니다."

갑작스러워서 나도 놀라고 말았다.

나는 조금 석연치 않은 기분으로 도서실을 뒤로했다.

"오, 돌아왔구나."

도서실에서 적은 메모를 살피며 학생회실로 돌아오자 소매를 걷고 서류를 옮기던 제시 선생님이 미소로 나를 맞아주었다.

"어…… 선생님이 왜 여기에 계세요?"

"내년부터 학생회 고문을 맡게 돼서. 직무 이동 명령이 월초에 내려왔거든."

"그러셨군요."

예상치 못한 일이라 반응이 늦어지고 말았다. 제시 선생님은 "미리 말 못 해줘서 미안."이라며 쓴웃음을 지었다.

"그래도 너도 이 아카데미의 학생이니까, '너한테만 말해 주는 건데 실은……'이라며 알려줄 수도 없어서 말이야. 미안해."

"아, 아뇨. 미안해하실 것 없어요."

제시 선생님은 내 대답이 늦어지는 것을 보고 오해한 듯했다.

비밀 유지 의무도 있을 테고 내게 말해 주지 않더라도 전혀 문제없는 일인데.

애초에 이런 건 새해에 발표되는 일이다.

"아, 혹시 그 직원한테 미리 들었나?"

"네?"

"그 녀석, 새해부터 다른 아카데미로 옮긴다고 하길래, 그 녀석한테 내가 무슨 직무를 맡게 되는지 물어본 게 아닌가 했는데——그 얼굴을 보니까 그러진 않은 것 같네⋯⋯?"

나는 제시 선생님의 말에 머리가 새하얘졌다.

알리 씨가, 다른 곳으로? 이 아카데미를, 떠난다고⋯⋯?

당연히 아카데미 직원이니까 직장을 옮기는 건 충분히 있을 수 있는 일이다. 직업을 바꾸는 것도 흔히 있는 일이고, 알리 씨가 영원히 아카데미에 있으리란 보증은 그 어디에도 없었는데.

"그 녀석, 네게 말하지 않고 아카데미를 떠난 건가?"

그 말에 이미 알리 씨가 아카데미를 떠났다는 사실을 통감했다.

"어, 그, 그게, 알리 씨가 어느 아카데미로 가는지 아시나요?"

"아니. 나도 그거까진 몰라. 애초에 그 녀석은 비밀이 많았으니까 말이야. 나도 전에 그 녀석의 집에 가보려고 했는데 주소를 찾아가 보니 공터가 나왔을 정도야."

제시 선생님이 "힘내."라며 내 등을 토닥였다.

"뭐라고 해야 할까, 그렇게 생각해. 이런 만남과 이별을 반복하면서 그만큼 타인을 대하는 태도가 성숙해지기도 하니까 말이야. 지금은 힘들겠지만 딱히 죽은 것도 아니고. 넌 성품이 착하니까 감사 인사나 작별 인사를 하지 못했다면서 마음에 담아 둘 것 같아서 말이야."

"네⋯⋯ 습격당한 사건뿐만 아니라, 상담도 해 주시고 체육제 입장 티켓도 구해주시고, 여러모로 도움을 많이 받아서."

알리 씨와 나눈 대화를 떠올리고 있자 제시 선생님이 "입장 티켓?"이라며 되물었다.

"입장 티켓을 그 녀석에게 받았나?"

"네. 체육제 당일은 쉬는 날인데 받았다면서……."

"이상하네."

제시 선생님의 즉답에 나는 의문을 느꼈다.

선생님은 "네가 거짓말을 하진 않을 테고 말이야."라고 덧붙였다. 내가 거짓말이라고 의심당할 만한 티켓을 받은 건가……?

"그게 무슨 말씀이신가요?"

"직원은 티켓을 받을 리가 없어. 입장 티켓은 학생들에게만 나눠준다고. 교직원에겐 배부되지 않아. 직원이라면 더욱 받을 리가 없지."

교직원은, 입장 티켓을 받지 못한다?

그런데 알리 씨는 티켓을 가지고 있었다.

제시 선생님이 거짓말을 할 리도 없었고, 알리 씨가 합법적이지 않은 수단으로 티켓을 얻었을 리도, 없다고 생각한다.

알리 씨가 다른 사람에게 받았나?

하지만 그렇다면 알리 씨의 성격상 받은 것이라고 미리 알려주었을 것이다.

"그 티켓, 그게, 예를 들면 이사장…… 교장 같은 분들에게도 배부되지 않나요……?"

"그래. 이사장은 받을 리가 없지. 받을 필요가 없으니까. 게다가 직원, 그 녀석 분명 애초부터 체육제 날은 휴무로 정해져 있었어."

"네?"

"그 직원, 4월부터 자기 쉬는 날을 멋대로 정해서 휴가서를 제출했더라고. 위에서 화내지도 않고, 제멋대로 구는 녀석 같아서 조금 신경이 쓰인 적이 있었는데…… 아, 나쁜 녀석이라는 뜻은 아니야."

알리 씨가 휴일을 스스로 정했다고?

체육제 날에 출근하지 않는 게 확실하다면 누군가가 티켓을 주더라도 받지 않았을 것이다.

도서위원의 일보.

알리 씨가 사라지고, 티켓의 출처도 알 수 없어졌다. 쌓여만 가는 의문에 나는 머리를 감쌌다.

내가 악역으로 환생하여 부모님과 주변 사람들을 위험에 빠트리게 될지도 모른다는 사실을 알았을 때, 살아도 산 것 같지가 않았다.

나의 행동 하나로 누군가가 불행해질지도 모른다.

아무리 노력해도 강제적으로 불행에 빠질지도 모른다. 마차를 타고 이동할 땐 대부분의 시간을 그런 생각에 빠져 있거나 고민하면서 보냈다.

하지만 즐거움이나 편안함을 느낀 적도 있었다.

혼자 있어도 외롭지 않았고, 얼마든지 입을 열지 않고 지낼 수도 있었지만, 가족이나 사용인과 지내는 순간만큼은 괴로운 고민이나 중압감이 옅어졌다.

"오늘은 어떤 레코드를 어떤 순서로 들을까요? 모든 일은 순서가 중요하니까요."

전에 치안이 그다지 좋지 않은 곳에서 '나쁜 일'을 했다고 하는 브람 씨는 어두운 과거가 느껴지지 않는 태도로 수집품 중에서 원하는 것을 골랐다.

브람 씨는 맑은 날 밤마다 나와 사용인 모두를 방에 초대하여 음악 감상회라는 이름의 티타임을 개최했다.

나는 컵에 담긴 핫밀크를 조심스레 입으로 가져갔다.

브람 씨의 말에 따르면 홍차를 타는 건 멜로와 집사장 스티브 씨의 전매특허라고 한다. 그의 핫밀크에는 꿀 외에도 레몬 제스트가 들어 있어서 부드러운 향기가 난다.

내가 나이를 조금 더 먹으면 브랜디를 넣어도 되겠다는 말도 했다. 이곳의 법률은 전생의 현대, 그것도 게임을 제작한 나라의 법률과 비슷하니까 스물이 될 때를 얘기하는 거겠지.

"맛있다─."

"응. 맛있어."

나를 둘러싸듯이 앉아 브람 씨의 특제 핫밀크를 마신 키나와 키노가 만족스러운 숨을 내쉬었다. 두 사람은 조리 조수로 저택에서 일한다. 지금은 키나가 빨간색, 키노가 검은색 머그컵을 들고 있다.

컵에는 각자의 이름이 각인되어 있는데 두 사람 모두 자기 이름이 적힌 컵을 사용하는지는 잘 모르겠다.

목소리와 외양이 똑같은 것은 물론이고, 본인들이 "우리도 누가 키나고 누가 키노인지 잘 모르겠어."라고 말하거나 "아기일 때 발바닥에 이름을 적어놨는데 지워져서 이제 몰라."라는 조금 무서운 이야기를 하기도 했다.

요리장은 "눈대중이 좋지만 강불을 과신하는 게 키나, 계량은 서툴지만 강불을 의심하는 게 키노."라며 독자적인 구분법을 고안해냈다.

두 사람 다 소년, 소녀의 외양이지만 부엌에서 냄새가 밴 건지 두 사람에게선 희미한 술 냄새가 난다.

"키나, 키노. 핫밀크에 술을 넣으신 건 아니죠……?"

"에이, 아가씨. 그럴 리가요."

"맞아. 우리는 어리니까. 정말, 어리니까. 술은 못 마셔."

두 사람은 어리다는 말을 몇 번이나 말했다. "매우 소년.", "상당히 소녀."라는, 어린아이가 쓰지 않을 법한 말을 해서 의아하긴 했지만, 나도 어릴 땐 전생의 기억 때문에 다른 아이들과 쓰는 어휘가 달랐으니 기분 탓이라고 생각하기로 했다.

드디어 곡을 전부 고른 브람 씨가 레코드판에 바늘을 올려놓았다.

"곡명은 불혹입니다. 30년 전에 유행한 곡이에요."

브람 씨가 자주 듣던 곡이다. 키나와 키노가 "청춘 시대!"라며 신났는데, 나와 두 사람이 태어나기 전에 나온 곡이 아닌가.

바이올린 위주의 부드러운 멜로디는, 게임 OST로 비유하자면 회상 신이나 계속 적이었던 캐릭터의 슬픈 과거가 나올 때 흐를 법한 분위기를 풍겼다. 나는 이 곡이 가장 좋았다.

연주가 끝나고 컵이 비었을 때, 지금까지 눈을 감고 곡을 듣던 브람 씨가 일어섰다.

"이런 식으로 편안하게 곡을 듣는 날이 앞으로 얼마나 이어질까요."

왠지 불안함이 느껴지는 말에 나는 키나와 키노의 얼굴을 번갈아 봤다. 두 사람은 "동감이에요."라면서 무언가 불만을 전하듯이 나를 바라봤다.

"어어……."

내가 무슨 실수라도 했나 싶어서 나도 모르게 머그컵을 쥔 손에 힘이 들어갔다.

키나와 키노는 어두운 얼굴로 "오늘은 아가씨에게 괴로운 이야기를 하자고 미리 얘기를 나눴어요."라면서 유감이 담긴 목소리로 말했다.

"괴로운 이야기요……?"

"네. 괴로운 이야기예요. 정말 싫은 일이죠. 제목을 붙이자면 '소중한 사람이 다치거나 힘들어진다면'이겠네요."

브람 씨가 레코드를 정리하면서 담담하게 말했다. 그 모습을 바라보고 있자 키나와 키노가 내 손을 잡았다.

"상처 입지 않았으면 좋겠어요. 아가씨가 괴로운 경험을 한다고 상상하면 여기가 욱신거려요. 분명 다들 그럴 거예요."

"이 저택에 있는 사람들 모두, 아가씨에게 도움을 받았어요. 반대로 말하자면 아가씨에게 도움을 받지 않았다면 계속 괴로운 상태로 살아갔을 사람들이란 뜻이에요. 부서진 마음은, 다시는 고쳐지지 않아요. 고쳐진 것처럼 보이지만 실은 고쳐지지 않았어요."

두 사람은 그렇게 말하며 내 손을 꽉, 아주 꽉 쥐었다.

"행복이 부서지는 게 무서워요. 처음 상냥하게 대해 준 사람이 사라지는 게 무서워요. 아가씨가 행복하면 참을 수 있어요. 새로운 장소로 떠나더라도 힘내라고 응원할 수 있어요."

"살면서 신이란 건 없다고 생각했어요. 왜냐하면 아무리 기도해도 부모님이 생기지도 않고, 배는 고프고, 다들 죽어 갔으니까요."

"그리고 키노도 없어질 거라고 각오했을 때, 아가씨가 우리를 구해 줬죠."

"이 세계에는 아가씨가 상상하는 것보다 훨씬 냉정하고 모진 곳이 있어요. 냉정한 사람이 있어요. 우리는 그런 곳에서 살아왔어요. 그래서 우리는 계속 이 세계가 냉정하고 나쁜 곳이라고 생각했어요."

"그런데 아가씨가 세상엔 그런 곳만 있는 게 아니라고 알려 줬죠."

누가 말하고 있는지 목소리만으로는 구별하기가 어려웠다.

다만 두 사람이 같은 마음으로 말한다는 것은 알 수 있었다. 나는 시나리오가 끝나서 안심하고 있었다.

하지만 사용인들의 입장에서 보자면, 나는 올해 몇 번이나 죽을 뻔했다. 나는 이런 일이 일어나는 건 작년부터 올해 봄까지라는 것을 알고 있었지만 다른 사람들은 모른다.

그래서 다들 앞으로도 위험한 일이 계속 일어나리라고 생각했을 것이다.

"죄송해요. 걱정을 끼쳐서."

"그건 몇 번이나 말씀하셨잖아요. 아가씨."

레코드 컬렉션을 정리하던 브람 씨가 뒤를 돌아 나를 바라봤다.

그 눈동자엔 어슴푸레하게 슬픔이 담겨 있었다.

"이 1년간 아가씨가 행복을 느낀다고 생각한 순간도 있어요. 하지만 그 이상으로 당신은 고뇌하고 계셨죠. 그 고뇌가 앞으로도 이어진다면 저희도 영역을 넘을 수밖에 없어요. 애초에 저희는 아가씨의 뜻에 반하기 싫어서 아가씨의 아카데미 생활에 개입하는 걸 참고 있었어요. 하지만 당신이 상처 입을 수밖에 없다면, 저희는, 저희가 바라는 지옥으로 당신을 끌어들일 수밖에 없어요. 예를 들면──."

"거기까지 하시죠."

무거워진 분위기를 깨듯이 차분한 목소리가 들려왔다.

뒤를 돌아보니 문을 연 멜로가 무표정하게 서 있었다. 그녀는 이내 나를 향해 걸어왔다.

"취침 시간인데 아가씨가 돌아오지 않으셔서 데리러 왔어요."

그렇게 말하며 멜로는 나를 가볍게 공주님 안기로 안아 들었다. 나를 내려다보는 눈이 무척이나 차가워서 화내고 있다는 것이

강렬히 전해져 왔다.

"메, 멜로. 그게."

"아가씨께 할 말은 나중에 하죠. 그리고, 아가씨를 너무 귀찮게 하지 말라는 집사장의 전언이 있었습니다."

멜로는 브람 씨, 키나, 키노에게 시선을 보내고는 나를 안은 채로 방을 나왔다.

"저, 저기, 멜로?"

멜로는 지금, 화내고 있다.

한 발짝 한 발짝 걸음을 옮길 때마다 멜로의 화가 느껴져서 나는 조심스레 고개를 들었다.

멜로는 "당신은 틈이 너무 많아요."라며, 마치 여성향 게임의 히로인이 공략 대상에게 말하듯이 속삭였다.

"제가 더 주의해야겠지만, 아가씨도 선의로 이루어진 얇은 빙판 위를 걷고 있다는 사실을 잊지 말아 주세요. 그 빙판이 깨지면 당신은 머지않아 커다란 케이스에 갇혀서 외국으로 보내질지도 몰라요."

"라이아스 씨가 비슷한 말을 했던 것 같은데…… 언젠가 내가 살해당할지도 모른다고……."

"맞는 말이네요. 저도 그렇게 생각해요. 제가 지키지 않으면 아가씨는 가망이 없으니까요."

"가, 가망이…… 뭐, 멜로가 계속 같이 있어 준다면 가망이 없어도 괜찮으려나."

"떨어트릴 거예요."

멜로가 눈을 가늘게 떴다. 지금 나를 떨어트리면 바닥에 허리를 강타하고 말 것이다.

멜로는 절대 그런 짓을 하지 않을 테지만, "조용히 할게요."라며 고개를 끄덕이자 멜로가 한숨을 쉬었다.

"……아가씨는 그대로 계셔도 괜찮아요. 조용해지면 그건 그것대로 쓸쓸하니까요."

"나, 평소에 말이 많은 편이던가?"

시끄럽다고 생각했던 걸까.

생각에 빠져 있자 멜로가 작게 웃었다.

"각오는 이미 할 만큼 했으니 뭐든 괜찮아요. 미스티아 님이 좋을 대로 하세요. 제 운명은 작년 여름에 정해졌거든요."

작년 여름.

교회 사건을 말하는 거겠지. 그날 멜로는 죽으려고 했으나 내가 그녀를 막았다. 그녀가 죽으려 했던 순간은 떠올리고 싶지 않지만 결코 잊어서는 안 될 여름이 되었다.

그리고 딜리아를 완전히 떠올린 여름이기도 했다.

헤어질 당시엔 너무 슬퍼서, 딜리아가 나를 싫어하게 되었다는 자기중심적인 생각에 빠져 있었다. 하지만 지금은 뭔가 사정이 있으리라 생각한다.

'딜리아는 의외로 네 바로 옆에 있어.'

그때 갑자기 저번에 저택에 찾아온 클라우스의 말이 머릿속에 떠올랐다.

"미스티아 님?"

멜로의 목소리에 정신을 차렸다.

말로 꺼내기에는 아직 증거가 부족하다.

하지만 곧 알게 될 것 같았다.

여름보다 훨씬, 딜리아와 가까워지고 있다.

나는 어렴풋한 확신을 품고 창밖에 뜬 달을 올려다보았다.

"이렇게 학생회실의 서류가 줄어드는 걸 보면, 아…… 새로운 교사로 옮겨가는구나 하는 생각도 들고, 피나가 양도한 토지로 옮기는구나, 아카데미에 토지를 팔 정도니까 나를 없애는 건 간단하겠구나 하는 생각도 들어."

서류 정리 4일 차.

오늘도 네인 선배는 절망이 섞인 목소리로 웃었다.

선배는 이 정리가 끝나고 휴일이 시작되면 바다낚시를 하러 간다는 모양이다. 작은 배를 타고 생선을 먹으며 지낼 것이라고 한다.

"나는 인생의 목표를 정했어."

"목표요?"

"자연과 더불어 살아갈래. 이제 경쟁 사회는 피곤해. 제치고 경쟁하고, 뺏고 시기하고. 이런 건 나랑 맞지 않는다는 걸 깨달았어. 학생회 선거까지 나가 놓고 이상한 말이지만, 나는 다른 사람의 위에 서는 건 어울리지 않아. 내가 지향하는 건── 허수아비야. 이렇게, 푸른 하늘 아래에서 바람을 맞으며 그냥 서 있기만 하는 허수아비가 되고 싶어."

"저기, 피나 선배와 무슨 일이 있으셨나요?"

너무나도 자학적인 발언에 나는 피나 선배의 이름을 꺼낼 수밖에 없었다.

피나 선배를 의심하고 싶진 않지만, 네인 선배가 공포에 떠는 상황 전후엔 항상 피나 선배가 있었다.

그리고 내 질문에 네인 선배는 고개를 가로저었다.

"아니. 단지 깨달은 것뿐이야. 내게는 아무것도 없다는 걸."

"아무것도 없다니요?"

"작년 여름까지는 훌륭한 당주가 되는 게 목표였어. 네게는 말하지 않았지만 피나는 가문에서 별로 주목받지 못했지. 내 조수 역할을 강요받을 뿐이었어. 그래서 내가 빨리 당주가 돼서 피나를 도와주려고 했는데, 사실은 내가 멋대로 피나를 의존하고 있었던 거지. 나는 피나를 도와주는 게 내 목표라고 생각했어. 나의 존재의의를, 피나한테 맡기고 있었던 거야."

네인 선배는 그렇게 말하며 한숨을 푹 쉬었다. 그리고는 앞에 있는 학생회 일보를 집어 들었다.

"1학년일 때 부회장으로 입후보한 것도 선생님이나 부모님, 모두가 권유해서 그런 거야. 나는 내가 스스로 뭔가를 하려고 한 적이 한 번도 없었어. 내겐 인망이 없어. 리더니까 다들 나를 따를 뿐이야. 처음엔 피나에게 쫓기는 게 싫었는데, 사실은 내가 피나를 질투하니까 보는 것만으로도 비참한 기분이 들어서 괴로운 거라고 어제 문득 깨달았지. 지금 피나는 자신이 좋아하는 일을 자신의 힘으로 해내고 있어. 사람들도 피나를 따르지."

"네인 선배……."

"그러니까 나에 관해서 다시 생각해 보려고. 이 서류 정리가 끝나면."

이거 사망 플래그 아니야?

하지만 고개를 숙인 선배에게 그런 말을 하기에도 어려워서 "응원할게요."라며 맞장구를 치고 있는데 탁탁 달려오는 발소리가 울려 퍼졌다.

"복도에서 뛰지 마!"

"죄송해요, 헬렌 씨! 앗, 여기예요, 헬렌 씨!"

루키트 님과 앨리스의 목소리다.

기분 탓인지 쿡쿡 웃는 피나 선배의 목소리도 들려왔다. 얼마 지나지 않아 서류 정리 중이던 방의 문이 드르륵 소리를 내며 열리더니 루키트 님, 앨리스, 피나 선배가 들어왔다.

"두 사람이 어쩐 일로……?"

루키트 님과 앨리스가 어째서 아카데미에 있는 걸까.

로베르토 와이즈는 정리할 서류가 있어서 왔다고 했지만, 두 사람은 동아리나 위원회에 들어가지도 않았을 텐데…….

"친구가 많은 편이 좋을 것 같아서 초대했어. 잠깐 쉬자."

피나 선배가 그렇게 말하며 '짝!' 소리가 나도록 손뼉을 치자 묵묵히 서류 정리를 하던 학생들이 곧바로 움직임을 멈췄다.

"실례하겠습니다!"

"초대해 주셔서 영광이에요."

앨리스는 활기찬 웃음으로, 루키트 님은 우아하게 감사 인사를 건넸다. 앨리스는 발소리를 내며 내게 달려오더니 "쿠키를 구워왔어요!"라며 손바구니…… 아니, 세탁 바구니라고 불러도 될 정도로 커다란 바구니를 내밀었다.

"미스티아 님과 여러분이 드셔 주세요."

앨리스의 목소리에 서류 정리에 열중하던 다른 학생들도 이쪽으로 시선을 돌리더니 쿠키를 보고 방긋 웃었다. 그런데 이거 대부분──,

"미스티아 님을 떠올리며 만들었어요!"

미스티아의, 나의 얼굴을 캐릭터화한 쿠키였다. 틀로 찍어 낸 장미 모양도 있었지만 대부분 내 얼굴이었다.

"드세요!"

"감사합니다."

나는 일단 장미 모양 쿠키를 집어 들었다.

다른 학생은 "혹시 이 쿠키……?"라는 얼굴로 나를 바라보고는 쿠키에 손을 뻗었다.

"맛은 어떠신가요?"

앨리스가 조심스러운 얼굴로 내게 질문했다.

전에는 괜한 오해를 살까 봐 겁먹은 표정을 짓지 않기를 바랐지만, 나는 이제 쿠키를 즐기며 미소를 지을 줄도 알게 되었다.

"맛있어요."

"정말인가요? 기뻐요! 많이 드세요!"

앨리스의 쿠키는 맛있다. 언제 먹어도 바삭바삭하고 소박하고 상냥한 맛이 난다.

이런 쿠키는 설탕이나 버터가 적게 들어간 쪽이 취향이라 더 좋았다.

다른 학생들도 "맛있다.", "이거 내 취향이야!"라며 쿠키를 즐기기 시작했다. 네인 선배는 "가게에서 팔아도 되겠는걸."라며 쓴웃음을 지었다.

앨리스는 멀리서 지켜보고 있는 루키트 님과 피나 선배를 향해 몸을 돌렸다.

"헬렌 씨랑 피나 선배도 드세요!"

"덤 취급하는 거 아니야?"

루키트 님이 앨리스를 의심하듯이 바라봤다. 그런 두 사람을 보며 피나 선배가 웃었다.

"나중에 각자 하나씩 집에서 준비해 오는 티타임도 재밌겠어."

앨리스가 "그거 좋네요! 티타임 기대돼요!"라며 동의했다. 헬렌 씨도 "좋네요."라며 표정을 풀었다.

티타임. 알리 씨와 직원실에서 자주 차를 마시곤 했는데.

"미스티아 님! 쿠키 더 드실래요?"

"어어……."

앨리스의 목소리에 정신이 들었다. 나는 조금 애달픈 기분을 느끼며 "좋아요."라고 고개를 끄덕였다.

앨리스의 쿠키를 먹으며 20분 정도 쉬면서 충전을 마친 우리는 바로 서류 정리를 재개했다.

앨리스와 루키트 님도 정리를 도와주겠다고 하여, 앨리스는 빠른 속도를 활용해 피나 선배와 네인 선배와 함께 서류 처분 확인을, 루키트 님은 나와 함께 서류 내용 확인을 담당하게 되었다.

오늘은 음악실과 취주악부, 합창부에 관한 서류를 정리하는 날이었다.

같은 음악 계통으로 모아둔 것인지, 음악실 사용에 관한 교칙뿐만 아니라, 악기 연주 가능 시간에 관한 교칙 자료 등 다양한 내용이 있었다.

"레이드 님을 좋아했다며. 너를 죽이려 했던 여자."

루키트 님이 작은 목소리로 갑자기 이런 이야기를 꺼냈다.

내가 질문하기 전에 "위병이 물어봤어. 앤지 양이랑 무슨 일 없었냐면서."라고 짧게 말을 덧붙였다.

"그 애, 레이드 님과 댄스 파티에서 같이 춤춘 적 있었지."

앤지 양이 레이드 님과 춤을 췄다고?

곰곰이 떠올려 보니 얼굴은 잘 떠오르지 않지만 레이드 녹터에게 댄스 신청을 한 학생이 있었던 것 같기는 하다.

혹시 그게 앤지 양이었나……?

"뭐야, 그 얼굴. 기억 안 나? 너는 몇 번인가 꽃을 구경하겠다고 나갔던 것 같은데, 그사이에 그랬던가. 그 애가 레이드 님이랑 춤추는 거 본 적이 있었어. 행복해 보이는 표정이었지."

"춤을……."

"응. 그런데 두 사람이 같이 있는 걸 본 건 그게 마지막이야. 레이드 님은 인기가 많으니까 여학생들이랑 대화를 나누는 건 종종 보는데, 그 애가 레이드 님한테 말을 걸려고 다가가는 건 별로 본 적이 없어. 어느 쪽이냐 하면 레이드 님한테 말을 거는 학생을 응원하는…… 아니, 부추기는 쪽에 가까웠다고 할까.”

“부추긴다고요? 레이드 님을 좋아하면서요?”

“그런 짓을 하는 사람이 있어. 너는 특히나 알아 두는 편이 좋아. 너는 좋아하면 좋아한다고 말하고, 사귀고, 프러포즈하는 게 사랑이라고 생각하겠지. 좋아하니까 짓궂게 굴거나 누군가를 위험하게 만드는 건 절대 이해하지 못하는 사람이잖아?”

루키트 님은 서류를 하나씩 정성스레 정리하면서도 내 눈동자를 똑바로 바라봤다.

“대화해 본 적 없는 사람을 단정하는 건 좋지 않은 일이지만. 그래서 이건 전부 내 상상인데, 그 애는 실은 자기한테 자신이 없었던 게 아닐까.”

“자기한테 자신이 없다고요?”

“그래. 자기한테 자신이 없으니까 다른 사람을 부추겨서 상황을 살피거나 나쁜 소문을 흘려서 모함하는 거지. 사랑받을 자신이 있다면 정공법으로 다가가면 되잖아? 승부에 나서기가 무서우니까 멀리 돌아가는 거야. 자기한테 자신이 없으니까 스스로를 보지 않고 주변만 살피지. 남을 시기하고 원망하면서 발목을 붙잡지…… 내가 그랬어.”

루키트 님이 그런 적이 있었다고? 의아했지만 잘 생각해 보면 루키트 님은 예전에 앨리스의 쿠키를 버리려고 한 적이 있었다.

당시 루키트 님은 스토커를 두려워했다.

상대의 작위가 더 높았고, 스토커의 모친은 루키트 님의 자신감을 깎아내리는 말을 하기도 했다.

"그땐 불안했어. 나를 제대로 좋아해 주지 못했지. 레이드 님이 나를 봐준다면 나는 모두에게 인정받는 존재가 될 거야. 무척 가치 있는 사람이 될 거야. 그렇게 생각했어. 내 가치를 다른 사람에게 맡겼던 거지."

"지금은, 좋아하시나요?"

"당연하지. 나는 내가 너무 좋아. 귀여운 나도 무척 좋아하지만, 있는 그대로의 나도 좋아."

루키트 님은 당당하게 웃었다.

부드러운 입술에 사랑스러운 눈동자, 곧게 뻗은 콧대는 역시나 아이돌 같았다. 하지만 사랑스러운 외양뿐만 아니라 그녀의 존재 자체가 밝게 빛나는 듯했다.

"저도 루키트 님이 좋아요."

"안목이 있네. 마음이 잘 통하겠어. 자꾸 이름에 '님'을 붙이는 건 불쾌하지만."

그녀는 작게 웃더니 아련한 눈빛으로 창밖을 바라봤다.

"나도 네가 좋아."

"네?"

"어색한 태도는 별로 좋아하지 않지만."

"네?"

호의와 주의를 함께 받아서 어떻게 반응해야 할지 모르겠다.

"앨리스 씨도 좋아해. 소리를 지르거나 일방적으로 할 말을 쏟아내거나 소란스러운 점은 좋아하지 않지만…… 좋아하는 감정에도 다양한 게 있다는 사실을 체감하고 있어. 싫어하는 감정과 좋아하는 감정이 한 군데에 섞여서 찜찜할 때도 있지. 내가 말하는 건 불공평하니까 조심하라는 말밖에 못 하겠지만…… 호의에도 여러 가지가 있고 너는 네가 생각하는 것보다 주목받고 있어. 알아 두라고.”

루키트 님은 가녀리고 하얀 손가락을 조용히 뻗어 내 볼에 붙은 머리카락을 떼어냈다.

위로하는 듯한 미소를 보고 지금 그녀가 나를 격려해 준다는 것을 깨달았다.

마음이 따뜻해지고 형용할 수 없는 기쁨이 가슴을 가득 메웠다.

“헬렌 씨.”

“왜?”

“감사해요.”

감사 인사를 전하자 그녀는 “내 호칭, 그렇게 정착하도록 해.”라며 입꼬리를 올렸다.

학생회 서류 정리도 드디어 끝이 보일 때쯤, 밖은 노을빛으로 완전히 물들어 있었다. 분주하게 움직이던 앨리스도 무사히 돌아와 슬슬 귀가 준비를 하려던 때, 누군가가 내 등에 툭 손을 얹었다.

“미―스―티―아!”

가까이에서 들리는 목소리에 뒤를 돌자, 뒤에는 에릭이 서 있었다. 그는 기분이 좋은 듯 방긋방긋 웃는 얼굴이었다.

"수고했어, 미스티아. 오래 걸렸네."

"에릭 선배도 수고하셨어요."

서류 정리는 4일 정도 걸렸지만 왠지 한 달은 정리한 듯한 기분이 들었다. 크게 기지개를 켜자 그는 도와주겠다면서 내 팔과 손목을 잡고 천천히 위로 잡아당겼다. 왠지 체조 철봉 선수가 된 기분이었다.

"저기, 내려 주실래요?"

"아하하. 미스티아 떠 있네."

신장 차도 있어서 에릭이 가볍게 나를 들어 올리는 것만으로도 발이 바닥에 닿지 않았다. 무겁지 않냐고 물었으나 "아기 같으니까 괜찮아."라면서 작년 여름처럼 웃을 뿐이었다.

"그보다 미스티아, 제대로 챙겨 먹어. 너무 가볍잖아. 이래서야 조각내서 어딘가 상자에 넣었을 때 편한 거 말고는 장점이 없잖아."

"무서운 말을 하시네요······."

너무 불만만 말해도 좋지 않지만, 조금 더 아이 앞에서도 큰소리로 말할 수 있는 예시를 들어 줬으면 좋겠다.

"그럼 뭐라고 해야 하나. 바다에 던지기 쉬울 정도로 가볍다?"

"극단적이네요······. 우선 근육 단련을 시작해 볼 생각이에요."

"흐음. 울끈불끈한 미스티아는 상상이 안 가네!"

"노력해 볼게요."

여름철에 에릭은 체육복을 입었을 때 자주 티셔츠의 배 부근을 펄럭거리며 땀을 식히곤 했다.

그 틈으로 확실히 복근이 보였으니 어느 정도 근육이 있는 듯했다.

"에릭 선배는 운동하셨죠?"

"으응. 미스티아는 강한 거 좋아하잖아. 뭐라고 해야 하나, 용사나 전투 같은 거. 그래서 강해지는 게 좋지 않을까—! 해서."

"그렇군요."

에릭은 앨리스를 좋아하게 될 거라고만 생각했는데, 현재 투옥, 사형의 걱정이 사라진 차분한 상태로 생각해 보면 내게 상당히 호의적으로 다가와 주는 느낌이다.

"그래서 나, 꽤 배웠어. 운동하는 거. 초보가 갑자기 상급자용 운동을 하다가 다치는 일도 있고, 무슨 일이든 순서가 중요하잖아? ……끝이 가장 중요하지만."

느긋한 말투로 말하며 에릭은 머리 뒤로 양손을 꼬더니 기지개를 켜고 목을 좌우로 움직였다.

기분 탓인지 우드득 하는 뼈 소리가 들려오는 듯해서 걱정도 되었지만, 어째서인지 순서라는 말이 신경 쓰였다.

순서.

브람 씨도 했던 말이다.

곡을 재생하는 순서가 중요하다고. 재생하는 순서에 따라 다른 느낌으로 음악을 들을 수 있다고 했다.

나는 문득 신경 쓰여서 들고 있던 메모를 꺼냈다.

여기에 적힌 건 필진 공작이 빌렸던 책 목록이다. 나는 팔락팔락 페이지를 넘겨 숫자가 적힌 순서대로 제목을 훑었다.

"미스티아? 왜 그래?"

에릭이 부르는 목소리를 듣고, 확신했다.

에릭은 전에 자신이 우리 집에 사용인으로 일하면 어떻겠냐는 말을 한 적이 있었다.

봉사 활동처럼, 신분의 장벽을 넘거나 자신의 신분을 숨기고 일하는 건 문화로 정착되어 있다. 학생들이 학교 행사로 고아원 이나 의료 시설에 가는 일도 있으니, 누군가가 신분을 숨기고 아카데미에서 일하더라도 이상한 일은 아니다.

하지만 학생의 관계자──보호자나 형제는 신분을 숨길 수 없 겠지.

그리고 이 아카데미의 차기 이사인 필진 공작가와 관련된 학 생은, 이 아카데미에 없다.

그가 봉사 활동, 혹은 앞으로의 이사 업무를 위해 아카데미에 서 일했을 가능성은 충분히 있다.

클라우스가 했던 말의 의미는 은유가 아니다. 말 그대로의 뜻 이었다.

알리 씨는, 사라지지 않았다.

"고마워, 에릭……."

"왜 그래? 무슨 좋은 일이라도 있어?"

"아직 모르겠지만…… 그럴 가능성이 커요."

나는 당황하는 에릭에게 감사 인사를 전했다. 그는 노을을 배 경으로 "천만에."라며 온화하게 웃었다.

히로인 구제

알리 씨가 학원을 떠나고 1주일.

아니 알리 씨로서의 아카데미 근무가 끝나고 1주일이 지난 날 아침, 나는 필진 공작가 저택으로 찾아왔다.

클로버 문양이 새겨진 문은 장엄하고 압도감이 느껴졌다.

저택 자체는 녹터가의 저택처럼 한 나라의 성처럼 보이는 구조로, 대문까지의 거리가 상당히 멀고 분수 위에는 사자 석상이 앉아 있었다.

클라우스가 말했던 그 말을 가슴에 품고, 나는 조심스레 문 안으로 발걸음을 옮겨 눈처럼 하얀 벽돌길을 따라 걸었다.

앨리스가 이바라이트가에 가 있을 땐 연락할 수단이 마땅치 않았다.

그 정도로 백작가와 공작가는 거리감이 있었다. 원래 '저택에 찾아뵈어도 될까요?'라는 내용의 편지를 보내는 것조차 문제가 된다. 면식이 거의 없다면 더욱 만나기 어렵다.

하지만 내 예상대로 답신이 왔다.

백자에 금색 라인이 들어간 봉투 안에는 방문 시간, 일자와 함께 기다리고 있겠다는 문구가 학생회 일지, 도서위원 기록과 똑같은 글씨로 적혀 있었다.

"기다리셨습니다. 미스티아 아렌 님."

나는 체육제에서 본 노령의 비서에게 안내받아 저택 안으로 들어갔다.

외관은 하얀색 위주였는데 내부도 마찬가지였다. 대리석 바닥은 반짝거릴 정도로 닦여 있어서 거울처럼 주변의 풍경을 비추고 있었다.

지금 보는 풍경 전부를 거꾸로 비추고 있는 바닥을 보다 보니, 바닥 아래에 다른 세상이 펼쳐져 있고 그 속으로 빠져들 것 같은 기분마저 들었다.

"여기입니다."

복도를 어느 정도 나아가자 비서는 터콰이즈 블루색의 문 앞에 멈춰서서 문을 열었다.

"편안한 시간 보내십시오."

안내받은 대로 안으로 들어서자, 상단부가 곡선을 그리고 있는 기다란 창문을 배경으로, 오늘 만나기로 약속한 인물——필진 공작이 서 있었다.

역광을 받아 그림자로 인해 생겨난 실루엣은, 부드러운 느낌의 머리카락을 확연히 드러내고 있었다.

"오늘은 무슨 용건으로 찾아왔지?"

공작이 창문에서 멀어지자 빨간색과 노란색 눈동자가 보였다. 아, 역시, 그였구나. 나는 내 행동을 자각하며 그에게 다가갔다.

"공작께 세 가지, 질문드리고 싶은 게 있어서 연락을 드렸어요."

"무슨 일인가 했더니, 상당히 질문이 많군. 종이에 적어서 보내면 될 것을."

단조로운 목소리를 듣고 확신했다.

그는 지금 나를 무척이나 봐 주고 있다.

예외로 두고 있다. 원래 질문의 내용도 밝히지 않고 만나자고 연락하는 건 상당히 무례한 일인데도.

필진 공작은 아무렇지도 않다는 듯이 받아들였다.

"세 개 중 하나는 이렇게 직접 뵙지 않으면 할 수 없는 질문이어서요. 죄송합니다."

"그건 흥미롭군. 그래서, 이렇게 저택에 찾아와서 뭔가 수확은 있었나?"

"어째서 갑작스러운 연락을 받고 이렇게 시간을 내주셨는지 알려주실 수 있나요?"

내 질문에 필진 공작은 나를 바라보기만 했다. 아무것도 몰랐다면 위축되었을 듯한 시선을 받으며 나는 말을 이어나갔다.

"공작 가문의 분이 그렇게 쉽게 백작가의 사람을 만나는 일은 없잖아요. 그리고 얼마 전엔 공작가의 피를 이은 분이 납치된 사건도 있었죠."

"흐음. 필진 공작가가 부주의하다는 소리인가? 꽤나 무례한 충고군."

앨리스가 이바라이트 공작가에 있을 때, 나는 샤니 씨의 도움이 없었다면 앨리스를 만나지 못했을 것이다.

게다가 앤지 양의 사건이 일어난 것이 바로 얼마 전.

일반적으로는 만나고 싶다고 해도 초대받기 어렵다.

상당히 오래 알고 지내온 사이가 아니라면.

아렌가와 필진가는 거의 친분이 없다.

일 때문에 만난 적은 없는지 부모님에게 물었을 때, 두 사람 다 고개를 끄덕이지 않았다.

지금 나와 대면 중인 필진 공작도 그 빨갛고 노란 눈동자로 나를 바라볼 뿐이다. 수긍하지 않았다.

그리고 공작은 내게 자주 질문을 했었다.

아카데미 생활은 즐거운지, 잘 지내는지. 그리고 또 한 사람, 나의 아카데미 생활에 관해 자주 묻던──아니, 걱정하던 사람이 있었다.

"저는 꼭 감사를 전해야 할 사람이 있어요. 계속 친절하게 대해 주고, 민폐를 끼치기도 하고. 그 사람 덕분에 저는 친구도 생겼는데 감사 인사를 전하기도 전에 만날 수 없게 되어 버렸죠."

"그렇다면 그 매정한 인간은 잊으면 되지 않나. 감사를 전하지 않아도 변하는 건 없어."

냉담한 말투에 나는 "그는 그런 사람이 아니에요."라고 말하며 고개를 가로저었다.

그는 그런 사람이 아니다.

그런 사람이 절대 아니다.

분명 누구보다도 정 많고 타인만을 생각하는 사람이다.

자신이 어떤 시선을 받을지보다, 상대가 상처받지 않는 것을, 민폐를 끼치지 않는 것을 더 신경 쓰는 사람이다.

그래서, 그는 내 앞에서 사라졌다.

아무것도 말하지 않고.

"필진 공작은, 알리 씨죠?"

지금까지 계속 마음에 걸렸던 문을 열 듯이, 나는 답안을 제시했다.

　생각해 보면 필진 공작과 마주쳤을 때, 알리 씨가 근처에 있던 적은 한 번도 없다.

　직원이라 행사에는 직접 참가하지 않는다고 해도 그는 청소 업무를 수행해야 할 테고, 문화제 중에는 무슨 일이 일어날지 모르니 대기해야 했을 것이다.

　그런데 댄스 파티 날도, 체육제 때도, 직원실은 항상 굳게 닫혀 있었다.

　체육제 입장 티켓.

　그건 교사와 직원에게는 배부되지 않은 것이었다. 하지만 알리 씨는 티켓을 가지고 있었다. 준비해 준 것이다. 깃발 페인트처럼, 만일의 경우를 대비해 준 것이다.

　머리카락 색이 다른 건 분명 가발을 썼기 때문이겠지.

　실제로 댄스 파티를 위해 나는 가발을 준비한 적이 있었다. 이 세계에는 가발이 존재한다.

　누구나 변장이 가능하다는 뜻이다.

　"미스티아 씨에게는 숨길 수 없겠네요. 저를 유심히 봐 주신 모양이에요."

　필진 공작이 알리 씨의 목소리로 말했다.

　차분한 표정이었지만, 두꺼운 렌즈 너머로 봤던 눈매가 떠올랐다.

　하지만 그것도 잠시, 다시 냉담한 목소리로 변했다.

"……나는 평민 알리로서 신분을 숨기고 일했지. 그리고 내년부턴 이사장으로 아카데미의 업무를 맡게 될 거야. 일일이 작별 인사를 할 수는 없었어. 한 학생을 특별 취급한다는 소문이라도 돌면 복잡해지니까 말이야."

그는 내뱉듯이, 선을 긋듯이 말했다.

그 태도를 다시 보고, 그날도 분명 의도적으로 그랬다는 것을 재인식했다.

"그렇게, 말없이 필진 공작가로 갔군요. 포르테 고아원을 나와서."

"그게 세 번째 질문인가."

"비슷하지만, 조금 달라요. 제가 당신에게 묻고 싶은 건 딜리아에 관한 것이에요."

이 세계에서 처음 생긴——아니, 지금까지 살아오면서 처음으로 생긴 친구의 이름을 불렀다.

필진 공작은 아무 말도 하지 않았다.

"당신은, 딜리아죠?"

망설임도, 틀렸을지 모른다는 불안도 없었다.

해바라기…… 아니, 필진 공작이 뒤돌았다.

그가 풍기는 분위기가 약간 바뀌었다.

"여름에 이름을 숨긴 건, 가능하면 출신을 밝히고 싶지 않았기 때문이 아닌가요? 친절한 태도와는 다르게, 당신은 항상 이상할 정도로 자신을 감추는 데에 필사적이었어요."

저녁 햇살이 그의 은발을 감싸듯이 비쳤다.

잔잔한 저녁의 따스한 바람이 그 섬세한 머리카락을 흔들며 빨간 눈동자를 드러내도록 했다.

긴 침묵은 잔혹할 정도로 그의 긍정을 확인시켜 줄 뿐이었다. 어째서 지금까지 눈치채지 못했을까. 나는 후회에 휩싸였다.

"……언젠가 이런 날이 올 거라고 생각했어."

부드러운 목소리는 그때와 닮았으면서도 닮지 않았다.

수수하고 무뚝뚝했지만 조금 높았던 목소리는 지금 낮게 가라앉은 성인 남성의 목소리가 되었다.

처음 말을 섞어본 것도 아닌데, 그 목소리는 거대한 세월의 흐름을 말하고 있었다.

"눈치채지 못해서 죄송해요. 저는 계속 제 메이드를 딜리아, 당신이라고 생각했어요."

"알고 있어. 그리고 나는 네가 눈치채길 바라며 행동하지도 않았지. 그러는 편이…… 더 나았으니까. 그러니 어쩔 수 없어. 게다가 나는 네가 행복해 보이는 걸로 기뻐."

딜리아는 그렇게 말하고 담담하게 사실을 삼키듯이 웃었다.

"예전에 청소 활동을 했었지, 고아원에서."

그의 말에 나는 포르테 고아원에서 자주 딜리아와 청소했던 기억을 떠올렸다.

고아원 교육의 일환으로 반을 나눠 근처 도로를 청소했다. 딜리아가 청소에 너무 열중하는 바람에 혼자 동떨어져 있는 것을 찾아 둘이서 고아원으로 돌아온 적도 많았다.

"나는 그때 일부러 동떨어진 거였어."

"일부러······?"

"네가 다른 녀석들과 친하게 지내는 걸 보고 토라진 거지. 그때는 아직 미숙했으니까. 한심한 이야기야. 하지만 지금은 달라. 네가 다른 사람과 잘 지내는 걸 보면 기뻐. 그러니까 알리로서, 네 아카데미 생활을 지켜보는 건 내겐 뜻깊은 시간이었어."

알리 씨는 친절한 사람이었다.

내가 그렇게 그를 규정해 버린 탓에 그의 목적을 알아볼 생각은 추호도 하지 못했다.

그는 학생을 아끼고 상냥하고 잘 챙겨 준다.

존경하면서도 한 모습으로만 단정했다.

하지만 생각해 보면 알리 씨가 다른 학생에게 친절하게 대했다는 이야기는 전혀 들어본 적 없다.

알리 씨와 함께 있었다는 이야기도 한 번도 들어보지 못했다.

그와 대화하는 학생을 본 적도 거의 없었다는 것을 지금에야 깨달았다.

에릭이 알리 씨를 경계한 덕분에 알리 씨가 내 환각이 아니란 것을 재인식할 정도로, 그는 다른 학생들과 교류하는 모습을 보인 적이 없었다.

하지만 지금도 선명하게 떠오르는 그리운 해바라기 향과 상냥한 눈빛, 언제나 격려해 주는 상냥한 말들을 떠올릴 때마다 알리 씨가 내게 다가온 이유를 짐작할 수 있었다.

그건 친절이 아니다.

헌신이었다.

"공작가에는 신분을 위장하고 봉사하는 전통이 이어져 내려오지. 그걸 들었을 때 가장 먼저 떠오른 게 아카데미였어. 네가 곤란할 때 도와주고 싶었거든. 전에는, 그러지 못했으니까."

"그건, 교회에서……."

"그래. 나는 네게 은혜를 입었어. 진창 같은 생활에서 날 구해 줬지. 그런데 나는 네게 제대로 된 인사도 못 하고 떠나고 말았어."

딜리아는 내게 말없이 사라졌다.

필진가의 피를 이었다는 사실을 알고 무슨 일이 있었던 것일지도 모른다.

나와 고아원에 안 좋은 영향이 생길 만한 무언가가 있었던 것이다. 그의 말을 들으니 확실히 알 수 있었다.

"나는 그때 네게 말없이 떠났지. 그리고 아카데미에서 재회한 네 생활에 개입한다는 선택이 옳았는지는 모르겠어."

빨갛고 노란 눈동자가 방황하더니 가라앉았다.

알리 씨는 항상 나를 도와줬다. 그리고 피나 선배뿐만 아니라 내 주변 사람들도 도와줬겠지.

그런데 그는 불안한 모습이었다. 그 누구보다 감사를 받아야 하는데, 그 누구보다 슬픈 표정이었다.

"내가 개입해서 네게 생기는 문제나 위험이 늘지 않았으면 좋겠다고 생각해서 움직였어. 그 결과로 너를 위험하게 만든 건 아닌지, 아무리 생각해도 답을 낼 수 없었지. 그러니까…… 알려줘."

딜리아가 나를 꿰뚫어 보듯이 바라봤다.

거리도 있었고 목소리도 담담했지만 울며 매달리는 것처럼 느껴졌다.

차기 이사장이라는 자리에 더해, 내가── 친구가 계속 위험한 일에 엮였다.

지금까지의 생활이 갑자기 변하면 괴로우리란 것은, 앨리스가 우는 것을 본 나도 조금이지만 알고 있다.

딜리아는 긴장 속에서 살고 있었다.

반대 입장이었다면, 친구가 교내 행사 진행 중에 절벽에서 추락하거나, 칼에 찔릴 뻔하는 일이 생기면 나도 책임을 느꼈을 테고, 막을 방법은 없었을지 생각하며 후회했을 것이다.

로베르토 와이즈도 목숨엔 지장이 없었지만 그때 내가 조금 더 '무언가'를 했다면, 그가 찔리지 않고 지나갈 수 있지 않았을까 하는 생각을 한다.

딜리아도 나처럼 계속해서 '만일 그랬다면'을 찾았던 것이다.

그리고 그건 분명 지금도.

나는 가져온 딜리아의 일기를 가방에서 꺼내 그에게 건넸다.

"저는 당신에게 계속 고맙다고 말하고 싶었어요."

"……네게 이 아카데미 생활은 어땠지?"

체육제 때 들었던 말과 같은 말이다.

당시를 떠올리며 나는 다시 그를 똑바로 마주했다.

"큰일도 있었지만, 즐거웠어요. 친구도 늘었고요."

"그렇다면, 다행이군."

일기를 받아든 딜리아의 눈동자에서 눈물이 툭 떨어졌다.

눈물이 노을빛을 반사하여 마치 보석을 떨어트리는 것 같았다.

"계속 떠올리지 못해서…… 딜리아의 괴로움을 눈치채지 못해서 죄송해요."

"그렇지 않아. 나는 계속 네게 구원받았어. 그런데 나는, 조금도 보답하지 못했어……."

"그거야말로 그렇지 않아요. 저는 딜리아에게 몇 번이나 용기를 받았어요. 지켜 주셨는데도 실수로 다른 사람에게 민폐만 끼치고 다녔죠. 지금도 당신의 눈물을 멎게 할 말이 하나도 떠오르지 않아요."

내가 할 수 있는 일이 없을까. 안타까운 마음에 나는 딜리아의 뺨으로 손을 뻗었다.

무척이나 무상하고, 섬세한 유리 세공을 만지는 듯한 긴장감을 품으며 그의 눈물을 손가락으로 훔쳤다.

"감사해요. 계속 지켜 주셔서."

"내가, 너를 지킬 수 있었나……?"

그의 질문에 크게 고개를 끄덕였다. 나는 그의 눈물이 멎기를 바라며 "네." 하고 웃으며 고개를 끄덕였다.

어느샌가 주변은 상냥한 붉은 빛으로 물들었고, 하늘에는 그를 위로하듯이 별이 반짝이기 시작했다.

필진가를 나왔을 때 주변이 이미 어둑해진 시각이었다.

저녁놀은 저 너머로 사라졌고, 바깥은 깊은 바다와 같은 남청색으로 물들어 있었다.

일정한 간격으로 늘어선 가로등을 가로질러 아렌가의 마차를 향해 나아가는데, 클라우스가 악마의 심부름꾼처럼 어둠 속에서 나타났다.

"여어, 미스티아."

만일 이 세계가 4가지 선택지 중에서 행동을 고르는 게임이었다면 '대화한다', '싸운다', '도구를 사용한다', '도망친다' 중에서 '도망친다'를 골랐을 것이다.

하지만 지금은 그럴 수 없고, 이미 투옥, 사형의 가능성은 사라졌다.

게임의 강제력이라고 착각했던 사건들은 앤지 양이 일으킨 것이었고.

"안녕하세요."

"하하하하하! 너야 안녕하겠지! 자기가 불타 버릴지도 모르는 곳에 왕자님이 네 명이나 나타나고, 전에 만난 소꿉친구와 재회하고, 아주 신났겠지, 악역 영애면서!"

클라우스는 내 등을 탕탕 두드렸다.

그의 웃음소리를 들었는지 마부 솔 씨가 마차에서 나와 클라우스를 붙잡으려 했지만, 클라우스는 휙 몸을 돌리더니 "너무하네. 나는 화재 때 미스티아 씨를 구하려고 했는데."라며 성실한 청년의 얼굴을 꾸며냈다.

하지만 본인도 본성을 완벽히 숨길 생각은 없었는지 눈만큼은 타인을 깔보는 듯한 눈이었다.

화재 사건으로 우리 부모님은 그를 딸의 구세주로 여긴다.

앤지 양에게 협력한 게 바로 클라우스였으므로 나는 복잡한 기분에 빠져들었다.

그리고 아버지가 감사의 뜻을 전하고자 사례금을 보내려 했을 때, 클라우스 본인이 "디저트를 좋아하는데, 다음에 아렌가에 디저트를 먹으러 가도 될까요?"라며 착실한 청년의 얼굴로 말했으니 무어라 더 할 말이 없었다.

"디저트 드시러 오실 건가요?"

"그래. 저번엔 저택에 갑자기 들르는 바람에 제대로 된 디저트는 못 먹었잖아? 그래서 '저택에 또 들러도 괜찮을까요?'라고 물어보니까 '괜찮아요. 저녁 식사도 함께하시겠어요?'라고 묻길래 '좋아요'라고 대답했지."

"혹시 그 저녁 식사가 오늘인가요?"

"물론이지. 온갖 곳에 장미 장식이 달려 있는 곳은 싫지만 말이야."

딜리아에게 일기를 돌려준 후 이런저런 일을 끝맺음한 기분이었다. 레이드 녹터에게는 사과했으니, 다음엔 앨리스에게 사과할 생각이었다.

그런데 눈앞에 나타난 클라우스라는 위협 때문에 몸에서 활력이 빠져나가는 듯했다.

"아― 어떤 디저트가 나오려나. 나는 생명의 은인인데. 케이크를 배 터지도록 먹을 수 있겠지. 설레서 가만히 있을 수가 없네. 미스티아. 나는 말이야, 앞으로의 일이 기대돼서 미치겠어. 인생 즐기면서 살자고! 앞으로 밝은 미래가 기다리고 있을 거야, 미스티아!"

클라우스는 빨리 케이크를 먹게 해달라는 듯이 내 등을 떠밀었다.

왠지 그가 등을 떠민 곳 끝에는 지옥이 있을 것 같은데……. 나는 왠지 불안해지는 기분으로 마차에 올라타 아렌가 저택으로 돌아갔다.

어제, 클라우스는 선언했던 대로 요리장 라이아스 씨가 만든 디저트를 모조리 먹어 치우고, 선물용 과자까지 기쁘게 받아들고 무척이나 가벼운 발걸음으로 떠났다.

갑자기 나를 위협하거나 전처럼 비유를 들며 알 수 없는 이야기를 꺼내는 일 없이, 그저 행복한 얼굴로 저녁 식사와 디저트를 맛보기만 해서 더 무서웠다.

마치 담력 시험을 하러 갔다가 아무 일도 없이 돌아왔는데 그게 귀신에게 습격당하는 전조였다는 이야기가 떠올라 찜찜한 기분만 남았다.

그렇게, 누군가 머리카락을 잡아당길 것만 같은 불안감 속에서 참가한 서류 정리는 막판에 이르렀다. 아침에 잠시 모여 미팅한 바에 의하면 오늘로 정리가 끝난다고 한다.

"미스티아 님! 우리 힘내요!"

나는 앨리스와 함께 직원실로 가서 서류의 처분 확인을 하게 되었다.

나를 응원해 주는 앨리스와 함께 서류를 실은 수레를 밀었다.

입학생 설명회 날 봤던 복도는 여전히 길게 이어져 있었다.

귀족들이 다니는 아카데미라 각 교실이 크고, 그에 따라 복도도 길다.

다만 처음 봤을 때와는 다르게 지금은 불에 그을린 자국이 있거나 교실 일부는 골조가 드러나 있는 등 처참한 화재의 흔적이 남아 있었다.

어제, 샤니 씨가 보낸 편지를 받았다.

편지에는 사죄의 한 마디만이 적혀 있었다.

아버지가 말하기를, 그녀는 누군가를 직접 해치지 않아서 극형을 면할 수 있었고, 피해자인 내가 편지에 답장하면 그녀에게 제대로 도착할 것이라고 한다.

지금은 어떻게 해야 할지 아직 마음을 정하지 못했다.

앤지 양은 샤니 씨가 좋아했던 이프 구스라는 학생이 나를 좋아했다고 말했다.

전에는 왜 좋아하는 사람을 죽이려 하는지 이해가 가지 않았지만, 헬렌 씨의 이야기를 듣고 어느 정도는 이해할 수 있게 되었다.

누군가를 죽이고 싶을 정도로 좋아한다는 감정은 아직 잘 모르겠다.

하지만 샤니 씨는 좋아하는 사람이 죽은 원인이 된 나를 죽이려 했다. 나만 없으면 된다고 생각하면서.

사랑을 위해, 누군가를 죽인다.

나는 아직 품어 본 적 없는 감정이다.

그저 게임을 플레이할 땐 전혀 이해가 안 간다면서 이해하는 행위 자체를 포기했던 것 같은데, 지금은 그런 형태의 감정도 있다고 이해하게 되었다.

지금까지 나는 항상 불안해했고, 사태를 어떻게 넘길지, 피해를 어떻게 최소한으로 줄일지만을 생각하느라 자발적으로 움직인 적이 별로 없었다.

하지만 앞으로는——.

"앨리스 씨."

서서히 벚꽃이 피기 시작한 창가를 바라보며, 나는 앨리스를 향해 몸을 돌렸다.

"무슨 일이신가요?"

"죄송해요."

내 말에 태양을 난반사하는 수면처럼 반짝거리는 앨리스의 눈동자가 커졌다.

분홍색 머리카락도, 그 색에 연지를 섞은 듯한 입술도, 달달 떨리더니 흐아아아아 하며 공기를 삼키는 소리가 들려왔다.

그녀는 그 자리에 멈춰서더니 자신의 가슴 앞으로 손을 올려 급하게 변명하는 것처럼 움직였다.

"그, 그건 그건가요. 제, 제가 그건가요. 기, 기분 나쁘게 응원했다거나 주제도 모르고 가까이 다가갔다거나 그런, 아, 아, 아."

"아니에요. 제가 지금까지 앨리스 씨에게 무례한 태도를 보여서, 그걸 사과하고 싶었어요."

"네?! 아뇨, 전혀! 전혀 그렇지 않아요!"

앨리스 씨는 고개를 크게 가로저었다. 나는 무심코 "그랬어요."라며 강하게 주장했다.

전에 피나 선배가 내게 "혼자야."라고 주장한 적이 있었는데 이런 기분이었을지도 모르겠다.

"피하고, 멋대로 두려워했어요. 그건 앨리스 씨가 원인이 아니고 제가 원인이었어요. 그러니까, 죄송해요. 갑자기 이런 말을 하는 것도 이기적이란 건 알고 있어요. 그래도, 저는 앨리스 씨와 친해지고 싶어요. 괜찮다면 앞으로도 친하게 지내 주실래요?"

나는 고개를 숙이고 앨리스에게 손을 뻗었다. 그러자 그녀는 흐아아 하고 숨을 내뱉더니 내 손을 조심스럽게 잡았다.

"저기, 고, 고개를 들어 주세요. 미스티아 님의 의견을 부정할 의도가 없다는 걸 전제로 말씀드리고 싶은 게 있어서……."

그녀의 말에 나는 고개를 들었다. 그러자 앨리스는 내 손을 잡은 채로 내 눈동자를 똑바로 바라봤다.

"저기, 저는 작년에 아카데미를 다니는 게 엄청 즐거웠어요……. 처음엔 다닐 수 있을지 자신도 없었고……. 다른 영애들의 이야기를 들으면 결혼! 이나 연애! 같은 느낌이라…… 그런 데에 흥미가 없다고 해야 하나, 누군가 결혼하거나 연애를 하게 되면 축하해 주고는 싶지만 제겐 딱히 필요가 없어서, 제 인생의 행복과 관계없는 이야기가 많아서…… .가치관이 안 맞는 것 같아……라고 생각했는데, 그래도 미스티아 님 덕분에 무척 즐거운 나날을 보낼 수 있었어요. 헬렌 씨처럼, 엄청 소중한 친구도 생겼고……. 그게, 그래서 저, 2학년이 되면 꼭 미스티아 님과 같은 반이 되고 싶다고 작년 여름 무렵부터 계속 생각했어요. 같은 반이 아니면 싫다고……
그럴 순 없다고…… 하지만 최근엔 어떤 결과가 되더라도 제대로
노력해 보자는 생각이 들어서."

앨리스와 헬렌 씨. 처음엔 헬렌 씨가 쿠키를 버리려고 하는 등
조금 복잡한 관계라고 생각한 적도 있었다.

하지만 점점 두 사람이 함께 있는 모습을 자주 보게 되었고,
서서히 헬렌 씨도 앨리스에게 격식을 차리지 않고 자매처럼 편
하게 대하는 시간이 늘어났다.

"저, 미스티아 님 덕분에! 많은 일을 할 수 있게 되었어요! 지
금까지 최애를 응원하기만 하면 된다고 생각했는데, 그래도 제
대로 자립하고 싶다는 생각이 들었어요. 그게, 할아버지는 혼자
지내게 하시고, 저는 아빠, 엄마랑 같이 지내고 싶었고…… 전
에는 한쪽을 골라야만 한다고 생각했어요. 그런데 둘 다 골라도
되잖아요. 아마. 미스티아 님은 공부도 하면서 레이드 님의 부
정 의혹을 풀거나, 저희 집안에 관한 일도 해결하려고 힘써 주
셨죠. 저보다 훨씬 바쁜데도 노력하는 미스티아 님을 보고 저도
가능, 불가능을 따지지 말고 뭐든 해 보자는 마음이 들었어요.
그러니."

앨리스는 내 손을 꼭 잡았다. 그녀는 활기찬 웃음을 지었다.

"저, 좀 더 힘내 볼게요. 제가 좋아하는 것뿐만 아니라 저와,
제 주변 사람들도 지킬 수 있도록이요."

앨리스의 목소리에는 망설임이 없었다.

작년에 봤던 조금 연약했던 그녀는 이제 어디에도 없다. 구름

한 점 없는 맑은 하늘과도 같은 눈동자였다.

"저는 계속 제게 자신이 없었거든요. 저를 위해 힘낼 수 없었어요. 저를 그다지 좋아하지 않았어요. 뭔가를 특히 잘하는 것도 아니고, 살아가는 이유는 뭐지? 장래희망은 뭐지? 라는 질문을 받으면 대답도 못할 정도로 아무것도 없었어요. 하지만 응원할 땐 달랐어요. 제가 하고 싶은 일이 이거라고 말할 수 있었죠. 제가 좋아하는 게 이거라고 생각했어요. 그렇게 좋아하는 것을 발견해도, 역시 제가 앞으로 뭘 하고 싶은지는 애매하지만……. 저, 미스티아 님을 응원하면서 저에 관해서도 생각해 보려고 해요. 당당하게, 미스티아 님을 응원한다고 말할 수 있도록! 그러니까 저도 부디 잘 부탁드릴게요!"

앨리스가 나를 그렇게 여겨 주었다는 것을 알게 되자 눈물이 나올 것 같았다.

이 마음은 분명 '기쁨'이다.

언제나 앨리스는 나를 응원해 줬다. 그녀가 나를 좋아해 주는 것이, 기쁘다.

앨리스와 만날 수 있어서 다행이다.

"그렇게 생각해 주시는 것만으로도 행복해요. 그리고 앨리스 씨가 힘내자는 생각을 하게 된 계기가 되어서 영광이에요."

"저야말로. 정말이지, 살아 주셔서 감사합니다. 정말, 뭐라고 해야 하나, 가슴이 벅차요. 미스티아 님께 좋아한다고 말할 수 있어서, 뭔가, 무척 후련해요."

앨리스는 자신의 가슴을 쓸어내리며 다시 수레를 밀기 시작했다.

"저, 원래 어떤 계기가 없으면 다른 사람에게 말을 걸기가 어려워서…….'"

──엄청난 음침 캐릭이거든요, 저.

라며, 앨리스가 말을 이어나갔다.

그 말에 발이 멈췄다.

창문과 골조 사이로 불어오는 봄바람이 그녀의 분홍색 머리카락을 지나 내 머리카락을 흔들었다.

음침 캐릭?

두근러브에 그런 단어는 나오지 않는다.

그보다, 현대 단어 그 자체였다.

앨리스는 혼자서 수레를 밀고 뛰어갔다.

"자, 자, 잠시만요! 앨리스 씨, 두근러브를 아세요?"

"두근러브……? 죄, 죄송해요. 무슨 말인지 잘 모르겠는데, 디저트 이름인가요?"

앨리스는 겁먹은 얼굴로 "귀족이라면 상식으로 알아야 하는 뭔가…… 그런 건가요…… 그게…….'"라며 자신이 무례라도 저지른 것처럼 어떻게든 정답을 찾으려고 애썼다.

나는 서둘러 고개를 가로저었다.

어쩌면 앨리스는 나와 비슷한 전생을 지니고 있을지도 모른다.

다만 두근러브를 플레이하지 않았다거나, 게임을 즐기는 사람이 아니었던 게 아닐까.

떠올려 보면 시험공부를 할 때 삼일천하라는 말을 쓴 적이 있었다. 그건 전생의 역사와 관련된 단어다.

하지만 이 분위기를 보면, 내가 전생의 기억을 떠올리기 전과 같은 상태거나, 전생의 기억을 떠올리긴 했으나 이 세계가 어떤 세계인지는 모르는 상태가 아닐까.

"앨리스 씨는, 그, 자신이 앨리스 씨로 살기 전에 어떤 생활을 보냈는지 기억이 나시나요……?"

조심스럽게 묻자 그녀는 "어떻게 아세요……? 호, 혹시 제 마음을 읽을 줄 아시나요……?"라며 바들바들 떨리는 손으로 아까처럼 자신의 가슴팍을 문질렀다.

"이 커다란 마음이 새어 나가다니!"라며 당황했지만 내게 마음을 읽는 특수 능력은 없으니 안심했으면 좋겠다.

"저기, 그런 특수한 사정이 있는 게 아니라, 뭐라고 설명해야 하나…… 저도 비슷한 처지라서요."

"네? 그럼 미스티아 님은 역시 아이돌이셨던 건가요?!"

"아뇨. 아이돌은 아니지만……."

앨리스는 큰 착각을 하고 있었다.

그러고 보니 그녀는 자주 의미를 알 수 없는 단어를 빠르게 말하곤 했는데, 혹시 그게 아이돌 용어인가……?

악수회!라고 말했던 건, 말 그대로 악수를 하는 모임이었던 것일지도 모르겠다.

자세히는 모르지만 아이돌 업계엔 그런 문화가 있었던 것 같기도 하다.

나는 게임만 하는, 이른바 오타쿠처럼 지냈지만, 남들과 교류

하거나 오프라인 이벤트에 참가한 적은 없었다.

그래서 오타쿠 용어를 망라한 건 아니지만, 게임 용어라면 어느 정도 안다고 자부할 수 있었다.

아마도 앨리스는 지금까지 아이돌 오타쿠가 쓰는 단어를 썼던 모양이다.

다만 게임 오타쿠로 살아온 내게는 그게 통하지 않았던 것이다.

그리고 서로 아는 분야가 달라서 지금까지 눈치채지 못했나?

"뭔가, 앞으로 이야기할 게 잔뜩 생겼네요."

나는 수레를 미는 그녀를 따라가 나란히 서서 걸었다. 게임과 관련된 이야기 말고도 나누고 싶은 대화는 잔뜩 있다.

지금까지 계속 대화하지 못했다. 대화하지를 않았다. 하지만 앞으로는 다르다. 나, 그리고 곁에 있는 사람들을 제대로 마주할 수 있다.

"네!"

앨리스가 변함없이 꽃이 피는 듯한 웃음을 지었다.

하지만 이 세계의 히로인이 짓는 웃음이 아니라, 앨리스 하트펄이라는 소녀가 짓는 웃음이었다.

밝고, 쾌활하고, 상냥하다. 하지만 가끔 알 수 없는 말을 한다.

그런 그녀와 오늘부터 친구로.

"앞으로도 잘 부탁드릴게요."

그리고 나는 분명 앞으로 많은 사람과 각자의 정답을 맞춰 나가겠지.

선택하고, 틀리기도 하면서, 내일을 향해 살아가자.

TRUE END 반짝이는 공허한 행복

"오늘부터 2학년이라니……."

새 학기. 길을 따라 벚꽃이 핀 풍경에 시선을 빼앗겨 가며 마차를 타고 이동하다 보니 눈 깜짝할 새에 새로운 아카데미에 도착했다.

피나 선배가 구매한 토지는 기존 귀족 아카데미 부지의 두 배 크기였다.

그래서 새 교사도 그에 맞춰서 크기가 두 배가 되었고, 특히 도서관과 이과 계통 수업용 교실이 늘었다고 한다. 원래 야외에 있던 수영장은 실내로 바뀌었고, 보안을 강화하기 위해 교사에 들어서기 전 검문을 진행하는 전용 관문이 생겨났다.

나는 곧바로 벽돌로 지어진 관문에서 2학년이라고 인쇄된 학생 수첩을 제시했다.

검문을 담당하는 경비는 명부와 가방 내용물, 그리고 얼굴을 확인했다.

"미스티아 아렌 님이시군요. 협력해 주셔서 감사합니다."

"감사합니다."

나는 고개 숙여 인사하고 아카데미 부지 안으로 발을 내디뎠다. 왠지 공항 터미널 같다는 생각을 하면서 나는 벚꽃이 핀 길을 걸었다.

오늘은 무척 날씨가 좋다.

하늘은 푸르고 구름 한 점 없다. 습하지 않은 산뜻한 바람은 상쾌했고, 새잎과 흙이 어우러진 봄 냄새가 났다.

작년은 절망만 느꼈다. 봄을 축복하는 듯한 꽃잎도, 푸르른 하늘도, 하나같이 내게는 공포의 대상이었다.

그도 그럴 것이, 벚꽃은 입학생 설명회 날부터 지지 않고 계속 피어 있었고 이벤트가 일어날 만한 날은 거의 맑은 날씨로 고정되었으니까.

하지만 지금은 벚꽃도 무척 멋져 보였다.

앨리스의 머리카락 색을 떠올리게 하는 분홍색은 공포가 아닌 안심을 가져다주었다.

그러고 보니 앨리스에게 넌지시 공략 대상들의 인상이 어떤지를 물어봤는데, 연애 쪽의 호감은 전무했다. 너무나도 관심 없다는 눈이라, 헬렌 씨가 "같은 반 친구잖아?"라며 무서워할 정도로 전무했다.

그녀는 연애에 흥미가 없다고 한다. "행복의 목표점이 결혼은 아닌 것 같아서요."라며 당황한 얼굴로 대답했다.

그리고 헬렌 씨는 "나는 내가 귀여우면 충분하다는 사실을 깨달았어."라며, 매일같이 쏟아지는 대량의 구혼서와 심복 지원서를 한가롭게 바라보더니 "그럼 저희끼리 노후를 보낼까요?"라는 앨리스의 제안을 내치지는 않는 모습이었다.

그런 두 사람의 대화를 바라보던 피나 선배는 "미스티아 양의 아들과 결혼하면 나는 미스티아를 엄마라고 불러도 되나?"라면서 나를 바라보기도 했다. 앞으로도 아카데미에서 넷이서 즐겁게 지냈으면 좋겠다는 생각이 들었다.

이제, 무서운 일은 일어나지 않을 테니까.

생각해 보면 나는 항상 별동에서 최대한 다른 사람의 눈에 띄지 않게 교실로 향했다. 화장실을 중계 지점으로 삼기까지 했다.

이제 화장실에서 농성을 벌일 필요도 없고 자유롭게 교실을 오갈 수 있다.

나는 신발장에서 실내화를 꺼내 갈아신고 정면에 있는 건물 안내도를 바라봤다. 교실까지 가려면 외길을 따라가다가 네 갈래로 갈라진 길을 통해야 했다.

어느 복도를 통해서 교실로 갈까.

나는 오른쪽으로 둘, 왼쪽으로 둘, 총 네 갈래의 복도를 앞에 두고 잠시 생각에 빠졌다가 발걸음을 옮겼다.

악역 영애입니다만 공략대상의 상태가 이상합니다

Raid Route

되살아나는 사슬

되살아나는 사슬

SIDE: Raid

미스티아를 저택에서 내보내지 않으려면, 아카데미를 다니지 못하게 하려면 어떻게 해야 할까.

그녀가 절벽에서 추락하는 광경이 머릿속에서 반복되는 일상 속에서 계속 그것을 생각해 왔다.

미스티아는 타인에게 상냥하게 말을 건다. 도움을 필요로 하는 사람에게 손을 내민다. 위기에 빠진 사람을, 감싼다.

이 세계에서 일반적으로 아름답다고 칭하는 미덕 때문에, 그녀는 살해당할 것이다.

숙박 체험 학습을 마친 후, 미스티아가 옆자리 평민에게 교과서를 보여주는 익숙한 광경조차 평민이 미스티아를 죽이는 장면처럼 보이기 시작했다.

하나가 마음에 걸리면 연쇄적으로 모든 게 마음에 걸리기 시작한다.

미스티아가 누군가를 돕는 게 마음에 들지 않는다.

교과서를 보여주는 것도, 길을 알려주는 것도, 공부에 관해 상담해 주는 것도, 뭔가를 빌려주는 것도 전부.

언젠가 평민이—— 미스티아 앞에서 마차로 뛰어든다면, 건물에서 떨어진다면, 높은 곳에서 누군가가 떨어트린 물건에 맞는다면.

그런 생각을 하는 것만으로도 피가 빠져나가는 기분이었다.

심장의 고동이 거세지고, 물에 빠진 것처럼 뭔가에 매달리고 싶어진다.

심장만이 아니라 몸 전체의 고동이 진정되지 않아서 눈을 감으면, 손이 닿지 않는 바닷속으로 사라지는 미스티아의 모습만이 선명히 떠오른다.

지금은 아직 교과서를 빌려주는 것뿐이다.

하지만 그게 목숨이 되어 버린다면.

그런 일은 일어나지 않는다고 부정하고 싶지만, 미스티아를 잃는 결말이 두려울 정도로 현실적이고 선명하게 떠올랐다.

그래서 나는 학생회장이 되어야만 했다.

학생회장은 일반적인 교사와 동등한 발언권을 얻을 수 있다.

행사 진행에도 개입할 수 있다. 절벽이나 산으로 가는 행사는 사고의 위험성이 있다면서 각하할 수 있다.

지금 이대로라면 아카데미에 거금을 기부하는 아렌가가 원하지 않는 이상, 아카데미는 지금까지 그랬던 대로 행사를 어쩔 수 없다는 듯이 반복할 것이다.

아렌 백작도, 부인도, 언제나 미스티아의 자유를 원한다.

외동딸이 행복하기를 바라면서 아카데미를 다니게 하고, 그녀를 처형대로 이끈다.

미스티아가 살아서 행복해지기를 바라는 건 이제 나뿐이다.

그렇게 생각하여 선거에 나갔고, 예상치 못한 방해가 들어와 근신 처분을 받은 내 앞에 나타난 건, 피나 네인이었다.

"대체 무슨 용건이시죠? 당신이 흥미를 보이는 건 미스티아뿐이라고 생각했는데요."

"작은 부탁이 있어서. 그러고 보니 네 동생, 아직 다섯 살이구나? 아쉬워라."

"……나이가 좀 더 비슷했다면 결혼할 가능성이 생기니까요?"

"전제가 하나 부족해."

그녀는 고민도 하지 않고 바로 대답했다.

우아하게 홍차를 마시는 모습을 보니, 시시한 별명인 '여왕님'이란 표현이 의외로 틀리지 않은 것 같기도 했다. 하지만 눈동자는 독수리나 뱀에 가까운 냉정한 포식자의 눈이었다.

"영지 경영을 시작하고 친부의 권리와 재산을 조금씩 빼앗는 게 신부 수업의 일환인가요?"

"어머. 꽤 잘 아네. 그 정도라면 일부러 근신할 필요 없이 결백하다는 증거를 꺼내는 게 빠르지 않아?"

근신은 의도치 않았다. 치졸한 누군가가 모함한 것이다. 하지만 미스티아를 가두기 위해 움직이기에는 알맞은 기간이었다. 평소엔 아카데미에 가 있는 시간을 그대로 준비에 할애할 수 있었다.

무척이나 값어치 있는 휴가였다.

"반성할 시간이 필요했어요. 부정을 저질렀다고 날조당하는 걸 눈치채지 못할 정도로 주변을 보지 못하고 있었구나 하고."

"반성 말이지. 너와는 영원히 관계없을 단어라고 생각했는데."

"비꼬시는 건가요?"

"아니? 이래 봬도 나는 너를 높이 평가하고 있어. 그러니까 오늘은 네게 차기 학생회를 추천하러 온 거야."

"오라버니를 배신하실 생각인가요?"

"아니? 부회장으로서 오라버니의 보좌가 되어 줬으면 해. 나는 이제 오라버니의 그림자로 사는 건 질렸으니까."

"제가 대신 그림자가 되라고요?"

"오라버니한테 묻힐 정도로 네가 무능한 건 아니잖아?"

피나 네인은 당연하다는 듯이 나를 바라봤다.

그녀는 이미 머릿속으로 새로운 학생회를 구성했겠지.

하지만 나도 그녀가 만든 세계의 일원이 될 생각은 없다. 내가 학생회장이 되어서 아카데미를 고칠 생각이니까.

그런데 그녀는 내가 수긍하지 않는 것조차 예상한 모양이었다.

결국 그날, 웃기지도 않는 티타임은 아무 결실도 맺지 못하고 끝났다.

최악의 형태로 내 계획은 파멸을 맞이했다.

딱 하나, 내 예측과 달랐던 것은 내 계획을 끝내 버린 게 독사가 아니라 미스티아였다는 사실이다.

학생회 선거에서 그녀는 꼭두각시처럼 움직였다.

피나 네인의 각본에 따라, 평민 여자와 천박한 전학생, 하찮은 에릭 하임이란 무대 장치에 휘둘리다가 결국 학생회에 들어가게 되었다.

그것뿐이었다면 돌이킬 방법이 있을지도 몰랐다.

하지만 최악의 형태로 나와 미스티아의 실낱같은 인연은 로베르토 와이즈에 의해 끊어지고 말았다.

어머니를 감싼 와이즈가의 영식이 상처를 입었다.

그 책임을, 중간에 있던 미스티아가 갚는다.

황당한 이야기다.

그 어리석은 생각으로 나와 미스티아의 약혼은 어이없게 파기되었다.

짓궂은 일이다.

약혼이 파기된다면, 그건 미스티아에게 사랑하는 사람이 생겨서 내게 이별을 고할 때라고 예상했는데.

우리의 계약을 없애버린 게, 하필이면 그녀를 일방적으로 상처 입혔던 와이즈라니.

"저기, 자르드. 자르드는 미스티아 누나가 좋지?"

"응! 엄청 좋아!"

"그렇구나. 불쌍하게도."

자르드는 무슨 말인지 모르겠다는 표정이다. "왜 불쌍한데—?" 라고 말하는 콧소리도, 고개를 갸웃하는 천진난만한 행동도, 전에는 한결같이 짜증 났다.

그저 일방적으로 미스티아에게 비호받기만 하는 존재. 그 모든 것이 나는 원망스럽다.

"미스티아 누나, 곧 못 만나게 될 거야."

"뭐어—? 싫어—!"

귀를 찢을 듯한 목소리가 방 전체에 울려 퍼진다.

5년 전, 미스티아는 지금의 자르드보다도 더욱 큰 목소리로 떼를 쓰며 나와 함께 외출하겠다고 했다. 손이 많이 간다고, 약혼 상대는 누구든 좋다고 생각했지만 웬만하면 다른 영애가 좋다고. 그런 생각을 하던 때가 그리워졌다.

지금은 미스티아가 없으면 살아갈 의미가 없을 정도인데.

"안심해. 자르드가 얌전히 지내면 가끔 만날 수 있을 거야."

"매일 보고 싶어―!"

"매일은 어려워."

나의 말뜻을 모르는 자르드는 볼을 부풀렸다.

전에는 가족을 만들면 걱정이 없어지리란 결론에 이르렀다. 지금 생각하면 치졸한 생각이다.

그녀의 몸에도 부담이 생길 것이다.

목숨마저 잃을지도 모른다. 너무 쉽게 생각했었다.

미스티아를 묶어 놓는 데에 필요한 건 생명이 아닌, 쇠사슬이다.

"싫어―. 나는 또 미스티아 누나랑 형이랑 놀고 싶어! 치잇!"

로베르토 와이즈가 칼에 찔린 이후로 아카데미는 휴업 상태다.

사촌 형을 가장 엄중한 죄로 다스리기 위해 아버지는 분주했다.

어머니는 경비 체제가 강화되어 마음대로 움직이지 못한다.

"이건 분명 운명일 거야."

그러니 나를 막을 수 있는 사람도, 없다.

이 1년간, 파도에 떠다니는 배처럼 정처 없이 흔들리던 나의 결의는 드디어 확고해졌다.

그렇게 믿었다.

하지만 나는 결국 그녀가 타오르는 불을 향해 뛰어가는 모습을, 위병에게 붙잡힌 채로 바라볼 수밖에 없었다.

클라우스 센트릭에게 미스티아가 납치되었다는 소리를 듣고 위병과 함께 아카데미로 향했다.

잃고 싶지 않았다. 마음까지 바라지 않는다. 나를 좋아하지 않아도 괜찮다. 그냥 곁에만 있어 주기를 바랐다.

그렇게 기도하며 아카데미에 도착하여 그녀의 무사를 확인했을 때, 나는 분명 구원을 받았다.

행복을 되찾았다고 생각했다.

그런데 그녀는 불 속으로 쉽게 몸을 던졌다.

지금까지, 나의 욕심을 버렸다고 생각했다. 미움받는데도 웃는 얼굴이 보고 싶다는 분수에 맞지 않는 바람을 지녔던 5년 전과 다르게, 나는 조금씩 어른이 되어가고 있다고 생각했다.

하지만 마지막까지 남은 단 하나의 소원조차 내게는 분수에 맞지 않았던 모양이다.

그녀가 몸을 날려 간신히 목숨을 구하는 모습을 두 번이나 목격한 후, 나는 안정된 수단도 버려야겠다고 결심했다.

나는, 미스티아를 납치할 것이다.

지금까지 그녀에게 부담을 주지 않도록, 완벽한 장소를 만드는 것만을 고집했다.

서로 잃는 것을 최소화하기 위해 미스티아에게 편안한 생활을 제공하고, 가끔은 자르드나 가족, 사용인과도 만날 수 있게 할 것이다.

다만, 저택 밖으로는 내보내지 않을 것이다.

그를 위한 계획을, 설마 내가 스스로 포기할 줄은 상상도 못 했다.

분명 미스티아의 가족도, 사용인의 눈도, 그녀의 진급이란 사실에 느슨해질 시엄식.

나는 미스티아를 납치할 것이다.

다행히 나는 그녀가 아카데미를 졸업한 후 누구도 만나지 못 하도록 특별한 별장을 세울 자금을 준비해 두었다.

아렌가 정도의 호화로운 별장을 세우기엔 부족했지만, 타국으로 떠나면 부족함 없이 생활할 수 있겠지.

그러다가 더는, 더는 안 되겠다는 생각이 들면.

그때는 다시 미스티아와 다른 곳을 찾으면 된다.

우리 둘이 있을 곳은 이 세계에 없을지도 모르지만.

아카데미의 복도를 걷다가 교실로 향하는 미스티아를 발견한 나는 가늘고 연약한 그녀의 손을 뒤에서 살짝 잡았다. 굳이 저택으로 향하지는 않았다.

왜냐하면 아카데미의 경비가 더 느슨하니까. 어쩐지 무척이나 마음이 평온했다.

압도적으로 불안하고, 불확실한 미래를 선택했는데, 꽃잎이 흩날리는 창가의 풍경에 홀렸는지 나를 거절하는 미스티아의 완고함이 누그러진 것처럼 보였다.

대체 어째서 이렇게 평온한 걸까.

그러고 보니 지금까지 무례했다는 사과를 들었던 것 같기도 하다.

뭐, 이제 아무래도 좋아.

"미스티아, 좋아해. 나는 널 계속 좋아했어. 나는 너를, 진심으로 사랑해."

전부 포기해 버리면 이렇게도 간단히 내 마음을 전할 수 있다.

어떤 표정을 지을지 궁금해서 얼굴을 들여다보자, 미스티아는 입을 멍하니 벌리고 있었다.

"어, 사랑이요? 네?"

그런 건 몰랐다. 생각도 못 했다. 눈치채지 못했다.

잔혹한 사고가 투명하게 보였다. "저, 자르드 군이 제대로 아카데미를 졸업해서 문제없이 지낼 수 있도록, 그, 저도 협력해 드릴게요."라고 말을 이어나가는 그녀는 내 고백의 의미를 이해하지 못한 것처럼 당황했다.

"왜 여기서 자르드의 이름이 나와? 지금은 내가 너를 좋아한다는 이야기를 하고 있는데."

아예 입이라도 맞춰 볼까.

아니면 이대로 여기서 강제로 독점하면, 그녀는 내 마음을 알아줄까?

"있잖아. 사랑해, 미스티아. 그러니까——."

"왜 그런 여성향…… 여, 연애극 같은 발언을…… 아, 어어, 그게, 동생을 자립시킨다고 해야 하나, 그 한 걸음을 내딛느라 마음고생을 하신 건 확실히, 이해하는데……."

"동생을 자립시켜?"

내 의문에 미스디아도 당황했다.

왜 내가 동생을 자립시키고 마음고생을 하는 걸까.

애초에 동생을 자립시켜야 할 정도로 가까워진 적도 없었다. 다만 미스티아 때문에 동생이 짜증 난다고 생각한 적은 있었다.

"그거라면 이미 했는데."

"어어……."

미스티아가 눈을 동그랗게 떴다.

얼빠진 것처럼 보이기도 하고, 역시나 어딘가, 그녀가 내게 보이던 공포의 기색이 사라진 것 같은 느낌이다.

그 사실에 기분이 들뜨는 내가 매우 불쌍했다.

"너무 그렇게, 억지로 떨어지려고 하면 반동이 생겨서 더 괴로워질지도 모르니까, 그게, 무리는 안 하시는 게……."

"무리한 적 없어. 그리고 나는 동생과 떨어지지 못하겠다고 생각한 적이 한 번도 없는데."

"어어……."

몸짓은 조심스러웠지만 그녀의 목소리에선 '절대 그럴 리 없어'라는 강한 부정이 느껴졌다. "내가 그런 비슷한 말을 한 적이 있던가?"라고 묻자 그녀는 내 시선을 피했다.

"말해 봐."

"아무도 없는 곳에, 가두고 싶다고…… 제가 자르드 군과 놀고 있을 때, 분명 그런 말을 들었어요…… 무의식적으로 하신 말씀일지도 모르겠지만……."

단어 하나하나 주의하며 말하는 그 모습은, 처형을 기다리는 죄수 같았다.

자신의 목에 칼이 들어오기를 기다리는 것처럼 그녀는 나를 가만히 살펴봤다.

'가둬 버리고 싶어.'

그 말은, 내가 미스티아를 보며 했던 말이다. 이 모습을 보니 아무래도 그녀는 내가 동생에게 한 말이라고 오해한 모양이었다.

이윽고 그녀의 완고한 태도에 의문이 들었다.

"미스티아는 내가 자르드한테 미쳐 있는 줄 알았어?"

"네."

혹시, 지금까지 내 행동이 자르드를 향한 집착이었다고, 계속 오해한 건가――?

생각해 보면 미스티아의 겁이 심해진 건 자르드의 이름이 나올 때였다.

열 살일 적부터, 자르드에 관한 이야기를 하기 전부터 그녀는 나를 무서워했다.

하지만 그녀가 더 격렬하게 나를 피하고 식사 초대조차 어려워진 것은 자르드와 놀기 시작한 후 얼마 지나지 않아―― 내가, 자르드를 방해물로 여기기 시작했을 때부터였다.

게다가 열 살 때, 그녀는 나와 식사를 함께 했다.

혹시, 내가 장래에 관한 이야기를 할 때마다 불안한 표정이었던 건, 내가 자르드를 지배하려 한다고 오해한 게 원인이었나?

"저기, 미스티아. 혹시나 해서 묻는데, 내가 자르드를 절대 벗어나지 못하게 붙잡아 둔다고 생각했어?"

——어떻게 아셨나요'?

실제로는 말문이 막힌 듯했지만 그런 목소리가 들리는 듯한 표정이 모든 것을 말해주고 있었다.

어째서 그런 하찮은 오해를 하게 된 건지 의문이 드는 한편, 그런 오해가 지금까지 이어져 왔을 정도로 대화가 부족했단 점을 절실히 느꼈다.

그리고, 내가 모르는 미스티아의 마음과 그 미래에, 기대가 생겨났다.

"나는 그렇게까지 자르드한테 집착한 적 없어…… 놀랐어. 네가 그런 오해를 했을 줄이야."

"오해요?"

"그래. 너는 아마도 내가 자르드에게 집착을 보인다고 생각한 듯한데, 그건 전부 너를 향한 거였어."

놓아 줄 생각은, 없다.

하지만 억지로 붙잡아 끝내려는 결심도, 완전히 무뎌지고 말았다.

완벽하다고 생각했던 나는 그녀 때문에 무너지고 있다.

이제는 지금 내가 어떤 존재인지도 알 수가 없었다.

"자르드 군이 아니라, 제게……. 어, 어째서요?"

"이유를 물어봐도, 하나로 딱 잘라 말할 수가 없네. 뭐, 됐어. 앞으로 계속 함께 있을 테니까 하나씩 친절하게, 그 순간마다 알려줄게."

확실한 것은, 나는 결국 미스티아를 사랑하는 것 말고는 아무것도 할 수 없고, 영원히 그녀에게 이 마음을 잠식당한 채로 있으리란 사실이다.

결심도, 준비도, 하나의 기대로 간단히 바꿔 버린다.

하지만 이제 포기할 수 없다. 그저 연명을 바라듯이 계속 그녀의 곁에 있을 수밖에 없겠지.

그렇다고 해서 다른 누군가에게 빼앗길 수는 없다.

1년 전, 손가락밖에 잡지 못했던 미스티아의 손을, 얽듯이 잡았다.

"그래서 상담할 게 있는데, 전에 미스티아가 했던 약속을 지켜 줬으면 좋겠어."

미스티아와 처음 만났을 때 했던 약속을 떠올렸다. 그건 미스티아가 에둘러 나를 거절하는 것이라고 생각했지만.

그 약속이야말로, 지금은──,

"내가 운명을 느끼는 존재를 발견했을 때, 네가 응원해 준다고 했잖아."

나와 그녀를 잇는 사슬이 될 것이다.

"어어……."

"그렇게 말했지?"

확인받듯이 말하자 그녀는 눈을 몇 번 깜빡이고는 "말했어요."라고 짧게 대답했다.

"책임, 져야지. 내 운명의 상대는── 내 운명은 너니까. 평생 너를 사랑할 테니까. 자, 응원해 줘야지? 있는 힘껏 응원해 줄 거지?"

미스티아에게 키스한 후 그녀의 머리카락을 살짝 쥐었다.

그녀를 납치할 때, 억지로라도 달려고 했던 사파이어 블루 색의 보석은 의외로 간단히 그녀의 머리카락을 장식했다.

봄 햇살을 받아 반짝이는 보석이, 우리를 축복해 주는 듯했다.

HAPPY END 사랑 의혹의 끝

레이드 닥터가 나를 좋아한다고 말했다.

그는 거짓말을 할 만한 사람도 아니고, 이런 농담을 하면서 반응을 보려는 사람도 아니니 믿어야겠지만 깜짝 놀랐다.

나를 미워할지언정 좋아하지는 않는다고 생각했던 상대에게 고백을 받았다.

솔직히 길을 걷다가 갑자기 맨홀 뚜껑이 폭발하듯 날아가는 상황을 목격한 것만큼 놀랐다.

애초에 전생까지 거슬러 올라가도 나는 누군가에게 고백을 받은 적이 한 번도 없다. 순정만화나 멜로 드라마를 보던 여동생을 관찰하기만 하던 내게는 그야말로 천재지변과도 같은 일이었다.

"좋은 아침, 미스티아."

신발장에서 실내화로 갈아신고 구두를 집어넣으려는데 어깨에 누군가의 손이 닿았다.

고개를 들어보니 레이드 닥터가 모델 같은 웃음을 보이며 서 있었다.

사진사가 있는 것도 아니고, 나는 오늘 카메라를 들고 오지 않았다.

요컨대, 그는 사진을 찍으려는 것도 아닌데 내게 밝은 웃음을 보인다는 뜻이다. 웃음 남발까지는 아니지만, 나 혼자만 보기에는 아까운 웃음이었다.

"좋은 아침이네요……."

고개를 숙이자 "오늘도 달아 줬구나."라며 그는 내 옆머리를 쓰다듬었다. 거기엔 그에게 받은 사파이어 블루 보석이 달린 머리 장식이 달려 있었다. 그 머리 장식을 만지는 손은 천천히 내 귓가로 내려왔다.

"다음엔 귀걸이를 선물해 볼까."

"머리 장식을 받은 지도 얼마 안 됐는걸요. 마음만으로 감사해요……."

"그래도 지금까지 액세서리 선물을 못 했잖아?"

레이드 녹터는 내 귓불과 주변을 확인하듯이 만졌다.

부드러운 정도나 연골을 점검하고 있는 것일지도 모르겠다.

아무 말도 하지 못하고 가만히 서 있자 그는 "싫지 않아?"라며 고개를 기울였다.

"귀걸이는…… 귀를 아직 안 뚫어서, 귀를 뚫는 것부터 해야 하는데…… 아픈 건, 조금 겁난다고 해야 할까요……."

내가 파티 때 착용하는 귀걸이는 자석 형식이거나, 끼우거나 걸치는 형식이어서 귀를 뚫지 않아도 착용할 수 있다.

하지만 피어스라면 귀를 뚫어야 한다.

집사 루크는 귀를 엄청 많이 뚫었으니 익숙할 테고, 부탁하면 아프지 않게 귀를 뚫어 주겠지만 저항감이 있었다.

"귀걸이를 말하는 게 아니라. 내가 만지는 거, 싫지 않아?"

레이드 녹터는 귀를 만져서 미안하다고 생각하는 듯했다.

갑자기 잡아당겨서 귀를 뚫는 거면 몰라도 아까 같은 접촉이라면 불쾌하지 않았다.

"싫지는 않아요."

"정말? 내가 건드렸을 때 움찔하던데."

캐묻는 듯한 눈에, 나는 시선을 아래로 내렸다.

말해도 될지 망설여졌다. 나는 잠시 고민한 후, 솔직히 내 마음을 전하기로 했다.

"그게…… 어릴 때라면 몰라도 지금은 다른 사람과 접촉할 기회가 거의 없어서……. 갑자기 귀에 손이 닿으면…… 어쩔 수 없이 놀라게 돼요."

내가 고개를 가로저으며 말하자 그는 기쁜 듯이 작게 미소 지었다.

"흐음. 그러면 내가 만지는 걸 정말 싫어하는 건 아니구나."

"그렇죠."

나는 게임 시나리오에 해당하는 기간에 레이드 녹터를 파멸의 상징처럼 보고 있었다.

그때의 내 태도는 결코 칭찬받을 만한 일이 아니었고, 그를 보면 도망가기까지 했으니 내게 오물 취급을 당한다고 오해해도 어쩔 수 없었다.

정말 미안했다.

"죄송해요. 그, 지금까지 제가 피해서 그렇게 생각하셨죠……. 저기, 앞으로는 피하지 않을게요……."

"절대로?"

"어, 아. 네. 절대로⋯⋯."

태도 변환이 빨라서 당황하고 말았다. 나는 성의를 보이기 위해 몇 번이나 고개를 끄덕였다.

"그럼 일단 나중에 확인해 볼까. 나는 미스티아가 싫어하는 건 별로 하고 싶지 않거든."

"확인이요?"

"응. 서로에 관해 모르는 것도 많고 말이야. 서로가 어떤 걸 싫어하는지 앞으로 알아보자."

레이드 녹터는 그렇게 말하며 복도를 따라 걸었다.

나는 딱히 추궁하지 않은 채로 그의 뒤를 따랐다.

레이드 녹터가 말하던 '확인'.

잘 이해가 되지 않던 그 말의 뜻은, 점심 식사를 마친 후 쉬는 시간, 내가 중정에서 멍하니 있을 때 밝혀졌다.

"미스티아. 옆에 앉아도 돼?"

"네."

"다행이다. 할 말이 있었거든."

벤치에 앉아 발을 흔들고 있는데 레이드 녹터가 옆에 앉았다.

2학년이 되어 반은 바뀌었지만 두근러브 관계자는 전부 같은 반이 되었다.

굳이 말하자면 작년 반 구성원에 클라우스가 추가 투입된 형태였다.

투옥, 사형이 연관되어 있었다면 나는 분명 속을 게워냈을 것이다.

하지만 지금은 그럴 걱정이 없다.

덕분에 교실에서 레이드 녹터와 평범하게 대화할 기회도 물론 있었고, 피나 선배나 앨리스, 헬렌 씨와 같이 점심을 먹는다는 이야기도 했다.

"그러고 보니 다른 사람들은 어디 가고?"

레이드 녹터가 주변을 두리번두리번 둘러봤다.

"점심 먹고 나서 앨리스 씨는 운동부 연습을 도와주러, 헬렌 씨는 화장 강습회를 열어서 그쪽으로 가셨고, 피나 선배는 조사할 게 있다면서 먼저 자리를 뜨셨어요."

그리고 나는 선생님에게 도와달라는 부탁을 받는데, 직원 회의가 잡혔다고 해서 무산되었다.

그래서 의도치 않게 비는 시간이 생겨나서 아무도 없는 중정에 멍하니 앉아 있었다.

전에는 이벤트를 맞닥뜨리지 않도록 비는 시간이 생길 때마다 화장실로 향했으니, 밖에서 점심시간을 보내는 건 신선한 기분이었다.

"그래서, 하실 말씀이란 건?"

"내가 만지면 어떤 기분이 드는지 미스티아한테 묻고 싶어서. 자, 이렇게 손을 잡으면 어떤 기분이야?"

레이드 녹터는 내 손을 꽉 쥐었다.

"……긴장은, 되네요."

예전엔 레이드 녹터와 거리가 줄어드는 게 공포로만 느껴졌다.

왜냐하면 부모님과 사용인의 목숨이 걸려 있으니까. 하지만 그 위기가 사라진 지금은 평범하게 타인을 향한 긴장감 정도로 그쳤다.

"기분이 나쁘지는 않아?"

그는 열심히 질문했다. 마치 문진 같았다. 나는 당황하면서도 고개를 가로저었다.

"소, 손이 크구나, 하는 생각만 들어요."

"그럼 다음엔 다른 데를 만져도 돼?"

"예를 들면요?"

"볼이라거나. 미스티아, 만져도 돼?"

딱히 충치나 구내염이 있는 건 아니다.

내가 고개를 끄덕이자 레이드 녹터는 조심스럽게 내 볼에 손을 가져다 댔다. "부드럽다."라고 말하며 영험한 불상을 쓰다듬 듯이 내 볼을 만졌다.

"어때, 미스티아? 혐오감이 들진 않아?"

"괜찮아요."

"그럼, 이번엔 나를 만져 봐."

"네?"

생각지도 못한 요청에, 순간 얼빠진 소리를 내고 말았다.

"만지는 건 싫어?"

"아뇨. 지금까지 만져 보라는 요청을 들어본 적이 없어서……
아픈 곳은 없으신가요? 거길 피해서 만져 볼게요."

"딱히 아픈 데는 없어."

"그럼, 보, 볼을……."

나는 레이드 녹터의 볼을 향해 손을 뻗었다. 그는 천천히 눈을 감았다.

속눈썹이 길고, 피부도 도자기처럼 하얗다.

입술도 립글로스를 바르지도 않았을 텐데 도톰하고 윤기가 났다.

조심스럽게 손을 가져다 대자 따스함이 느껴졌다.

손이 닿은 순간 레이드 녹터의 볼이 상기되어서 괜히 더 긴장감이 돌았다.

"어때, 미스티아? 어떤 느낌이야?"

"긴장되네요. 그리고, 매끈해요. 뭐라고 해야 하나. 미술품을 만지는 듯한 기분이에요……."

이렇게 멋대로 다른 사람의 볼을 만져도 되는지 의문이 들었다.

손을 떼려고 하자 그가 내 손목을 확 붙잡았다.

손바닥에 미지근한 감촉이 들어서, 레이드 녹터가 내 손바닥을 핥았다는 것을 깨닫고 패닉에 빠졌다.

"안 돼요! 밥 먹을 때 손을 씻긴 했지만, 안 돼요."

"그건 내 사정이잖아? 저기, 미스티아. 아깐 어땠어? 내가 핥아서 기분이 나쁘진 않았어?"

"기분이 나쁘진 않았지만…… 걱정돼요. 양치하시는 게 좋겠어요. 양치해 주세요."

"아하하. 괜찮다니까. 이 정도 일로 일일이 양치하다간 끝도 없어."

레이드 녹터는 내 대답의 어떤 점을 재밌게 느낀 건지 쿡쿡 웃었다. 잠시 후 웃음이 가라앉은 그는 눈을 가늘게 떴다.

"미스티아. 잠깐 생각해 줬으면 하는데, 다른 사람이 핥으면 보통 기분이 나쁘지 않아? 아무렇게나 볼을 만지거나. 모르는 사람이 그랬으면 어떨 것 같아?"

확실히, 모르는 사람이 그랬다면 싫었을 것이다. 평범한 범죄다.

"모르는 사람이 그런 짓을 하면 법에 저촉돼요."

"그렇지. 그래서 아침에도 말했듯이, 서로의 허용 범위가 어느 정도인지 좀 더 알아볼 필요가 있다고 생각해."

"알아본다고요?"

"응. 서로 볼이나 손가락, 머리를 만져 보면서 어떤 부분이 싫은지 알아보자."

그는 그렇게 제안하고는 곧바로 내 손가락을 잡았다.

아이처럼 검지를 꼭 쥐어서 간지러웠다.

"아하하. 간지러운가 봐, 미스티아."

레이드 녹터는 이번엔 검지와 중지 사이를 어루만졌다. 나도 만지는 편이 좋은가 하는 생각에 그의 엄지를 꼭 잡았다.

"잠깐 깍지 껴볼까?"

그렇게 말하며 레이드 녹터는 자신의 오른손으로 내 왼손에 손깍지를 꼈다.

"어때? 지금은 기분이 나쁘거나 무섭진 않아?"

"여전히 긴장되네요."

"정말로?"

레이드 녹터는 입꼬리를 올렸다.

"네. 그, 이런 건 처음이고요."

"나는 익숙하다고 말하는 것 같네. 나도 긴장돼. 이것 봐."

레이드 녹터는 내 빈손을 잡더니 그대로 그의 심장이 있는 가슴 위에 얹었다.

오늘 그는 갑자기 손바닥을 맞보거나 가슴을 만지게 하는데 대체 무슨 생각인 걸까.

무심결에 손을 빼려고 했으나 붙잡혀서 뺄 수가 없었다. 그리고 손바닥을 통해 쿵쿵 뛰는 빠른 고동과 함께 열이 느껴졌다.

"어때?"

"빠르, 네요."

"나도 긴장하고 있어. 좋아하는 아이가 날 만지고, 나도 만질 수 있어서. 만져도 괜찮다고 허락받아서. 지금 미스티아는 많은 사람 앞에 나서거나 시험 전에 긴장하는 마음과 비슷할지도 모르겠지만, 나 때문에 긴장했으면 좋겠고, 만지고 싶고, 만져 줬으면 좋겠다고 생각했으면 좋겠어. 나는 미스티아를 좋아하니까."

"네……."

못 박듯이 말하는 목소리에 가슴이 조여들었다.

레이드 녹터는 확연히 이상한 행동을 취하고 있지만, 심장이 전과 다르게 뛰어서 당황스러웠다.

"앞으로 천천히 나를 의식해 줬으면 좋겠어."

"노력해 볼게요……."

이 여성향 게임 같은 흐름은 뭐지?

연애를 모티브로 한 게임이라서 실제 연애도 이런 식으로 전 개되나?

미스티아가 난동을 부리며 앨리스를 절벽에서 밀치는 일이 있긴 했어도, 게임 속 연애는 소풍을 가거나 서로에게 공부를 알려주는 등 건전한 느낌으로 진행되었다.

그런데 레이드 녹터의 가슴을 만지다니.

이건 범죄가 아닐까?

내가 레이드 녹터에게 가하는.

그리고 레이드 녹터는 선정적인 분위기를 풍기는 것처럼 느껴졌다.

아니, 원래 이런 건가. 아니면 내가 피하는 바람에 하나하나 확인할 필요가 생겨나서 이렇게 서로 만지는 이벤트가 생겨난 건가.

나는 머릿속이 혼란스러웠지만 가만히 그의 손길을 받았다.

레이드 녹터의 볼을 만진 날로부터 일주일 후.

그가 나를 끌어안기 시작했다.

마차에 탔을 때나 내릴 때, 서로의 저택에서 차를 마신 후 헤어질 때 팔을 잡아당겨 나를 끌어안는다. 숙박 체험이 있을 때 부모님이 "미스티아, 몸조심하렴.", "힘내."라고 말하며 안아 줬던 것처럼 레이드 녹터가 나를 끌어안는다.

전생에선 스포츠 시합이 시작되거나 끝날 때 선수끼리 포옹을 하곤 했다.

그러니까 누가 누군가를 안는 장면은 그렇게 희귀한 광경이 아니다. 나는 아기로 지낸 적이 두 번이나 있으니, 누군가에게 안긴 횟수는 꽤 많은 편이라고 생각한다.

하지만 익숙해지지가 않았다.

독서에 빠져 밤을 새우는 바람에 멍한 정신으로 아렌가 마차에 올라타려는데, 이미 안에는 레이드 녹터가 앉아 있었다.

"미스티아, 좋은 아침."

그렇게 말하며 레이드 녹터는 오늘도 나를 끌어안았다.

그는 내게 고백한 이후에도 입학식 당일에 했던 "와 버렸어."를 반복하고 있다.

그래도 전처럼 지옥 같은 전개가 펼쳐지진 않았다. 일단 미리 이야기를 나누기도 했다. 레이드 녹터가 함께 마차로 통학하자는 제안을 했고, 아렌가와 녹터가 중 어느 가문의 마차를 사용할지가 쟁점이 되었으나, 솔 씨가 호위 역할도 겸할 수 있다고 하여 이런 형태로 정착했다.

그래서 요즘 레이드 녹터는 마차로 우리 저택까지 온 후, 내 마차로 갈아타서 통학 중이다.

귀가할 땐 평범하게 녹터가로 데려다주지만, 아침 환승은 확정 사항인 듯했다.

"레이드 님은 저를 안으면 어떠세요?"

레이드 녹터는 내게 어떤 행동을 할 때마다 감상을 묻는다. 그러니까 나도 그의 감상을 물어보자.

그는 잠시 생각에 빠지더니 내 머리카락을 만지며 미소 지었다.

"떨어지기가 어려워. 떨어지고 싶지 않아."

레이드 녹터는 요즘 머리 땋는 방법을 배웠다고 한다.

녹터 부인에게 배워와 자르드 군이나 녹터 백작을 실험대로 쓴 듯했다.

그렇게 머리 땋는 방법을 숙지한 그는 내가 그냥 머리를 풀고 있는 날, 지참한 빗을 이용하여 머리를 땋는다.

오늘도 마찬가지로 나는 그와 함께 마차 좌석에 앉아, 그에게 등을 보이는 자세로 머리를 맡겼다.

"머리카락을 만지면 어떠세요?"

"만지게 해 줘서 기쁘고, 네 긴 머리카락을 내 목에 감으면 네가 내 옆에서 떨어지지 않겠다는 생각을 해."

"강아지 목줄 같네요⋯⋯."

강아지가 사고를 당하지 않도록 하는 리드줄이 연상되었다.

레이드 녹터는 내 대답에 쿡쿡 웃을 뿐이고 부정하지 않았으니 아마 긍정하는 거겠지.

"그리고 목덜미가 무척 하얗다거나. 여기에 입을 맞추면 싫어할지 궁금하고, 흡혈귀였다면 피가 마시고 싶어질 것도 같고⋯⋯."

레이드 녹터는 저번에 내 볼을 만질 때처럼, 뒤에서 내 귀와 목덜미를 어루만졌다.

"곡선이 예쁘다⋯⋯거나⋯⋯."

이대로 손가락이 눈에 들어가면 아플 것 같아서 눈을 꼭 감았다.

"아, 하나 말해 두겠는데."

레이드 녹터의 목소리가 조금 낮아졌다. 중요한 이야기인 것 같아서 나는 눈을 뜨고 자세를 바르게 했다.

"확실히 네가 아름답다고 생각하지만, 내가 가장 좋아하는 건 네 반응이나 행동 같은 내면이고, 외양은 부속품에 지나지 않는다고 생각해. 윤기 나는 머리카락이나 예쁜 목덜미 때문이 아니라, 미스티아라서 아름답다고 생각해. 네가 어떤 모습이더라도 나는 네 몸과 마음을 둘 다 가지고 싶어. 그건 알아 둬."

"어…… 아, 네."

내 몸이 굳어 버린 탓에 싫어한다고 오해했나 보다.

레이드 녹터는 내 어깨에 손을 얹어 뒤돌아보게 하더니 나를 똑바로 바라봤다.

"다른 남자들이랑은 달라. 나는 네가 아니면 안 돼. 굶주린 짐승이 눈앞에 고기가 나타나서 모여드는 것 같은, 그런 기분으로 네게 다가가는 게 아니라는 건 알아줬으면 좋겠어. 잘 표현은 못 하겠지만 나는 너와의 미래를 확실하게 만들고 싶어서 확인하는 거고, 그저 여성의 몸에 흥분하는 게 아냐."

자신이 만지는 이유는 결코 흑심이 아니라는 것을 말하고 싶은 듯했다.

다만, 그 설명이 너무 상세해서 표현이 노골적이 되었다는 사실은 알고 있을까.

"저, 방금 몸이 굳은 건 눈이 찔리면 아플까 봐 눈을 감은 것뿐이라 괜찮아요……."

"정말? 제대로 내가, 네가 비록 꾀죄죄한 흙 인형이더라도 만질 거라는 걸 이해했어?"

"네. 그러니까, 괜찮아요."

"그럼 다행이지만……."

레이드 녹터는 안심한 얼굴로 다시 머리를 땋기 시작했다.

그러고 보니 이 확인은 언제까지 이어지는 걸까.

끌어안는 행위로 몸의 많은 부분은 이미 닿아 봤다. 남은 곳은 발목이나 엉덩이 정도. 하지만 발목이라면 몰라도 그가 '엉덩이 만지게 해 줘!' 같은, 성추행으로 들리는 말을 할 것 같지는 않다.

이제 확인이 필요한 곳도 없을 테고, 확인이 끝나면 그다음은 어떻게 되는 걸까.

"저기, 확인이 전부 끝나면 어떻게 하실 거예요?"

"미스티아는 어떻게 하고 싶어?"

"딱히 아무것도…… 뭔가 하고 싶은 건 없는데요."

"그럼 내가 주도해도 될까?"

"저는 상관없어요."

어쩌면 산책이나 외부에서 하는 행동으로 바뀔지도 모르겠다.

나는 머리카락을 그에게 맡긴 채로, 산책 장소를 몇 군데 생각해 두자고 생각하며 차창 밖을 바라봤다.

다음 스텝이라는 건 상상보다 빠르게 찾아왔다.

왜냐하면 레이드 녹터가 나를 끌어안는 모습을 부모님이 보셨기 때문이다. 녹터가와 아렌가가 의논하여 우리는 다시 약혼 관계가 되었다.

"미스티아. 내 심장 소리 들려?"

"네."

레이드 녹터에게 안기는 횟수가 늘었고 접촉 시간도 전보다 더 늘었다.

전에는 간단한 인사 수준의 포옹이었는데, 지금은 아이가 인형을 끌어안고 자는 것처럼 밀착도가 올라갔다.

그리고 전에는 헤어질 때 포옹하는 정도였는데 지금은 주변에 사람이 없으면 그가 안아도 되는지를 묻고, 나도 딱히 걸리는 게 없어서 고개를 끄덕이면 안은 상태로 서로의 심장 소리를 듣는 것이 무언가의 의식처럼 변했다.

그리고 그 의식은 방과 후 학생회 업무를 마치고, 교실에 두고 온 짐을 가지러 가는 레이드 녹터를 따라간 오늘도 예외가 아니었다.

그는 두고 왔다던 가위를 가방에 집어넣고는 교실에 아무도 없는지를 확인하고 갑자기 나를 끌어안았다.

"여긴 밖인데요."

"다들 동아리 활동 하러 갔잖아. 아무도 안 와."

"그래도 두고 간 물건을 가지러 올 수도 있잖아요."

지금도 레이드 녹터가 두고 온 물건이 있다며 교실로 돌아온 것이었다. 지금까지 그가 물건을 잃어버리거나 두고 온 적은 한 번도 없다.

즉, 원숭이도 나무에서 떨어지듯이 누구나 깜빡해서 두고 간

물건을 가지러 올 가능성이 있다는 뜻이다.

그는 그대로 내 등에 손을 얹더니 아이를 달래듯이 톡톡 두드렸다.

"저기, 내 입술 만져 보지 않을래?"

"여기서요? 그건 조금……."

"……여기가 아니면 괜찮다는 뜻이야?"

"네. 그리고 손을 씻고 나서요."

손을 씻은 후라면 잘못해서 그의 입에 세균이 들어갈 일도 없겠지. 그는 재밌다는 듯이 웃더니 "그럼 준비해 둘게."라며 나를 놓아 주었다.

"요즘 레이드 님은 뭔가 조금, 특이해요."

"실은 이상하다고 말하고 싶은 거지?"

레이드 녹터가 정답을 말하는 바람에 나는 어색하게 입을 다물었다. 그는 내 손을 잡고 걷기 시작했다.

"확실히 나는 이상해졌어."

"어……."

"네가, 이상하게 만든 거야."

그는 내 손을 잡더니 자신의 볼 위에 가져다 댔다. 그리고 나를 빤히 바라봤다.

"나는 널 좋아해. 정말 좋아해. 그리고 지금 믿을 수 없을 정도로 행복하고 신나. 마음이 너무 들떠서—— 뭘 하는지 모를 정도로 말이야."

어두운 눈빛이 나를 꿰뚫었다.

그 눈빛은 곧장 부드러운 시선으로 변하더니 그는 바로 내 허리에 팔을 둘러 끌어안았다.

"자, 이런 식으로."

"이건 댄스가 아니잖아요……."

"아하하. 미안해, 미스티아. 하아, 미스티아의 향기가 난다. 차분해져. 움직이기 싫다."

레이드 녹터는 내 어깨에 자신의 머리를 얹었다. 그리고 어린 아이가 걷다가 피곤해진 것처럼 잠시 그 자세를 유지했다.

"자, 이거."

레이드 녹터가 복도에서 "움직이기 싫다."라면서 꼼짝도 하지 않았던 방과 후로부터 3일 후.

중정에서 그와 식사를 마치자 그가 물수건을 내밀었다.

감사 인사를 하자 "나도 쓸 건데 뭘." 하며 눈으로 웃었다.

평소처럼 중정은 전세를 낸 것처럼 텅 비었다. 벤치는 열 개가 넘지만 앉아 있는 건 우리뿐이고 아무도 없다.

"저기, 내 입술 만져 봐."

"네?"

"손도 닦았고, 괜찮잖아?"

아무래도 전에 했던 약속을 지킬 때가 찾아온 모양이다. 나는 정성스레 손가락을 닦고 그의 입술에 검지를 가져다 댔다. 너무 힘을 줘서 이를 공격하면 안 된다.

평소와 같은 긴장감에 더해, 수술 중인 것만 같은 긴박함에 마음이 조여들었다. 부드럽고, 말캉하다. 찌부러질 것 같아서 무섭다.

점점 참기가 어려워서 이 정도면 괜찮겠다는 생각이 들었을 때 손가락을 뗐다.

"어땠어? 싫거나, 무섭거나, 기분 나쁘지 않았어?"

레이드 녹터는 내 손이 떨어지자 바로 감상을 물었다.

"딱히 아무렇지도 않았어요."

"그럼 또 만지라고 해도 만질 수 있어?"

"네."

"그럼 나도 만져도 돼? 미스티아 입술."

"괜찮지만……."

나는 눈을 감으려 했다. 그러자 레이드 녹터는 "나도 제대로 손 닦을게."라며 내 손에서 물수건을 가져갔다. 손가락을 하나씩 정성스럽게 닦은 그는 내게 손을 뻗었다.

턱에 손이 닿아서 고개를 살짝 들었다. 이윽고 입술 끝에 레이드 녹터의 엄지가 닿았다.

"말캉말캉해. 신기하다."

"어, 그게, 매일 밤, 크림을 발라요."

멜로와 청소부장이 자주 발라 주는 케어용 립크림이 있다.

자기 전에 바르면 입술이 잘 갈라지지 않는다고 한다.

입술이 갈라지면 아프기도 하고 피가 꽤 많이 나와서 주변 사람들이 놀랄 테니까 예방하는 게 가장 좋았다.

가끔 팩을 해 주겠다고 해서 팩을 할 때도 있었는데 부드러워지는 효과도 있었던 걸까.

확실히 입술이 딱딱한 것보다는 부드러운 편이 잘 갈라지지 않겠지.

"부드럽다. 만지면 기분 좋아."

"그런가요?"

생각해 보면 손으로 쥐어서 스트레스를 해소하는 장식품이 있다고 한다.

지금 그도 스트레스가 해소되고 있는 걸까.

"계속 만지고 싶어⋯⋯."

탄력을 확인하듯이 레이드 녹터는 내 입술을 만졌다. 머지않아 그는 무언가 떠오른 듯이 "키스해도 돼?"라고 물었다.

"네? 키, 키스요?"

"응. 입술과 입술이 잠깐 닿는 것뿐이야. 모처럼 약혼자로 돌아왔으니까 결혼하기 전에 한 번쯤은 해 둬야지. 연습도 필요하잖아? 아니면 미스티아는 결혼식에서 실패할 자신이 없을 정도로 키스를 잘해?"

잘하기는커녕 해 본 적도 없다. 게다가 진도가 너무 빠르다. 역시 키스는 허들이 높다.

"너무 빠르지 않나요?"

"그래도 손은 계속 잡았고, 서로 안는 것도 이제 자연스러워졌잖아?"

"그렇긴 하지만⋯⋯."

"그리고 어떤 나라에선 키스로 인사를 나눈다고 하니까. 슬슬 키스 같은 접촉도 확인해 보는 게 좋을 것 같아."

"그, 그래도 저는 해 본 적 없는데요."

"당연하지. 약혼자 말고 다른 사람이랑 하면 안 되는 일이니까. 아이들끼리 장난으로 하기도 하니까, 잠깐 해 보지 않을래?"

전생에서도 "첫 키스는 유치원 때였어요."라는 대화를 나누는 장면을 본 적이 있다. 나는 그냥 듣기만 했지만.

입술을 맞댄다.

결혼식 순서 중 하나이기도 하고, 약혼 관계인 지금 예행연습을 해 두는 편이 좋나……?

"제가 어떻게 하면 될까요?"

"나는 눈 감고 있을 테니까 입술을 맞대 봐. 손을 잡을 땐 손을, 안을 때는 몸을 맞대잖아? 그런 느낌으로 맞대기만 하면 된다고 들었어."

레이드 녹터는 '랩을 씌운 후 전자레인지에 돌리면 완성'이라는 레시피를 알려주듯이 말했지만 역시나 허들이 높다.

그렇다고 해서 내가 눈을 감고 기다리는 건 그것대로 어렵다.

타이밍이 랜덤인 자동 번지점프와, 임의로 타이밍을 고를 수 있는 수동 번지점프 중에선 수동이 더 마음 편하겠지.

"그럼, 그, 갈게요……."

그렇게 말하자 레이드 녹터는 눈을 감았다.

여전히 금발은 가볍게 흔들리고 볼은 매끈했고 기미 하나 없었다. 평소엔 당당한 왕자님 같은 분위기를 풍기지만, 눈을 감은 그는 왠지 어려 보였다.

나는 그에게 닿지 않게 머리카락을 귀 뒤로 넘긴 후 얼굴을 가까이했다.

나도 눈을 감는 게 좋으려나. 눈을 감으면 제대로 입술 위치를 가늠할 수 있을지 불안해져서 나는 그의 뺨에 한 손을 얹고 거리를 확인해 가며 천천히 눈을 감았다.

이윽고 몰캉하고 부드러운 감촉이 입술에 전해져 왔다.

왠지, 매우 뜨거웠다.

레이드 녹터의 열이 전해져온 건지, 내게서 열이 나는 건지 모르겠다.

몇 초 정도 맞대고 있어야 할지 몰라서, 산소가 부족해진 후에는 늦을 것 같아 입술을 떼려고 했으나, 머리 뒤에 손이 닿았다.

"키스해 줄 거라고는 생각도 못 했는데 기뻐. 어때? 미스티아, 싫지 않았어? 어떤 기분이야?"

"긴장되고, 열이 느껴지네요……."

입술은 떨어졌지만 레이드 녹터의 얼굴이 바로 앞에 있었다.

숨결이 닿아서 시선을 어디에 둬야 할지도 모르겠다.

"그럼 다음엔 내가 키스해도 될까? 미스티아는 방금 내가 한 것처럼 눈을 감고 기다리면 돼."

"알겠어요."

내가 눈을 감자, 레이드 녹터가 손을 잡았다.

바로 입술에 부드러운 감촉이 닿았다. 왠지 심장이 조이는 듯한 기묘한 감각이 들었다.

언제까지 하는지 궁금해졌을 때 입술이 떨어졌다.

숨을 참고 있었기 때문에 산소를 마시려고 했는데, 이번엔 다시 다른 각도로 입술이 닿았다가 다시 떨어졌다.

"어땠어? 싫지 않았어?"

"싫지는 않지만, 심장이 조여드는 것 같았어요. 그리고, 숨이 차고요."

"나도 그랬어."

레이드 녹터는 기쁜 얼굴로 내 손목을 잡고 다시 자신의 가슴에 가져다 댔다.

전보다도 그의 심장의 고동이 빨라진 것 같아서 걱정되었다.

"너무 빠르지 않나요?"

"미스티아도 꽤 빠른데? 내가 직접 확인할 순 없고 맥박을 짚은 거지만…… 네가 직접 확인해 보면 어때?"

"아뇨, 그게, 확인해 보지 않아도 벅차긴 해서."

내 대답에 그는 만족스러운 표정이었다.

"앞으로 포옹이랑 같이 키스도 하자."

"네?"

"결혼식에서 키스하게 될 텐데, 결혼식장에서 심부전이나 호흡곤란이 오면 안 되잖아? 그리고 우리 둘 다 이렇게 되는 건 경험이 부족해서인 것 같아. 다른 사람들은 평범하게 하는 일이잖아? 그런데 미스티아는 힘들었잖아."

경험 부족.

심부전이나 호흡곤란은 과장 같지만 확실히 공상 연애 창작물에서도 키스는 좀 더 평범하게 하는 행위로 나왔다.

이건 경험 횟수의 문제일까.

"그럼, 노력해 볼게요."

"의욕적인 모습을 보여주는 건 기쁘지만 미스티아, 자기가 꽤 대담한 말을 하고 있다는 자각은 있어?"

"그래도 레이드 님은 서로 깊이 이해하려고 노력하시니까 저도 제대로 해 보고 싶어요."

나도 성의를 전달하고자 레이드 녹터의 눈을 똑바로 응시했다. 지금까지 나는 그에게 불성실한 태도를 많이 보여왔다. 지금까지 저지른 무례도 있으니 앞으로는 성실하게 대응할 생각이다.

"그럼, 어어…… 앞으로 잘 부탁해."

그는 어색한 표정으로 내게 손을 내밀었다.

확실히 아까 했던 발언은 "키스를 자주 해요!"라는, 조금 광신도 같은 분위기였을지도 모르겠다. 나는 반성하면서 그와 악수를 나눴다.

레이드 녹터와 키스를 하게 되었다.

키스를 하는 건 대체로 아침에 마차에 탔을 때, 아카데미에 도착하여 마차에서 내리기 전, 아카데미에선 아무도 주변에 없을 때, 그리고 귀가하기 위해 마차에 탔을 때, 레이드 녹터가 마차에서 내릴 때였다.

내가 먼저 하기도 하고, 레이드 녹터가 먼저 하기도 하고.

작년 봄이 지날 땐 레이드 녹터와 단둘이 있는 것은 죽음과 연

결되었기 때문에 대화를 나누는 건 마치 단두대에 오르는 것과 마찬가지였다.

그래서인지 긴장도 되고 심박수가 요동치는 건 여전하지만 이상한 기분이 든다. 그뿐만 아니라 습관이 되어서인지 가끔 키스를 잊을 때면 마음이 수선스러워졌다.

오늘 아침도 마차 안에서 두 번 키스를 했고, 평소와 같은 하루를 보내는 중이다.

"아, 레이드 님. 도와드릴게요."

5교시가 끝나고 화장실을 다녀온 후 혼자서 복도를 걷고 있는데 노트 40권 정도를 옮기고 있는 레이드 녹터와 마주쳤다.

혼자서 옮기기 힘들 것 같아서 손을 내밀자 그는 "괜찮아."라며 미소 지었다.

"그래도 이렇게 많이 들고 있으면 계단 같은 데서 위험해질 수 있어요."

나는 레이드 녹터가 든 노트의 반을 가져갔다. 20권씩이라면 그렇게 무겁지도 않다.

"고마워……."

"아니에요."

5교시는 생물 수업이었으니까 생물 준비실에 옮기면 되겠지. 어디로 가는지 묻지 않고 그의 옆을 따라 걸었다. 교사를 이사하면서 당연히 별동도 구조가 바뀌어서 복도의 길이도 두 배가 되었다.

다음 수업에 늦지 않도록 발걸음을 서둘러 노트를 준비실에 둔 후, 왔던 길을 돌아올 땐 쉬는 시간이 반 정도 지난 시각이었다.

"미스티아, 키스하고 싶어."

둘이서 교실을 향해 걷고 있는데 레이드 녹터가 내 블레이저의 옷자락을 붙잡았다. 주변에는 아무도 없지만 여긴 복도. 지금까지 교사 내에서 키스한 적은 있었지만 이렇게 트인 장소는 아니었다.

"어…… 그, 그래도 여긴 복도인데요."

"그러면 저기 계단 아래로 가자."

지금까지는 사람이 올 기미가 보이지 않는, 들킬 걱정이 없는 상황에서 하곤 했다.

하지만 오늘은 달랐다. 입술을 맞대기 위해 자리까지 옮기다니. 왠지 어색했다. 나는 레이드 녹터의 뒤를 쫓아갔다. 계단과 복도가 이어지는 사각지대에 들어섰다. 곧바로 그의 입술이 닿았다가 다시 떨어졌다.

"미안. 왠지 요즘 하지 않으면 마음이 어수선해서."

"사실은, 저도……."

숨기는 것도 좋지 않을 것 같아서 자백하자 레이드 녹터는 놀란 표정을 지었다. 그리고 수줍은 얼굴로 나를 끌어안았다.

"굉장히 기뻐. 꿈같아…… 너무 귀여워, 미스티아. 아무한테도 뺏기고 싶지 않아……."

레이드 녹터는 조금 음산한 목소리로 중얼거렸다. 그런 일은 일어나지 않겠지.

"뺏을 사람도 없는걸요."

"너를 노리는 사람은 항상 있어. 나는 그게 항상 무서워. 하지만 겁만 내고 있으면 너를 내 것으로 만들지 못할 테고, 너도 내가 네 것이라는 자각을 못 하겠지. 그러니까 이렇게 나는 너한테 마음을 계속 전하고, 만지는 거야."

그는 상냥한 목소리로 속삭이더니 내 어깨에 머리를 기댔다. 그리고 "수업 가기 싫다."라고 한탄하며 당분간 그 자세를 유지했다.

나를 노리는 사람이 있다는 레이드 녹터의 말은 아마도 내가 작년 여름에 습격당한 일을 말하는 게 아닐까.

그런 생각이 들어서 방범을 더 신경 쓰기로 했다.

하지만 작년과 다르게 나는 교내에서 혼자 배회하는 시간이 거의 없어졌다. 교실에선 보통 앨리스, 헬렌 씨와 대화를 나누고 점심엔 피나 선배까지 합류하여 넷이서 식사를 한다.

방과 후엔 학생회에서 일을 하고 돌아갈 땐 레이드 녹터와 함께다.

그러니 애초에 혼자가 될 일이 없다고 생각했다.

"편지……?"

생물실에서 진행된 수업을 마치고 교실로 돌아오자 책상 서랍에 편지가 들어 있었다. 작년에 같은 반이었던 남학생이 보낸 편지였다.

할 말이 있으니 쉬는 시간에 빈 교실로 와 달라는 내용이 적혀 있었다.

게임의 시츄에이션이라고 생각하면 아마도 고백 이벤트에 해당하겠지. 하지만 와 달라는 내용밖에 적혀 있지 않으니 단순히 집안의 지원이 필요하다거나 전혀 다른 이야기일 가능성도 당연히 있다.

게다가 방과 후가 아니라 쉬는 시간이란 점도 묘하게 신경 쓰였다.

"레이드 님."

혹시 몰라 나는 교실에서 다음 수업을 준비하고 있는 레이드 녹터에게 다가갔다.

"잠깐 다른 교실에서 옆 반 학생분과 대화를 나누려는데 조금 떨어진 곳에 계셔 주실래요? 저기, 가위 같은 걸 꺼내면 신호를 드릴 테니 선생님을 불러주셨으면 해서……."

"애초에 왜 옆 반 학생이랑 대화를 나눌 일이 생긴 건데?"

"책상 서랍에 편지가 들어 있어서, 빈 교실에서 하고 싶은 말이 있다고……."

"책상 서랍……."

레이드 녹터는 험악한 표정을 지었다. 그것도 잠시, 그는 곧바로 자리에서 일어나더니 "쓸데없는 이야기면 대화 중간에 그냥 나와 버려."라며 복도를 향해 걸어 나갔다.

"네. 물론이죠. 그래도 투자가 필요하다거나 전혀 다른 이야기일 가능성도 있어서요."

"뭐, 그런 이야기라면 다행이지만 왠지 안 좋은 예감이 든단 말이야……."

레이드 녹터는 불쾌함을 숨기지 않고 미간을 좁히며 걸었다. 어느 정도 나아가자 편지에 적힌 교실이 가까워져서 나는 발을 멈췄다.

"그러면, 그, 흉기를 꺼내면 말할 테니 그때 선생님을 불러와 주세요."

"뭐, 주의하는 건 좋은데 위험한 건 흉기뿐만이 아니야."

나는 고개를 끄덕이고 교실로 향했다.

그곳에는 편지에 이름이 적힌 그 남학생이 창가에 서 있었다. 일단 다른 사람의 이름을 대고 불러낸 건 아니라 안도했다.

"다행이다. 와 줘서. 아, 아렌 양. 나 기억해?"

남학생도 안심한 표정으로 내게 다가왔다.

"같은 반이었죠, 작년에. 체육제에서는 장거리 경주에서 활약 하셨잖아요."

그는 분명 반에서 여학생들에게 인기가 있었던 학생이었다. 사교적인 성격이고, 그를 향한 연심을 말하는 여학생의 목소리를 여자 화장실에서 들은 적이 있었다.

"맞아! 나 장거리 경주에 나갔었어."

남학생은 얼굴이 확 밝아졌다. 해칠 생각이었다면 흉기를 꺼냈을 텐데 그러지 않는다는 건 육상에 관한 이야기를 하려고 부른 걸까. 괜한 의심을 해서 미안해지려는데 남학생이 오히려 미안하단 표정으로 어깨를 늘어뜨렸다.

"저기, 나 말이야. 계속 아렌 양을 좋아했거든. 1학년일 때부터 계속. 그래도 계속 숨길 생각이었어. 괜히 신경 쓰게 만들기 싫어서. 그런데 요즘 아렌 양, 작년에도 물론 예뻤지만 요즘은 더 예뻐져서…… 예전엔 청초한 미인 느낌이었다면 지금은 매력적이라고 할까…… 아렌 양의 다양한 모습을 보고 있으니 역시 좋아하는 마음을 포기할 수가 없어서."

남학생은 그렇게 말하며 한 걸음씩 내게 다가왔다.

그때 이상하게도 혐오감이 들었다. 아직 남학생과는 2미터 이상 거리가 떨어져 있는데도 발끝에서부터 오싹한 기분이 들었다.

"그래서, 진짜 부탁이야. 한 번이라도 좋아. 딱 한 번이라도 괜찮으니까──."

남학생은 내 팔을 붙잡았다. 얼굴이 가까워진 그 순간, 온몸에 소름이 돋았다. 기분 나쁘다는 생각을 지울 수 없었다. 뒤에서 '드르륵' 하는 문소리가 들려왔다.

"같이 달려 줬으면 좋겠어! 교정이어도 상관없으니까! 그러면 마음을 정리할 수 있을 것 같아!"

"네?"

남학생의 말에 나는 멍해졌다.

폭행을 예상하고 방어 태세를 취한 것이 미안할 정도로 순수한 눈이었다.

대답을 못 하고 있자 이번엔 가까이서 "안 돼."라는 차가운 목소리가 울려 퍼졌다.

"미스티아는 내 부탁밖에 못 들어주거든."

레이드 녹터가 내 옆에 섰다. 남학생이 깜짝 놀란 얼굴로 내 팔을 놓자 호흡이 편해졌다.

"녹터, 어째서 여기에."

"어째서라니? 누구든 약혼자가 다른 사람한테 붙잡혀 있으면 막으러 오는 게 당연하잖아."

"그래도 약혼은 이미 파기되었다고 들었는데."

"맞아. 부모님끼리 정한 약혼은 파기됐어. 지금은 나와 미스티아의 의지로 다시 약혼 상태가 되었어."

남학생은 곤란하단 얼굴로 아아…… 하며 앓는 소리를 냈다.

"미리 알았으면 같이 달리잔 부탁도 안 했을 텐데…… 그렇구나. 아렌 양, 녹터랑 약혼했구나……."

낙담한 남학생을 보다가, 나는 한 가지 사실을 깨달았다.

지금 레이드 녹터는 나를 지키듯이 내 팔을 붙잡고 있다. 아까 남학생보다도 더 강한 힘으로 아무렇게나 붙잡는데도, 혐오감이 들지 않았다. 그뿐만 아니라.

안심되었다.

"그래. 그러니까 달리는 건 안 돼. 그리고 갑자기 팔을 붙잡는 사람은 위험인물로 간주할 수밖에 없으니까, 미안하지만 앞으로 미스티아한테 말 걸지 말아줬으면 좋겠어."

"저기, 레이드 님. 그렇게까지는──."

레이드 녹터가 독설을 내뱉어서 나는 서둘러 막았다.

남학생은 어깨를 축 늘어트리고 "미안해, 아렌 양."이라고 하며 교실을 떠났다.

나는 서둘러 고개를 숙이고 사과했다. 이내 남학생의 모습이 사라지고, 나는 레이드 녹터에게 몸을 돌렸다.

"레이드 님, 저——."

뒤돌아 레이드 녹터를 본 나는 깜짝 놀랐다.

그는 무척이나 냉담한 눈으로 문 쪽을 바라보고 있었다.

그 눈은 내가 자르드 군에 대해 언급할 때 봤던 광기의 눈 그 자체였다.

……그러고 보니.

레이드 녹터는 자르드 군에게 집착하지 않았다.

레이드 녹터는 나를 좋아한다고 말했다. 아주 예전부터.

즉, 그가 광기를 보이던 대상은 나. 완전히 잊고 있었다.

"레이드 님. 저기, 저는 그, 당신이 자르드 군을, 이렇게, 감금 같은 걸 하지 않을까 생각한 적이 있었는데, 어, 레이드 님은 자르드 군에게 그런 감정을 품은 적이 없다고 해석해도 될까요……?"

"네가 묻고 싶은 건 아마 이거겠지? 혹시, 자기를 감금하려고 생각한 적이 있는지."

완곡하게 던진 투구가 날카로운 스트레이트로 돌아왔다.

나는 잠시 생각하고 확실히 고개를 끄덕였다.

"지금까지 다섯 번 실패했어."

"가장 최근은……."

"새 학기가 시작했을 때. 너를 납치할 생각이었는데…… 역시 너와 평범하게 행복해지고 싶어서, 포기했어."

조금 떨리는 목소리에, 지금까지 느껴본 적 없는 애달픔이 몰려왔다.

위험한 말을 한다. 하지만 냉정하게 쳐낼 수 없었다.

"그래서 또 약혼할 수 있어서, 껴안을 수 있어서, 네가 말을 걸어줘서 기뻤어. 네게 미움받지 않고 살아갈 수 있다는 점이 행복했어. 그래도 역시 네가 날 좋아해 줬으면 좋겠어. 네가 웃고, 행복했으면 좋겠어. 네게 특별한 존재가 되고 싶어……."

"레이드 님……."

나는 방금 남학생과 닿은 게 불쾌했다.

지금까지 돌발적으로 레이드 녹터와 닿은 적도 있었지만 혐오까지는 일지 않았다.

이건, 혹시.

"방금, 저분과 닿았을 때, 싫었어요."

"미스티아……?"

"그래도, 레이드 님은 달랐어요."

이렇게 애매모호한 상태로 말해도 좋은지 모르겠다.

방금, 차이를 처음 인식한 참이라 불확실한 채로 말했다고 화를 낼지도 모른다. 하지만 나는 조심스레 그의 손을 잡았다.

"저도, 그게, 레이드 님을 특별하게 여기는 게 아닐까, 지금, 그런 생각이 들어서."

"어……."

"연애를 해 본 적 없어서 맞는지 확정 지을 수는 없지만, 저는 레이드 님이 웃으면 안심되고…… 레이드 님이 만지는 게 싫지 않고, 요즘은 그게, 마음이 어수선해지기도 해서……."

"미스티아······."

레이드 녹터는 놀란 얼굴로 눈을 크게 떴다.

아름다운 하늘색 눈동자가, 만화경처럼 계속하여 모습을 바꾸며 반짝이는 것처럼 보였다. 그는 그대로 나를 강하게 끌어안았다.

"좋아해. 좋아해, 미스티아. 나는 네가 좋아. 네 손에는 죽어도 좋아. 너뿐이야. 죽이고 싶을 정도로 좋아해. 좋아해서, 부수고 싶을 정도로 좋아해서, 그래도 널 지키고 싶어. 너만이, 내가 어떤 사람인지를 내게 알려줘. 사랑해, 미스티아. 계속 함께 있어 줘······ 절대 놓아 줄 생각은 없지만······."

"어어, 그게, 여, 영원히 잘 부탁드릴게요."

레이드 녹터는 볼을 붉히고 나를 빤히 바라본 후 입술을 맞댔다.

언제나 하는 행동인데 점점 평소와 달라져서 나는 그의 어깨를 두드렸다.

하지만 레이드 녹터는 응석 부리듯이 나를 꼭 끌어안고, 내 머리 뒤에 손을 얹고 몇 번이나 키스했다.

BAD END 영원히 함께

녹터가의 장남, 레이드의 밤에는 절망이 섞여들었다.

"사랑을 전했어. 그걸 미스티아가 제대로 받아들였다……?"

가족 세 사람이 함께 옷차림을 점검할 수 있도록 하자는 녹터 백작의 의견에 따라 설치된 큰 거울 앞에서 레이드는 중얼거렸다.

그는 최근, 계속 연모해 오던 아렌가의 영애 미스티아에게 고백했다.

원래 약혼자였던 그녀에게 다시 마음을 고백하고 승낙을 얻은 것으로 레이드의 오랜 마음은 결실을 보았을 터였다.

하지만 레이드의 마음엔 여전히 응어리가 남아 있었다.

레이드는 미스티아에게 마음을 고백하자마자 미스티아에게 자신을 향한 마음을 물었다. 에둘러 "내가 만지면 싫어?"라고, 걱정을 숨긴 채로.

하지만 그녀는 아무 대답도 하지 않고 고민하는 얼굴로 침묵을 유지하더니 조용히 고개를 저었다.

그래서 레이드는 미스티아의 마음을 눈치챘다.

고백을 받아들인 것은 단지 자신을 향한 공포와 부모님을 위한 마음 때문이란 것을.

약혼자가 부모님을 소중히 대하는 광경을, 레이드는 바로 옆에서 계속 지켜봐 왔다.

미스티아의 우선순위에, 그녀의 부모님은 높은 위치에 있다.

미스티아에게 자신의 호감을 에둘러 물어본 이후부터 레이드는 아침에 거울 앞에 서는 시간이 많아졌다. 평소보다 일찍 일어나서 자신을 바라본다.

자신이 자신이란 것을 확인했다. 볼을 만지고, 자신은 웃을 줄 아는 사람이란 것을 확인했다.

그러지 않으면 어떤 표정인지를 알 수 없었다.

자신이 자신이란 감각이 없었고, 무슨 말을 하는지 알 수 없었다.

"좋은 아침이야, 미스티아. 오늘 날씨 좋다. 기분은 어때?"

레이드는 거울을 향해 말을 걸었다. 입꼬리를 올리고 눈도 곡선을 그렸다. 하지만 목소리는 완벽했는지, 겁먹게 만들지 않을지를 자문자답하며 몇 번이고 고쳐 나갔다.

그렇게 하다 보니 이번엔 눈매가 마음에 들지 않았다.

몇 번이나 반복하다가 결국 집중력이 떨어져서 평범하게 인사하는 것조차 자신이 없어졌다.

"형, 뭐 하고 있어?"

거울 앞에 선 레이드의 뒤로, 그의 동생인 자르드가 여유로운 발걸음으로 다가왔다. 올해로 여섯 살이 된 자르드는 시계를 보더니 고개를 기울었다.

"형, 아직 밤인데. 아카데미에 갈 시간 아니야."

"그래도 연습하고 싶어서."

"연습?"

"응. 웃는 연습. 멋진 내일을 맞이할 수 있게."

레이드는 동생에게 웃어 보였다.

이미 자정이 넘은 시각. 준비하는 건 오늘이다. 하지만, 내일. 레이드는 복잡하게 엉키는 생각에서 벗어나듯이 동생을 안아 들고 다시 거울로 향했다.

"자, 자르드도 해 볼래?"

"응——."

자르드는 거울을 향해 웃어 보였다.

새하얗고 보드라운 아이의 웃음을, 레이드는 질투가 깃든 눈동자로 바라봤다.

——어린 존재라면, 미스티아는 나를 거절하지 않을까.

레이드는 거울을 바라보고 약혼자와 처음 만났을 때를 떠올렸다. 그가 몇 번이나 회상한 과거의 조각은, 6년이라는 세월이 지난 지금도 선명해서, 그의 마음을 사로잡은 채로 사라지지 않는다.

"형."

자르드가 계속 자신을 안아 들고 놔주지 않는 레이드를 불렀다.

정신을 차린 레이드는 곧바로 자르드를 내려주고 미소 지었다.

"아무것도 아니야. 밤을 새우는 건 좋지 않으니까 빨리 자."

"형은?"

"나도 곧 잘 거야."

의아하다는 얼굴로 고개를 기울이는 자르드가 뿌옇게 보여서, 레이드는 눈가를 지압하며 고개를 가로저었다.

그리고 눈을 떴을 때, 자르드는 이미 그곳에 없었다. 다시 거울을 보고, 정말 방금까지 자르드가 있었는지 의문을 품었다.

"환각……?"

어디부터, 어디까지가?

레이드는 자신의 손바닥을 바라봤다.

동생을 안아 든 감촉이 방금 느꼈던 것인지, 아니면 기억에서 끄집어낸 것인지. 머리를 굴려 떠올리려고 해 봐도 분명 조금 전이라고 생각했던 일이 어렴풋한 먼 과거의 일처럼 느껴져서 아연실색했다.

"나는──."

──정말로 미스티아에게 고백해서 승낙을 얻었나?

레이드는 거울을 바라봤다. 거울에 비쳐 보이는 자신은 평소 자신의 모습이었다.

안색도 나쁘지 않다. 고통도 없는 평소의 얼굴. 그래서 더욱, 지금이 꿈인지 현실인지 구별이 되지 않았다.

──어쩌면 미스티아가 승낙한 건, 내 환각이 아닐까.

물결 하나 일지 않는 호수에 작은 돌을 던지듯이, 레이드의 마음속에 의심의 파문이 퍼져나갔다. 심호흡을 한 후 냉정하게 자신을 다시 바라보려고 했다.

하지만 아무리 노력해도 미스티아가 레이드의 고백을 받아들인 순간이 떠오르지 않았다.

"자야겠어."

레이드는 거울 앞을 떠났다. 자고 일어나면 현실이리라고 믿으며 복도를 걸었다.

요즘 연습을 과도하게 했다. 그래서 수면 부족으로 불안해진 것뿐이다.

이유를 찾으며 마음의 평안을 찾아 나갔다. 눈을 감으면 미스티아가 거절하는 얼굴이 떠올랐고, 긴 복도는 촛대의 초가 켜져 있는데도 어두워 보였고, 일직선으로 뻗어 있는 길이 끝이 안 보일 정도로 길게 이어진 것처럼 느껴졌다.

방에 도착했을 때 레이드는 땀으로 흠뻑 젖은 상태였다. 이러면 아카데미에 가기 전에 목욕을 해야 할지도 모르겠다. 그러니 빨리 잠들어야 한다. 그런데 발걸음이 꼬여서 침대에 제대로 누울 수도 없었다.

목이 말라 물을 마시고 싶었지만 잘 시간이 줄어들까 봐 그는 그대로 눈을 감았다.

아카데미에서는 오전 시간을 4교시로 나눠 자잘하게 쉬는 시간을 배치했다. 그리고 4교시 수업을 마치면 점심 식사와 오후 수업 준비를 위한 점심시간이 마련되어 있다. 다른 쉬는 시간보다 길게 마련된 그 시간, 레이드는 미스티아와 함께 점심을 먹었다.

"무슨 일이신가요? 안색이 좋지 않아 보이는데⋯⋯."

벤치에 나란히 앉아 점심 식사를 했다. 그 시간은 레이드에게 무엇과도 바꿀 수 없는 시간이었다. 하지만 미스티아의 표정이 어두워 보여서 레이드는 손을 꽉 쥐었다.

"괜찮아."

──아니면 내가 옆에 있는 게 싫어서 보건실에 가게 만들려는 거야?

이런 말이 새어 나올 것 같아서 레이드는 입가를 가렸다.

미스티아는 눈을 크게 뜨고는 손수건을 꺼냈다.

"괜찮으신가요? 보건실에──."

미스티아의 목소리를 들은 레이드는 놀라면서 그녀를 바라봤다.

──보건실에 가게 만들려는 거야?

방금까지 자신이 몽상했던 것과 똑같은 말을 미스티아가 말해서 갈등이 시작되었다. 지금 내가 속마음을 입 밖으로 냈던가. 알 수가 없어서 레이드는 고민했다.

대답은 나오지 않았다.

아무 생각도 할 수 없었다.

"레이드 님──?"

얼굴을 감싸 쥐기 시작하는 레이드를 보고 미스티아가 걱정스러운 얼굴로 그에게 손을 내밀었다.

레이드와 미스티아의 사이로 미지근한 봄바람이 불었다.

그 순간, 레이드는 미스티아의 가냘프고 창백한 손목을 붙잡아 힘껏 그녀를 끌어안았다.

당혹에 물든 붉은 눈동자를 곁눈질하며 백도처럼 매끄러운 뺨에 손을 대고 강제로 입을 맞췄다.

지금까지 그 입술로 자신을 피하는 의사를 내비치고 불안에 떠는 모습을 계속 봐왔다.

하지만 실제로 닿아 보니 놀랄 정도로 부드럽고, 당장이라도 물어뜯을 수 있을 것 같아서, 어두운 늪 바닥 같은 감정이 끓어올랐다.

이대로 강제로라도 그녀를 납치한다면.

그때 떠오른 건 봄이 끝날 무렵 악수를 나눴던 광경이었다.

당혹스러워하면서도 미스티아와 시선을 맞추던 때의 자신과, 상냥한 봄 햇살로 가득한 방. 앞으로 친해졌으면 좋겠다는 희망을 가슴에 품고 맞잡은 손의 감촉은, 무척이나 부드러웠다.

주마등처럼 두 사람의 얼마 없는 추억이 지나가고, 레이드의 볼에 눈물 한 방울이 흘렀다.

하지만 레이드는 산소를 빼앗듯이 입 맞추며 손의 힘을 풀지 않았다. 조금 더, 조금 더 입을 맞추려는데, 있는 힘껏 밀치는 힘에 어리둥절해졌다.

누군가가 방해한 게 아니었다.

레이드를 밀친 것은 다름 아닌 미스티아였다.

그녀는 눈물을 머금고 자신이 어떤 행동을 했는지 모르겠다는 얼굴로 레이드를 밀친 손을 보며 놀라고 있었다.

"미스티아……."

"죄송해요. 폭력을 행사할 생각은 아니었는데……."

미스티아가 폭력을 행사하는 것을, 레이드는 본 적이 없었다.

하지만 방금 느낀 통증은 확실했다. 자신의 팔 부근으로 시선을 내리자 손톱에 긁혔는지 빨간 줄이 그어져 있었다.

"나, 는."

레이드는 천천히 미스티아를 바라봤다. 팔의 상처와 같은 붉은색의 눈동자는 당혹으로 물들었고, 방금까지 닿아 있었던 하얀 뺨에는 눈물 자국이 남아 있었다.

미스티아에게는 눈물이. 레이드에게는 피가.

각자 다른 것을 흘리는 것을 번갈아 보던 레이드는 미스티아에게 다가가려── 뒷걸음질을 쳤다.

"아냐. 나는 너를 울리고 싶은 게 아니었어. 나는, 너를──."

유리를 긁는 듯한 소리가 들려와서 레이드는 귀를 막았다. 미스티아가 "괜찮으신가요?"라며 다가와도 레이드는 그저 고개를 가로저을 뿐이었다.

그리고 레이드는 머리를 감싸 쥐고 그대로 뒷걸음질 쳤다. 그 순간, 레이드는 벤치에 발이 걸려 그대로 분수에 빠졌다.

투명했던 물이 서서히 빨갛게 물들어간다.

미스티아는 크게 눈을 뜨고 도움을 구하며 응급처치에 나섰다. 레이드의 이름을 몇 번이나 불렀지만 대답이 없었다.

레이드의 눈동자는 그저 같은 색의 하늘만을 향했고, 입술은 느슨한 곡선을 그리고 있었다.

레이드는 보건실로 옮겨져 의사의 진찰을 받게 되었다.

다행히 머리를 긁히진 않았으나 뇌진탕으로 판정되었다. 분수의 피는 입안과 팔에서 난 상처 때문에 출혈이 많은 것처럼 보였으리라는 의사의 진단이 있었다.

보건실에 옮겨져도 의식이 돌아오지 않았지만 수면 부족이 영향을 줬으리라는 의사의 말에, 그와 함께 온 미스티아와 급히 달려온 녹터 백작과 부인은 안심하며 가슴을 쓸어내렸다.

잠든 레이드를 보고 미스티아는 그가 눈을 뜨면 '평소'와 같을 것이라고 믿었다. 근거는 없었지만.

"미스티아 누나. 오늘도 와 준 거야? 아카데미에 안 가도 돼? 공부, 힘들잖아?"

혀 짧은 목소리가 녹터가의 현관에 울려 퍼졌다.

미스티아를 부른 건 이미 변성기가 지난 레이드였다. 그는 해맑게 웃는 얼굴로 발을 꼬며 어리광을 피우듯이 미스티아에게 안겼다.

"레이드 님의 병문안으로……."

"으응―? 형은 아카데미에 갔는데?"

미스티아는 레이드의 말에 시선을 떨어트렸다.

레이드가 눈을 뜬 것은 넘어지고 나서 한나절이 지났을 때. 오래 걸리지 않았다. 모두가 그의 회복을 기뻐했으나 눈을 뜬 그는 자신을 동생인 자르드라고 생각하고 있었다.

상황을 확인하려는 이의 질문에도, 넘어진 건 형과 미스티아가 없어서 정원에서 놀다가 그랬다고 말하며, 자신이 레이드라는 말도 믿지 않았다. 새로운 놀이라고 생각하며 웃어넘길 뿐이었다.

레이드가 자르드를 형이라고 생각하는 바람에, 올해 여섯 살이 되는 자르드와 자신을 자르드라고 믿는 레이드를 만나게 하면 안 된다는 생각으로 녹터 백작은 맞닿아있던 두 사람의 방을 떨어트리고 '새로운 자르드의 방'을 만들어 레이드를 그곳에서 지내게 했다.

"당신은, 레이드 님이에요."

"아닌데? 나는 자르드야. 요즘 저택 사람들이 나를 형 이름으로 불러서 곤란한데 미스티아 누나까지 그러면 너무해."

레이드는 그렇게 말하며 미스티아를 꼭 끌어안았다.

그리고 천진난만한 웃음을 지었다.

"그래도 아카데미 쉬고 날 만나러 와 주는 건 그 정도로 나를 좋아한다는 거지?"

레이드는 여섯 살이 아니다. 힘도 아이 수준이 아니다. 체중을 실어 밀면 미스티아는 곧바로 긴 의자에 쓰러지고 만다. 레이드는 미스티아의 양 손목을 붙잡고 빤히 얼굴을 들여다봤다.

"저기. 내가 좋아? 아니면 형이 좋아?"

"저는……."

"역시 대답은 안 들을래!"

레이드는 그대로 미스티아에게 키스했다.

"아하하. 미스티아 누나 귀엽다─. 저기, 결혼 놀이 하자. 미스티아 누나가 신부고, 나는 신랑! 자, 맹세의 키스를 해야지─."

어린아이를 방불케 하는 목소리에 미스티아의 얼굴이 굳었다.

미스티아가 잠시 시선을 떨어트린 순간, 레이드는 차가운 눈으로 입꼬리를 끌어올렸다.

"이제…… 나랑 너는……."

미스티아가 레이드에게 시선을 돌리기 전에, 표정은 다시 어린아이의 것으로 변했다.

"미스티아 누나. 앞으로도 나랑 계—속 같이 놀자."

레이드는 미스티아를 상냥하게 끌어안았다. 그 눈동자는 어린
아이 같으면서도, 무척이나 강한 의지가 깃들어 있었다.

Eric Route

황천을 향한 맹세

황천을 향한 맹세

SIDE: Eric

미스티아를 죽이자.

이대로 누군가에게 빼앗겨서 그녀가 살해당하지 않도록.

이름도 모르는 인간에게 살해당하거나 누군가를 감싸다가 죽을 바에야, 그녀를 진심으로 가장 사랑하는 사람이 올바른 수법으로, 고통 없이 완벽하게 정돈된 곳에서 죽이는 편이 분명 옳으니까.

이번 여름에 그 사실을 깨달은 나였지만, 사람을 죽이는 수단은 전혀 알지 못했다.

왜냐하면 지금까지 죽이려고 했던 사람은 많았으나 내 손은 더럽히지 않도록 했기 때문이다. 그녀와 행복해지기 위해, 타인의 피로 더러워진 손으로 그녀를 만지는 것에 주저함이 있었다.

지금에야 그 주저함은 사라졌지만, 내가 처음 죽이는 것도, 마지막으로 죽이는 것도 미스티아였으면 한다.

솔직한 이 마음으로, 그녀를 죽이기 위해 누군가의 목숨을 시험 삼아 빼앗는 것도 내키지 않아서.

결국 나는 언젠가처럼 저택에 틀어박혀서 공부하는 시간이 많아졌다.

그렇다고 해도 타인을 죽이는 방법을 적은 책은 어디에도 없다. 반대로 사람을 살리는 방법이 적힌 책을 읽어서 목숨을 빼앗는 방법을 배울 수밖에 없었다.

나는 어두운 곳이 좋지만 마지막으로 죽을 땐 어차피 새까매질 터. 그러니 죽을 장소는 밝은 곳이 좋다.

그래서 자연스럽게 도서관으로 향하는 날이 많아진 어느 날의 방과 후, 빅터 네인이 나를 불렀다.

"하, 하임 군은 학생회에 흥미 없겠지……?"

"흠?"

빅터 네인은 뒤쪽을 자꾸만 흘끗거리며 내게 질문했다. 시선이 가끔 내가 들고 있는 의학서로 향했고, 조급해 보이는 모습은 솔직히 말해서 불쾌했다.

"흥미 없는데. 어차피 네 여동생이 조종하잖아?"

내 말에 녀석은 얼굴이 창백해졌다.

이 남자가 예전에 미스티아에게 말을 거는 것을 목격한 후로 집안도 조사해 봤고, 애초에 같은 학년이라 어느 정도 어떤 사람인지는 알고 있다.

우수하고 사교성이 좋다. 나쁘게 말하면 팔방미인, 좋게 말하면 재주꾼.

왠지 녹터와 외모가 닮기도 해서, 별로 대화해 본 적은 없지만 비호감이었다.

그리고 지금, 안절부절못하면서도 원하는 대답을 끌어내려는 모습도 무례하게 느껴졌고, 이해할 수 없었다.

이해할 수 없었지만, 예전에 내가 주위를 향해 품던 살의가 전혀 일지 않는다는 것을 깨달았다.

예전엔 레이드 녹터도, 헬렌 루키트도, 평민 여자도 전부 죽이고 싶었다. 하지만 지금은 사라지면 좋겠다고 바랄 뿐, 죽이고 싶은 마음은 없었다.

미스티아뿐이다.

더는 고통스러워하지 않도록, 이상한 녀석 때문에 위험한 일을 겪기 전에 친절하게 죽여 주고 싶은 건.

응석을 받아 주고 싶은 마음과 동시에 끓어오르는 살의가 양립하다니. 그녀와 만나기 전까지는 이런 감정을 몰랐다.

"실은 피나가 아렌 양을 학생회에 가입시키려고 하거든."

"간단하네. 너를 조종해서 교칙을 바꿀 생각인가?"

"응……. 그만큼 다음 학생회는 이전보다 더 실력과 인기가 필요해. 어느 정도 강하게 권력을 행사해도 용서받을 정도로."

"그래서, 왜 나한테 협력을 부탁하는데? 미스티아가 있으니까 학생회로 들어오라고? 나는 미스티아가 학생회에 들어가는 것부터 방해할 텐데."

"방해해도, 막을 수 없을걸."

빅터 네인은 처음으로 자신 있는 목소리로 부정했다.

"피나는 자기 생각대로 만들 거야. 나를 회장으로 세우고, 학생회 부회장 자리에 레이드 군을 세울 생각이지. 그리고 아렌 양에게 서기를 맡기고. 남은 회계 자리를 네게 맡길 생각이야."

"자기가 직접 하면 되잖아?"

"직접 하진 않아. 지금 피나는 아버지의 사업을 빼앗느라 바쁘니까……."

네인가는 최근 새롭게 착수한 사업에 성공했다고 한다.

버려진 토지를 재생시켜 금맥으로 만든 것은 부친의 이름을 빌린 피나 네인의 경영 수완이라는 그럴싸한 소문이 돌고 있었다.

그리고 그 소문은 사실이다. 거기에 소문을 흘려서 아버지의 자리를 흔들고 있는 건 다름 아닌 피나 네인이겠지.

"녹터로부터 미스티아를 지켜야겠다는 마음은 드네."

그러지 않으면 미스티아는 녀석에게 휘말려 강제로 동반자살을 하게 될 것 같다.

미스티아는 그 녀석을 좋아하지 않는데, 좋아하지 않는 녀석에게 강제로 살해당해서 괴로워지는 건 불쌍하다.

그 녀석은 미스티아를 생각해서 어떻게 죽여야 좋을지는 절대 생각하지 않을 것이다.

이기적으로 미스티아의 목숨을 빼앗고는 결국 후회할 것 같다.

용서할 수 없다. 피나 네인이 있으니 학생회실이 살해 현장이 될 일은 없겠지만. 죽는 편이 나을 녀석들이 미스티아에게 다가가는 건 불쾌하다.

"알았어. 내가 뭘 하면 되는데?"

"학생회의 업무──로서, 일단 표를 모아 줬으면 해. 녹터 군은 지금 근신 중이지만 언젠가 해제되겠지. 그때 표를 빼앗기면 곤란하니까. 그리고 나는 압도적으로 이겨야만 해."

"다른 여자한테 꼬리 쳐서 투표를 부탁하란 소리야?"

"아니. 나를 지지한다고 표명해 주는 것만으로 괜찮아. 피나는 네가 서 있는 것만으로도 그림이 된다고 말했으니까."

"웃기는 소리네."

하지만 거절할 수는 없었다. 미스티아를 위험하게 만들 수 없다.

왜냐하면 미스티아를 죽이는 건 나여야 하니까.

결선투표 자체는 피나 네인이 계획한 대로 각본으로 막을 내렸다.

하지만 각본가조차 상상하지 못한 일이 하나 일어났다.

녹터의 모친을 죽이려 했던 녹터의 친척이 아카데미 내에 숨어든 것이다.

녹터를 떠올리게 만드는 꺼림칙한 금발에, 느끼할 정도로 느긋한 표정의 남자는 녹터의 모친을 향해 다가갔다.

하필이면 미스티아가 그녀를 감싸려다 찔릴 뻔한 것을, 와이즈가 구했다.

백작가라고는 해도 딱히 실력이나 재력이 있는 건 아니었다.

자선사업에 힘쓴다는 소문은 들었지만 가문의 이름을 딴 자선 단체도, 시설도 없다.

형식뿐인 무능한 가문. 이름뿐인 귀족.

미스티아에게 이상한 시선을 보내던 쓸데없는 불순물. 그리고 사건으로부터 며칠이 지났을 때 그런 짜증 나는 가문에 의해 녹터와 미스티아의 약혼이 파기되었다는 것을 알게 되었다.

아무래도 녹터 백작은 부인을 도와준 일 때문에 와이즈가의 제안을 받아들일 수밖에 없었던 듯하지만, 애초에 미스티아는 딱히 녹터를 좋아하지 않는다.

그 녀석과 같은 반 여학생들은 일부를 제외하고 전부 녹터를 좋아했지만, 우스울 정도로 미스티아는 그 녀석에게 연애 감정을 품지 않았다.

그래서 아마 아렌가도 그 사실을 알고 약혼 파기만은 받아들인 거겠지.

"아버지. 미스티아한테 약혼 신청을 해도 될까?"

"아직은 안 되지."

오랜만에 저택으로 돌아온 아버지의 뒷모습을 보고 물어보자, 그는 나를 향해 뒤돌고는 고개를 가로저었다.

나와 같은 색의 눈을 지녔고, 화려하고 섬세한 원단을 아끼지 않고 사용한 복장은 이 나라에선 사람들의 이목을 끈다고 한다.

아버지는 키도 커서 언제나 주목을 받았다.

결혼한 이후에도 접근하는 여자가 많았다. 그리고 아버지와 똑 닮았다는 소리를 듣는 나도 몇 번이나 귀찮은 상황을 겪었는지 모른다.

아버지는 애처가다. 언제나 배를 타고 국내외를 종횡무진하며 사업을 펼치지만 어머니도 불안을 품지 않는 듯했다.

그리고 나는 아버지가 돌아올 때마다 미스티아에게 청혼서를 보내고 싶다고 말했다.

마음대로 보내도 괜찮지만 결국 난 살인자가 될 것이다. 지금은 얌전한 아들로 있을 생각이다.

그런데 '아직'이라는 말이 붙은 게 신경 쓰였다. 지금까지 아버지는 "안 돼.", "상대한텐 약혼자가 있잖아."라며, 결혼과 관련된 사안만큼은 전부 허락해 주지 않았다.

"아직? 아직이란 건 언젠가는 괜찮단 거야?"

아버지의 서재에는 해외 출장의 기념품으로 구매한 이상한 부적이 늘어서 있었다.

소원이 이루어지는 인형, 가족의 무사를 기원하는 장식, 액막이 나이프, 뭔지 모를 물.

예전에는 그것들이 모두 그림책에 나오는 마법 도구 같아서 하나가 늘어날 때마다 나는 눈을 반짝였다.

화려한 색의 보석이 붙은 과자 상자를 받아서 그곳에 미스티아의 편지를 보관했던 시절이 그립게 느껴졌다.

지금은 전부 자물쇠가 달린 진홍색 상자에 넣어서, 내 열쇠가 없이는 꺼내지 못하게 해 뒀다.

"녹터가와의 약혼이 파기됐잖아? 소동이 일어난 지금 청혼서를 보내면 상대에게 부담이 될 테고 너도 그 아이도 진급을 앞두고 있으니까. 그게 지나면 상관없어. 애초에 네가 결혼하는 건 환영할 만한 일이니까 말이야."

"흐음."

미스티아 외에는 그 누구와도 결혼하고 싶지 않다.

양자를 들이거나 가까운 친척에게 가문을 물려주겠다. 내가 계속 해왔던 말이다.

애초에 동성을 좋아하거나, 태어났을 때의 성별에 의문을 품고 현재 상태로 핏줄을 이어나가고 싶지 않은 귀족들은 후계자 자리를 포기하거나 가까운 혈연 가문에 상속을 맡긴다.

이것은 10년 전에 일어난, 강을 통해 퍼진 역병이 계기였다. 그때 자식들이 전부 죽어 버린 집안이 생겨나자 핏줄을 이어나가는 귀족의 승계 방식이 흔들렸다. 지금도 그 영향이 아직 남아 있다.

뭐, 나는 미스티아만 좋아하는 게 이유지만, 여러 번 말하면 이뤄지지 않을까 해서 계속 부탁해 왔다.

"미스티아, 받아들여 주려나."

지금까지 미스티아는 내가 몇 번이나 좋아한다고 말해도 받아들여 주지 않았다.

녹터가 먼저 약혼자 자리에 눌러앉은 탓에, 도리를 지키는 미스티아는 "실은 에릭과 약혼하고 싶었어."라거나, "먼저 약혼한 게 에릭이었으면 좋았을 텐데."라는 말은 한번도 해 주지 않았다.

게다가 미스티아는 나를 여자아이 취급하는 듯했다. "너무 친밀한 행동은 안 돼요.", "안으면 안 돼요."라고 말하는 것치고 내 행동에 설레는 모습을 보이지 않았다.

함께 같은 방에서 묵을 때도 나는 미스티아를 계속 바라봤는데 그녀는 푹 잠들었다.

차라리 만져 볼까, 깨워 볼까 고민했을 정도였다.

아마도, 처음 만났을 때의 나는 여자아이인 에리였으니까 그 연장선으로 지금까지 이어져 온 게 아닐까.

그 후로도 첫 번째가 되고 싶어서 노력했지만, 죽이는 게 확실하다.

"너는 포기할 테냐? 그 아이가 아니면 결혼하지 않겠다는 말까지 해 놓고서는. 나는 네 엄마가 받아들일 때까지 계속 고백했다고."

아버지는 내 마음을 떠보듯이 웃었다.

"엇, 아버지도 어머니한테 차인 적이 있었어?"

"그래. 상당히 많이. 녹란 꽃다발이 몇 개나 허무하게 버려졌는지 모르겠어."

"어떻게 해서 결국 고백에 성공했는데?"

"이국의 악단을 준비해서 밤새 연가를 바쳤더니 새벽에는 승낙해 줬지."

아버지는 익살맞은 표정으로 벽에 걸린 악기에 손을 뻗었다. "애초에 어머니는 왜 그렇게 아버지를 싫어한 건데?"라고 묻자 아버지는 "싫어하지 않았어."라고 말하며 악기의 현을 튕겼다.

"아버지는 여자에게 인기가 많은 얼굴이지. 동시에 호색가라는 악평까지 받던 얼굴이었어. 그래도 누구보다 성실하다는 사실을, 네 엄마는 몰랐던 거지."

"흐음."

나도 그런 이미지라면 차라리 낫겠으나, 미스티아는 내가 사람을 싫어한다고 생각한다.

그게 사실이기도 하고. 그래서 미스티아가 특별하다는 걸 알아줬으면 좋겠는데 좀처럼 이해해 주지 않는다.

"몇 번이나 고백하는 사이에 상대가 죽어 버리면 어떡해?"

"간단하지. 엄마는 천국에 가고. 나도 천국에 가고. 다만 자살하면 천국에 가지 못한다고 믿는 사람들도 꽤 있어서 그게 좀 걸리네."

"자살하면 천국에 못 가?"

"그렇게 믿는 사람도 있어. 할아버지도 자주 내게 그런 얘기를 했단다."

자살하면, 천국에 가지 못한다.

죽은 후에, 함께할 수 없다.

왠지 기분이 나빠졌다.

"사람을 죽이거나 살해당한 사람은?"

"살인하면 일단 천국은 못 가겠지. 뭐야, 에릭. 너 누군가 죽이고 싶다는 위험한 생각을 하는 거냐? 안 돼."

아버지는 내 살의가 진심이 아니라고 생각하는 듯했다.

방해받는 것도 싫으니, 미스티아를 죽이고 싶어 하는 것도, 그것을 위한 계획도 아무에게도 말하지 않았다.

죽이면 지옥에 가는 건가.

미스티아도 데려갈 수 있으면 좋겠지만 그녀는 자선 단체에 기부도 하고 병원도 잔뜩 세웠으니 천국에 가겠지.

그러면 나는 미스티아를 죽여도 천국에 갈 수 있도록 비슷한 선행을 쌓아야 하나.

"천국에 가려면 어떻게 해야 해?"

"좋은 일을 많이 하면 되지. 기부하고. 다른 사람에게 상냥하게 굴고. 하지만 가장 중요한 건 사랑하는 사람을 행복하게 만드는 거야."

"흐음……."

미스티아의 약혼이 파기되었다.

그리고 미스티아를 죽이면 죽은 후에 헤어지고 만다.

어째서인지 미스티아를 살려 두라고 명령받는 듯한 상황이었다.

나는 발을 디딜 땅이 없는 듯한, 살아 있다는 실감이 나지 않은 상태로 방을 나왔다.

그리고 나는 미스티아를 보내주고 말았다. 타오르는 불길을 향해 뛰어가는 그녀를, 막지 못했다.

이제 미스티아는 죽어 버릴지도 모른다.

하지만 살아 있을지도 모른다.

그렇게나 미스티아를 죽이고 싶어 했으면서. 좀 더 대화가 하고 싶었고, 좀 더 놀고 싶었고, 좀 더 함께 있고 싶었고, 목소리가 듣고 싶었다는 후회에 휩싸여 눈물을 흘렸다.

나는 미스티아를 죽이고 싶지만, 그건 마지막 순간으로 충분하다는 것을 아플 정도로 실감했다.

더는 물러설 곳이 없는 미스티아가 이 세상을 뜰 때, 조용히 뒤에서 등을 밀어줘야지.

아니, 손을 잡고 어딘가로 가야지.

그전까지는 계속 같이 있으면서 대화를 나누고, 함께 식사하고, 계속 단둘이 있자.

다른 사람은 만나지 못하게 하고, 만지지 못하게 할 것이다.

미스티아의 목숨 외의 모든 것을 받아, 함께 살아가고, 그녀가 죽을 때 같이 죽을 것이다.

같은 관에 들어가 같이 불타서 함께 땅으로 돌아가고 싶다는 생각을 하며 울고 있을 때, 그녀가 위에서 떨어졌다.

그때의 기쁨은 평생 내 마음에 남아 있을 것이다.

뼈만 남아 부서지더라도.

그래서 나는 죽은 후에도 미스티아와 함께 있기 위해 청혼하기로 마음먹었다.

"미스티아!"

몇백 송이의 녹란 꽃을 끌어안은 나는 규칙적인 발걸음으로 복도를 걷는 미스티아의 뒤를 쫓으며 그녀를 불렀다. 미스티아는 나를 보자 느긋한 목소리로 "좋은 아침이에요."라며 고개 숙여 인사했다.

"좋은 아침, 미스티아. 결혼하자!"

"……네?"

"미스티아를 행복하게 만들어서, 엄청 행복했다고 생각하면서 죽을 수 있게 해 줄 테니까, 저와 결혼해 주세요!"

나는 무릎을 꿇고 준비한 녹란 꽃다발을 내밀었다.

그녀는 "네?"라며 놀라더니 눈을 크게 떴다. 주변에는 등교한 학생들이 잔뜩 있었고, 짜증 나는 '모두'가 우리를 바라봤다.

"제발, 미스티아. 나, 미스티아가 혼자가 되기만을 계속 기다렸어."

그녀를 올려다본 후, 에메랄드 그린의 목걸이를 미스티아의 목에 걸었다.

"다들 보고 있는데 싫다고 할 거야?"

"어어…… 에, 에릭. 결혼하지 않아도 친구로서 대화를 나눌 수는 있잖아요."

"나는 미스티아와 부부가 되고 싶어. 미스티아가 좋아서, 너무 좋아서, 다른 녀석들은 전부 사라지길 바랄 정도로 너를 이성으로 좋아해. 알았어? 내 마음은 이런 종류의 사랑이야."

나는 미스티아의 입술을 훔쳤다. 언제나 볼 키스만 허락하고 입술에 입을 맞추려 하면 피했지만, 지금은 놀라서인지 간단히 입 맞출 수 있었다.

눈이 동그래져서 귀여웠다. 살아 있길 잘했어.

"이제 나, 싫어졌어?"

"싫지는 않지만──."

"그럼 이제 앞으로도 나를 의식할 수 있도록 자주 해 줄게. 사랑해, 미스티아. 죽을 때까지, 죽어도 같이 있자."

아직, 안 죽여서 다행이다.

반쯤 열린 입술을 조심스레 손가락으로 쓸었다.

순간, 하늘에 흩날리는 꽃잎처럼 그녀의 볼이 붉게 물든 것처럼 보였다.

HAPPY END 침식하는 사랑

에릭에게 키스당한 다음 날. 나는 하임가에서 보내온 청혼서를 바라봤다.

"결혼⋯⋯."

에릭은 나를 좋아한다고 한다. 키스까지 했다.

지금까지 그는 '미스티아 결혼하자', '계속 같이 있자'라는 말을 자주 했지만, 나는 그게 '계속 친구로서 있기 위해' 말하는 것이라고 생각했다.

아무래도 그게 아니었던 모양이다.

"결혼이라니⋯⋯."

에릭은 나를 좋아했구나. 나는 그를 친구로 생각하고 있었다. 그렇다고 해서 고백받았을 때 거부감이나 더는 친구로 지낼 수 없다는 위화감보다도, 받아들여도 되겠다는 생각이 들었다.

그와 동시에 기묘한 감각이 느껴졌다.

"결혼이라니—⋯⋯."

"그래. 나랑 결혼하는 거야, 미스티아는⋯⋯."

바로 옆에서 속삭이는 목소리에 나는 앉아 있던 중정의 벤치에서 굴러떨어지듯이 물러섰다.

뒤에는 에릭이 있었고, 그가 내게 손을 내밀었다.

나는 감사 인사를 하며 그의 손을 잡고 일어섰다.

"감사해요."

"아냐. 그래도 내가 옆에 있었으니까 놀라지 말아 줘. 그런데 내 청혼서는 왜 보고 있었어? 이번 주에는 성사될 테고, 그건 그냥 인사 대신 보내는 종이야."

"아직도 믿기지 않아서……."

"뭐어? 믿어야지! 그렇게 이상한 일은 아니잖아? 내가 미스티아를 좋아해서 청혼했으니까 결혼하는 것뿐이잖아. 계속 같이 있게 될 뿐이야. 그리고, 뽀뽀나 그 이상의 것들도 할 수 있고."

그렇게 말하며 에릭은 내게로 얼굴을 내밀었다. "여긴 아카데미예요."라고 하며 막으려 해도 그는 "괜찮잖아."라며 개의치 않았다. 입술과 볼, 이마에 이어서 목덜미까지. 그는 동물 애호가가 반려동물을 귀여워하듯이 내게 키스했다.

"저기, 절조, 절조를 지키죠. 절조를. 절조."

"왜 같은 말을 네 번이나 하는 거야? 우리 곧 결혼할 거잖아? 졸업하면 결혼식을 올릴 테고, 지금 하든 나중에 하든 달라질 건 없는걸."

"달라요. 청렴하고 올바른 행실을 지키라는 교칙이 있으니까."

에릭은 게임에선 자신감 넘치는 캐릭터였다. 대리 복수를 위해 여학생들과 관계를 이어나갔고 섹시 담당의 자리를 놓치지 않았다.

본래 가지고 있던 그 기질이 영향을 줬을지도 모르겠지만, 일단은 막아야 한다.

너무나도 불순했다. 하지만 에릭은 이해가 안 된다는 표정을 지었다.

"그래도 키스하면 안 된다는 교칙은 안 적혀 있잖아."

"있어요. 교복은 화장실 혹은 지정된 장소에서 갈아입을 것. 지정된 장소가 사용 불가인 경우엔 교사, 혹은 교사와 동등한 권한을 지닌 사람이 지정한 곳에서만 갈아입을 수 있다고 적혀 있어요."

"어라. 내가 말한 건 키스뿐이었는데 미스티아는 왜 교복을 벗는 이야기를 하는 거야? 설마…… 미스티아 엉큼하네."

"방금 그 이상의 것도 할 수 있다고……! 아무튼, 건전하게 가요."

나는 에릭을 달래듯 말했다. 한편 그는 어린아이 같은 목소리로 "그럼 포옹!"이라고 말하며 나를 끌어안았다.

"저기, 방금 말했잖아요."

"포옹은 괜찮잖아! 포옹이니까! 전 세계 사람이 하는 거라고."

에릭은 나보다 덩치가 커서 마치 내가 가려지는 듯한 구도였다. 마치 내 몸을 덮어버리는 듯한 자세였다.

"저기, 다음에 같이 외출하자. 모처럼 결혼하게 됐으니까 연인다운 게 하고 싶어."

"건전한 곳에서, 건전한 거라면 괜찮아요."

"그럼 다음 휴일에 결혼식장도 구경하고 드레스 보러 가자. 그리고 젤라토도 먹고 싶어. 지금은 딸기 젤라토가 맛있대."

그거라면 건전할 것 같다. 적어도 사고는 일어나지 않을 것 같았다. 드레스를 봐두는 것도 매우 중요한 일이고, 느긋한 시간을 보내고 싶다.

"좋아요."

나는 다음 휴일을 기대하면서 "아카데미 내에선 달라붙으면 안 돼요."라며 에릭을 팔에서 떼어 냈다.

에릭과의 결혼이 정해지고 아카데미 통학은 전부 ㄱ와 같이하게 되었다.

하지만 마부 솔 씨가 내가 하임가의 마차를 타고 등교하는 것을 크게 반대하며 벽을 무너뜨린 탓에, 아렌가의 마차로 출발하여 하임가에서 기다리는 에릭을 태우고 아카데미로 등교하는 순서로 정착되었다.

오늘도 마찬가지로, 노을빛으로 물든 차창 밖을 바라보며 나는 에릭과 함께 마차를 타고 하교 중이었다.

"미스티아. 다음 휴일엔 데이트인 거 잊지 않았지? 연인끼리 하는 거야."

"알겠어요."

"정말로? 미스티아는 철벽이니까 말이야. 드레스 구경도······ 의무적인 일이라고 생각할까 봐 불안한데, 불안할 필요 없겠지?"

"괜찮아요."

"그렇군요. 미스티아 씨가 그렇게 말씀하신다면 저도 괜찮지만요."

에릭은 내 손에 깍지를 끼고 내 말투를 따라 했다.

"하지만······ 저로 괜찮은 걸까 하는 생각은 드네요."

약혼하고, 에릭과의 결혼이 현실감을 갖게 된 이후로 그런 생각을 한다.

에릭은 원래 앨리스에게 구원받는다.

그러니 이 호의는 내가 그에게 손을 내민 것이 원인이다.

나는 10세 여름에 계속 그의 집을 찾아갔다. 그건 기억이 없는 상태에서 한 행동이었지만, 그 행동이 그의 운명을 바꿔 버렸다.

그리고 에릭도 여성을 유혹하여 농락하는 짓은 하지 않고 노력파에 성실한 학생으로 자라났다. 아이 같은 행동은 남아 있지만.

그때 괜한 친절을 베풀지 않았다면, 그는 좀 더 좋은 사람과 만나지 않았을까 하는 생각이 자꾸만 들었다.

그래서, 나는——.

"에릭은……."

"응?"

"제가, 에릭이 원래 가야 할 행복한 길을, 당신의 고민을 전부 알고 있었다면 어떨 것 같아요?"

이렇게 말을 꺼내도 괜찮을까.

아니면 전생의 기억이 있다고 먼저 말하는 게 좋았나? 고민하면서 나는 에릭의 대답을 기다렸다.

"알고 있었으면 나는 진즉 도망가지 않았을까? 미스티아가 내 소원을 전부 알고도 도망가지 않았다면 그만큼 기쁜 일도 없겠지만."

서로 수를 읽는 듯한 대화가 되고 말았다.

역시 처음부터 밝히는 편이 나았다고 생각하며 나는 그를 똑바로 바라봤다.

"저는, 과거에 에릭이 어릴 적에 혼자였던 걸 알고 있었어요. 잘 설명은 못 하겠지만, 이 세계의 말로 말하면 부분적인 예지에 가까울지도 몰라요. 그 사실을 잊고 있을 때 방에서 혼자 지내는 당신과 만났죠. 원래 당신은 그대로 혼자서 여름을 보내고, 그 후에 운명의 여성과 만날 예정이었어요. 그런데 제가 지금, 원래라면 차지해선 안 될 자리에 있——."

말을 이어나가기 전에 에릭이 내 말을 막았다.

"그거야 별로 상관도 없는 일이잖아. 무슨 말인가 했더니. 오늘 아무 준비도 안 했다고 괜히 고민했네."

"저기, 제 말을 들어주세요. 저는——."

"들어 봤자 내 대답은 같아. 나는 미스티아를 좋아해. 그 이야기를 내가 듣는다고 해도, '그래서 뭐?'라는 생각밖에 안 들어. 내 미래를 알아도, 과거를 알아도 아무 상관도 없어. 그보다 멋대로 멀어지거나 거리를 두는 게 더 싫어. 미스티아의 운명도 이젠 내가 정할 거니까. 계속 혼자서 떨떠름한 상태로 있을 거면 내가 흐물흐물하게 만들어서 먹어 버릴 건데, 혹시 그건 예지 못 했어?"

"아뇨, 전혀…… 저기, 제 예지 능력이라고 해야 하나…… 제가 본 미래와 지금의 에릭은 전혀 다른 성격이라."

"그럼 미스티아가 망가트린 나한테 사랑받다가 죽으면 돼."

"그래도, 저랑 이렇게 같이 있으면 질리지 않나요?"

"뭐야. 미스티아는 나랑 같이 있으면 질려? 이 상황에 그런 말을 하다니 배짱이 좋네."

"그런 게 아니라요. 저는 에릭과 같이 있으면 차분해지고, 말이 없어도 어색하지 않고, 마음이 편한데……."

"나도 똑같아. 같이 있지 않으면 죽이겠다고까지 말했는데 왜 모를까—."

에릭은 에잇 하는 소리를 내며 내 배를 검지로 쿡 찔렀다.

죽인다는 건 요즘 그가 자주 하는 말이다. 별생각 없이 흘러듣는 척은 했지만 말하는 횟수가 적지 않은지라 불안한 마음은 남아 있다. 그의 눈이 진심으로 보이기도 했고.

장난으로 삶과 죽음에 대해 말하는 타입이 아니란 것도 알고 있고.

"정말 저로 괜찮으신가요?"

"당연하지. 그렇게까지 말하면 좀 더 사정 안 봐주고 믿게 해 줄 테니까 당해 보고 후회할래? 나의 주인?"

에릭은 나를 끌어안는 듯하더니 자신의 무릎에 나를 앉혔다. 예고 없이 에릭에게 올라탄 자세가 되어 버려서 바로 비키려고 했으나 그는 "계속 존댓말 쓰는 나쁜 아이에겐 벌을 줄 거예요—."라며 내 귀를 깨물었다.

에릭에게 전생의 기억에 관해 말한 후, 어수선한 나날이 지나 데이트 당일이 되었다.

길거리는 새로운 한 해를 준비하기 위해 쇼핑하는 사람들과 데이트하는 연인들, 떠들썩하게 뛰어다니는 아이들로 붐비고 있었다.

거기에 봄 행사가 열려서 큰길가엔 포장마차가 늘어섰고 색색의 종이 꽃가루가 날리고 있었다.

"미스티아, 나랑 결혼하면 나 말고 다른 사람이랑 단둘이서 외출하지 마."

큰길을 걸으며 우선 아이스크림 가게로 향하고 있는데 에릭이 내 손을 잡으며 속삭였다.

"그럴 일 없고, 지금도 안 그래."

나는 길가를 구경하며 대답했다.

외출은 즐기지 않지만 다른 사람들이 즐거워하는 모습을 보는 건 좋아했고, 딱히 살 게 없어도 가게를 구경하고 싶어졌다. 이 주변은 최근에 재개발되어 빈 땅에 새로운 가게들이 잇달아 들어서는 중이다.

우리가 예약한 의상실 뒤에는 결혼식장이 있다고 한다.

"미스티아는 사용인이랑은 곧잘 외출하잖아. 그리고 네인 양도 있고. 여자라곤 해도 방해되는 사람은 방해된다고."

에릭이 말하는 건 바람을 피지 말란 소리가 아닌가?

동성끼리도 연애로 발전하는 경우가 있지만, 피나 선배와는 친구 사이다. 놀란 표정을 짓자 에릭은 내 손을 꼭 잡았다.

"미스티아, 나를 처음에 여자아이라고 생각해서 친구로 삼은 거잖아. 처음엔 특별 취급 받아서 기뻤지만, 미스티아는 비교적 여자한테 무르니까……. 그러니까 그런 건 엄청 안 좋다고 생각해요. 안 돼요."

에릭은 또 내 말투를 따라 했다. 내가 동성에게 무르다니…….

특별히 무르다고 생각하지는 않는다. 다만 이성보다는 확실히 친해지기 쉬운 편이다.

"으음. 확실히 남성과 여성이 나란히 서 있고, 편한 쪽에 말을 걸어야 하는 상황이라면 여성한테……."

"역시! 나는 그게 싫어. 둘 다 싫다고 날려 버렸으면 좋겠어. 그리고 나한테 날아와 줬으면 좋겠어."

"엄청나게 능동적인 선택지네……."

"아무튼, 나는 독점욕이 엄청 강하단 말이야. 그러니까 미스티아가 나한테서 멀어지려고 하면 가지 말라고 찔러 버릴지도 모르니까, 다른 사람이랑 단둘이서 외출하지 마."

"여러 명이라면?"

"앞뒤의 미스티아에 따라서 달라."

앞뒤의 미스티아.

왠지 독립적인 하나의 단어처럼 들린다. 어리둥절하며 앞뒤의 의미를 묻자 에릭은 내 팔을 잡아당기더니 냉정하게 입을 열었다.

"미스티아가, 나랑 계─속 같이 있고, 나만 봐 준다면, 뭐 하루 정도는 참아줄 수 있어. 실은 엄청 싫겠지만. 그리고 다음 날은 절대 외출하지 말고 나랑 같이 있어 준다면, 미스티아가 항상 점심 같이 먹는 네 명으로 외출하는 건 아슬아슬하게 타협해 줄게."

나는 아카데미에 있을 때 나, 피나 선배, 헬렌 씨, 앨리스, 이렇게 넷이서 점심 식사를 한다. 넷이 각자 메뉴를 가져와 런치 모임이란 이름의 세련된 이벤트를 열 때도 있어서 매일 점심시간이 즐겁다.

그래서 졸업 후에도 넷이서 종종 외출하고 싶었다.

"에릭은 대체 뭐가 불안한 거야?"

"세계에서 가장 나쁜 여자를 붙잡았으니까, 농락당하다 버림받을까 봐 불안해. 외모로 다른 사람을 꼬시면 얼굴을 망가트리기만 하면 될 텐데, 성격으로 홀리니까 악질이지."

에릭은 촉촉한 눈으로 나를 바라봤다.

내게 사람을 홀리는 수완이 있었다면, 뭐라고 해야 할까, 좀 더 성격이 밝지 않았을까.

"뭐, 미스티아는 둔감한 채로 있어도 괜찮아. 내가 멋대로 할 테니까. 숨길 수고도 줄일 수 있고."

"그게 무슨 뜻이야……?"

"말 그대로의 뜻이야. 늑대한테 물려버린 악질 아기 토끼 미스티아."

그렇게 말하며 에릭은 내 뺨을 꼬집었다. 나는 복잡한 마음으로 그와 나란히 걸었다.

아이스크림 가게에 도착한 후, 우리는 테라스석으로 안내받았다.

전생에선 아이스크림은 돌아다니며 먹는 것이 주류였으나 이 세계에선 좌석에 앉아 유리잔에 담긴 아이스크림을 먹는 것이 주류다.

푸릇푸릇한 식물로 장식된 테라스석에는 햇살이 눈부시게 쏟아져서 파스텔 컬러의 컬러풀한 나무 데크를 비췄다.

좌석마다 파라솔이 설치되어 있어서 남국 분위기가 풍겼고, 연인들이 아이스크림을 먹고 있었다.

"이쪽이 라즈베리와 로즈 소르베, 이쪽이 피스타치오와 초콜릿 젤라토입니다."

좌석에 앉아 주문한 후 기다리고 있자 곧바로 점원이 메뉴를 들고 다가왔다.

에릭이 라즈베리와 로즈 소르베를, 내가 피스타치오와 초콜릿 젤라토다.

두 개 모두 잘게 부순 와플콘과 견과류가 뿌려져 있었고, 에릭의 그릇에는 딸기와 블루베리가, 내 그릇에는 바나나와 오렌지가 장식되어 있었다.

"그럼 먹자."

"응."

나는 바나나를 잘라 초콜릿 젤라토를 얹어 한 입 먹었다. 달콤하고 차가워서 맛있었다. 에릭도 라즈베리 아이스크림을 먹고 싱글거리며 웃었다.

"저기, 미스티아의 초코 맛 먹고 싶어."

"여기."

내가 그에게 그릇을 내밀었으나 에릭은 멀뚱히 있었다. 왜 그런가 했더니 그는 내 스푼을 가리켰다.

"직접 먹여 줘."

"어어……."

"내가 시범을 보여줄게. 아—."

에릭은 스푼으로 라즈베리 소르베를 떠서 내게 내밀었다.

여긴 밖……이라고 말하고 싶었지만 주변의 연인들도 비슷한 행동을 하고 있었기에 이유로 삼을 수 없었다.

"어어."

"녹겠다. 빨리."

스푼이 점점 내게 다가왔다. 마음먹고 한 입 먹는데, 입술 끝에 녹은 소르베가 흐를 뻔했다.

닦으려고 했으나 그 전에 에릭의 얼굴이 다가왔다.

그는 입술 끝에 묻은 녹은 소르베를 핥더니 그대로 키스했다.

"내가 직접 스푼으로 떠먹는 것보다 미스티아한테서 뺏어 먹는 게 훨씬 맛있어."

"제정신 아니야……."

"글쎄. 자, 다음은 미스티아가 먹여 줄 순서야. 아—."

에릭은 "빨리—. 초코가 좋아."라며 나를 재촉했다.

나는 내 심부전을 의심하면서 초콜릿을 스푼으로 떴다.

흘리지 않도록, 그렇다고 해서 너무 적지 않도록 신중히 떠서 에릭에게 내밀자 그는 "잘하잖아."라고 놀리며 초콜릿 젤라토를 먹었다.

"맛있다—. 나중에 또 이렇게 둘이서 아이스크림 먹자."

"이상한 짓 안 하면……."

"이상한 짓?"

역시 방금 그 행위는 이상했다.

다른 연인도 한다면서 넘길 수 없는 접촉이었다.

처음에 맛본 라즈베리 소르베의 맛도 에릭이 입술 끝을 핥은 이후로 기억이 사라져서 어떤 맛인지 기억나지 않았다.

지금도 거세게 뛰는 심장을 다스리고자 나는 이번엔 피스타치오 아이스크림을 한 입 먹었다.

에릭은 싱글싱글 웃으며 로즈 소르베를 먹고, 어째서인지 내게 다가오더니 내 뺨에 손을 얹었다.

"역시 로즈랑 피스타치오는 잘 어울리네……."

에릭은 입꼬리를 올리며 내게서 입술을 떨어트렸다.

입안에는 로즈와 피스타치오가 섞인 달콤함이 남았다.

나는 지금 무슨 짓을 당했는지 이해하지 못하고 굳어 버렸다.

"저기, 진짜, 제정신인가요……?"

"이번엔 라즈베리랑 초콜릿으로 해 볼까? 분명히 잘 어울리는 조합일걸."

"매너 지키면서 먹어…… 출입 금지 당할지도 모르니까……."

"흐음. 그러려나?"

에릭은 장난꾸러기 같은 눈으로 히쭉 웃으며 나를 바라볼 뿐이다.

"뭔가, 거리가 가깝지 않아? 약혼한 사이라고는 해도."

"당연하잖아? 곧 결혼할 거니까. 나는 좀 더 가감이 없어도 좋다고 생각하는데."

그렇게 말하는 목소리가 너무나도 어두워서 나는 "현상 유지로 해요."라며 고개를 가로저었다.

나는 뜨거워지는 가슴을 식히듯이 아이스크림을 먹으며 그와 시간을 보냈다.

"미스티아, 도착했어—."

에릭에게 안내받아 의상실 안으로 들어섰다.

드레스를 대여하거나, 시착한 채로 사진을 찍어 분위기를 확인하는 것도 가능한, 전생으로 말하자면 포토 스튜디오의 기능도 있는 가게였다.

나와 에릭은 점원에게 설명을 들은 후 각자 옷을 갈아입기 위해 별실로 이동했다.

"오늘 주문하신 드레스는 이 세 벌입니다. 동행인분이 고르신 것과 일체감이 있도록 오른쪽 드레스부터 착용 부탁드리겠습니다."

"네. 잘 부탁드려요."

세 벌의 드레스는 오른쪽부터 빨강, 검정, 흰색이었다.

빨간 드레스는 진주가 뿌려진 것처럼 달려 있었고 허리에는 장미 모양 레이스가, 검은 드레스는 드레이프가 몇 겹이나 달려 있고 어깨에 레이스로 만든 나비가 달려 있었다.

하얀 드레스는 매우 얇은 원단이 겹쳐져 있어서 빛에 닿을 때마다 빨강, 노랑, 초록, 하얀색으로 색이 변했다.

공통점은 포인트 컬러로 에메랄드 보석이 사용되었다는 것이다.

전부 노출은 적은 편이었고, 목덜미나 가슴 부근엔 얇은 레이스가 달려서 마음에 들었다.

나는 순서대로 빨간 드레스로 갈아입었다.

가게 직원에게 안내받아 에릭과 만나는 방으로 이동하자, 그도 나처럼 빨간색을 메인으로 한 턱시도를 입고 있었다.

"미스티아, 나랑 같은 색이네. 빨간색 귀엽다―. 새빨개서 피 같아."

에릭은 나를 보자마자 끌어안았다. 거기에서 끝나지 않고 그는 나를 안아 들더니 빙글빙글 돌았다.

"저기, 오늘은 그냥 보러 온 거잖아. 결혼식 당일이 아니야."

"미스티아랑 결혼할 수 있다는 것만으로도 기뻐, 나는. 남편은 한 명이고 첫 번째이니까. 부하는 남편이 될 수 없잖아. 미스티아랑 죽어도 같이 있을 권리를 얻었는데 당연히 신나지."

가게 직원들은 볼을 붉히며 에릭을 바라봤다. 멈춰 줬으면 좋겠다. 아니, 내가 막아야 한다.

"아, 안 돼. 드레스랑 턱시도에 주름이 생기니까 내려 줘."

"네에―."

에릭은 주의를 바로 받아들여 나를 내려주었다. 에릭은 문제 행동을 일으키고는 금방 멈추니까 나도 바로 용서하고 만다. 그런데 혹시 그게 원인일까……

"왜 그래? 자, 다음은 검은색이야."

안긴 탓에 가슴을 진정시키는 내가 이상했는지 그는 의아하다는 얼굴로 고개를 기울였다. 심호흡하며 다시 이동하려 하자 그가 "미스티아."라며 내 이름을 불렀다.

"턱시도 입은 나, 어때?"

"에릭이 멋지지 않은 적은 한 번도 없었어."

즉답을 내놓은 게 잘못되었는지 에릭은 그 자리에 우뚝 멈춰 섰다.

예상치 못한 반응에 급격한 부끄러움이 몰려들었다. 나는 "그럼 이만."이라며 재빠르게 대화를 끊은 후 탈의실로 돌아갔다.

"이쪽이 마지막 드레스입니다."

짙은 긴장이 남은 채로 검은색 드레스 시착을 마친 후, 드디어 순백색 웨딩드레스의 순서가 다가왔다.

가게 직원의 도움을 받아 옷을 갈아입은 후 고개를 들자 거울 속에 웨딩드레스를 입은 내 모습이 비쳤다.

빨간색과 검은색 드레스는 지금까지 댄스 파티 등에서 입은 적 있지만, 이런 드레스를 입는 건 처음이라 결혼식 날짜가 다가온다는 실감이 들었다. 결혼식은 2년 후지만…….

"고객님? 준비는 되셨나요?"

"네. 지금 갈게요."

마치 미래로부터 결혼식 당일의 긴장감이 날아온 것 같은 기분이 들었다. 나는 두근거리는 마음으로 에릭이 기다리고 있을 방으로 향했다.

가게 직원이 제대로 뒤를 따라오고 있었으나, 이상하게 다른 곳으로 가고 있는 기분이 들었다.

왜일까. 의문을 품는 사이에 문이 열리고, 시야에 비친 광경에 깜짝 놀랐다.

눈앞에 있는 건 교회였다.

마치 결혼식이 열리는 것처럼 장식되어 있었다.

성모가 그려진 반짝이는 스테인드글라스를 통해 햇빛이 들어와 새빨간 카펫 위로 그림을 그려내고 있었다.

그리고 좌석에는 나와 에릭의 부모님이 앉아 있었다.

"어떻게?"

"한번, 결혼하기 전에 약혼식을 열어보고 싶어서!"

버진로드 끝에 있는 에릭이 그렇게 말하자 아버지가 울면서 좌석에서 일어나 내게로 다가왔다.

"에릭 군이 평생 한 번뿐인 건 아쉽다고 해서 말이야…… 아아, 미스티아. 이렇게 훌륭하게…… 어른이 되어서…….."

아버지는 어물어물 말하며 울었지만, 바로 오늘 아침 "잘 다녀와."라며 인사한 참이다. 즉, 이건 서프라이즈인 걸까.

"아버지, 그게…… 딱히 내가 독립하는 것도 아니니까."

"그래…… 결혼은 안 해도 괜찮다는 생각까지 했지만…… 네가 신부가 된 모습을 보니 역시 기쁘구나."

아버지의 손을 잡았다. 나는 주례까지 있다는 사실에 놀라면서 긴장한 얼굴로 팔과 다리가 같이 움직이는 아버지와 함께 에릭을 향해 걸었다.

"에릭……."

"약혼식, 얘기 안 해서 미안해. 미스티아가 도망치지 못하게 하고 싶어서, 약혼식을 열어서 미스티아가 내 거라는 사실을 확고하게 해 두고 싶었어. 절대 도망치지 못하게."

"도망치지 못한다는 걸 왜 두 번이나 말해?"

"저, 시작해도 괜찮을까요?"

주례를 맡은 신부님이 어색한 얼굴로 우리를 불렀다.

나는 "잘 부탁드립니다." 하고 바로 고개를 끄덕였다. 그것을 보고 에릭은 놀란 표정을 지었다.

"의욕적이네."

"나도, 각오했으니까."

"흐음."

에릭은 자신감 넘치는 얼굴로 미소 지었다. 여기까지 와 버렸다. 나도 각오를 해야만 하고—— 이미 했다.

"나중에 내 각오를 들어줄래?"

"응. 좋아."

"저기, 시작해도 괜찮을까요?"

신부님이 이번엔 피곤한 표정으로 질문했다. 나는 "죄송해요, 잘 부탁드립니다."라며 사과했다.

드디어 신부님이 결혼식 전의 주례를 시작했다.

"——그러면, 건강할 때나 아플 때나, 늘 사랑을 맹세하시겠습니까?"

"맹세합니다."

둘이서 동시에 그 말을 긍정했다.

약혼반지는 이미 꼈으니, 이제 맹세의 키스를 할 시간이다. 우리는 신부님의 안내에 따라 서로를 마주 봤다. 에릭은 내 뺨에 손을 얹고, 조심스럽고 상냥하게 입을 맞췄다.

에릭의 서프라이즈 약혼 파티 계획은 상당히 예전부터 계획되었다고 한다.

약혼 파티 후에는 간단한 입식 형식의 파티를 열게 되었다. 이야기를 들어보니 약혼 후에 조만간 양가가 모여 식사를 하자는 이야기가 나왔는데, 에릭이 이왕이면 모의로 식을 올리고 싶다고 말한 것이 오늘의 이 흐름으로 이어진 듯했다.

그래서 식을 올린 후에는 양가가 모여 파티 겸 식사를 하게 되었고, 에릭의 강한 요청에 따라 부모님과 함께 하임가에 묵게 되었다.

하지만……,

"설마, 부모님이 그렇게 술에 약하셨을 줄은……."

기왕이면 솔직한 대화를 나누자며 에릭의 부모님과 우리 부모님은 술을 마셨다.

그리고 각국을 돌아다니며 무역을 하느라 자주 만날 수 없었던 에릭의 아버지가 가져온, 이른바 '비장의 술'을 나눠 마시다가 우리 아버지가 먼저 만취해서 쓰러졌다.

술을 좋아하는 어머니를 막는 역할은 항상 아버지의 역할이었는데, 막을 사람이 없어진 우리 어머니는 에릭의 어머니와 소란스럽게 자신의 남편 자랑—— 아니, 좋아하는 점을 이야기하기 시작하더니 대화에 열중하다 술을 많이 마셨는지 쓰러졌다.

그리고 마지막으로 남은 에릭의 아버지가 크게 웃으며 벽을 상대로 즐겁게 술을 마시고 있다.

에릭과 나는 당연히 술을 마시지 않고 저녁 식사를 즐기고 있었는데, 그가 "좀 술 냄새 난다. 속 안 좋아질 것 같아."라고 하며 안색이 나빠지기 시작해서 일단 에릭의 방으로 피했다.

"미안. 아버지가 미스티아네 부모님께 술을 많이 권해 버려서."

"아뇨. 저야말로 민폐를 끼쳐서 죄송해요."

어머니는 술을 마시며 "요즘 뭘 하든 잘생겨 보여서 곤란하단 말이야. 대머리가 돼도 좋을 것 같아서 괴로워."라고 말하고, 아버지가 "너는! 세계에서 두 번째로 아름다워서! 얼마나 곤란한지 몰라!"라며 주정을 부렸고, "첫 번째는 누군데! 어떤 여자야.", "당연히 미스티아지! 네 딸이니까 아름다운 게 당연하잖아!"라며 지옥 같은 세계를 만들어 냈다.

"아냐. 우리 부모님도 미스티아네 부모님이랑 대화하는 게 즐겁다면서 너무 신나 버려서……."

에릭은 침대에 앉아 한숨을 푹 쉬었다. 그리고 "실망했어?"라며 고개를 기울였다.

"전혀."

"정말로? 마음대로 식까지 올렸는데?"

"네. 문제없어요."

"그럼 같이 잘까?"

"그건 안 돼요."

내가 바로 거절하자 에릭은 "히잉." 소리를 내며 어깨를 늘어트리며 고개를 떨궜다.

우는 척이라는 걸 바로 알아챘지만 왠지 가슴이 쿡쿡 찔리는 듯한 감각이 들었다.

나는 조심스레 그에게 다가가 머리를 감싸듯이 끌어안았다.

고양이 털처럼 부드러운 머리카락이 뺨에 닿았다.

"미스티아의 심장 소리가 들려."

머리 근처에서 너무 큰 소리를 내면 안 되겠지.

두개골의 골전도로 고막에 소리가 잘 닿을 테니까.

"네. 어어, 힘내."

목소리를 낮추고 나는 에릭의 귓가에 속삭였다.

"같이 자는 건 안 된다고 하면서 엉큼한 짓 하지 말아 줘."

"무슨 소리야. 그런 적 없어."

"그런 적 있어. 가슴 들이밀면서 속삭이면 유혹하는 거랑 뭐가 달라."

에릭은 어이없다는 말투로 내 허리에 팔을 두르더니 "미스티아, 따뜻하다."라며 강하게 나를 안았다.

"미스티아가 살아 있다는 걸 느껴. 이렇게 온기를 느끼고 있으면."

에릭은 내 배에 볼을 비볐다. 어린아이가 이러던데……라는 생각이 잠깐 들었지만 나는 그의 머리를 쓰다듬었다.

"살아 있으니까."

"응. 내가 죽이지 않았으니까……. 미스티아. 나 좋아해?"

"응."

"그럼 키스해 줘. 키스 안 하면 다음엔 내가 아렌가에 몰래 잠입해서 미스티아 침대 아래에서 살 거야."

"으음……."

그건 침대 아래에 살인마가 숨어 있었다는 도시 전설 같은 게 생각나는데…….

나는 잠시 생각하다가 허리를 조금 숙여서 에릭의 뺨에 손을 대고 키스했다.

"왠지 익숙한 것 같은데요, 미스티아 씨."

입술을 떨어트리자 에릭이 한 손으로 내 뺨을 붙잡았다.

"익숙하지 않아요. 처음이라 시행착오였어요."

"그럼 왜일까. 마성? 천부적인 피라도 흐르는 건가. 아니면 내가 미스티아를 좋아해서 그런가…… 엄청나게 흥분되는데."

너무나도 낮은 목소리로 속삭인 탓에 신변의 위험을 느낀 나는 한 발짝 뒤로 물러서려 했다.

그 순간, 에릭의 무릎에 다리가 걸려서 그대로 무게중심이 무너졌다. 정신을 차리니 나는 에릭의 한쪽 무릎에 앉은 듯한 자세가 되었다.

"죄, 죄송해요."

"괜찮아. 이대로 있어도. 안은 채로 얼굴 볼 수 있고."

그렇게 말하며 에릭은 내 허리에 팔을 두르고 내 손가락으로 손장난을 하기 시작했다. 그는 내 왼쪽 약지에 끼워진 반지를 만지고 쓰다듬었다.

"이렇게 해서 나쁜 녀석이 공주님을 납치하는 내용의 그림책, 본 적 있어."

"그래?"

"응. 결국 퇴치됐지만. 그래도 나도 미스티아가 나랑 결혼하는 걸 싫어했으면 어두운 곳에 가뒀을 테니까 다르지 않을지도 모르지. 미스티아를 죽이고 나도 죽었을 거야. 같이 재가 될 수 있게 불 속에 뛰어들거나, 바다로 들어가서 계속 같이 있을 거야."

"그건, 은유지……?"

"왜 그렇게 생각해?"

"아까부터 계속 무릎 뒤를 집요하게 쓰다듬잖아."

나는 에릭의 다른 한쪽 손을 가리켰다. 그는 차분한 얼굴이었지만 한쪽 손으로는 집요하게 내 무릎 뒤를 만지고 있었다. 그는 "그것 말고 다른 생각은 안 들어?"라며 물었다.

"그것 말고?"

"여기 만지면 좀 더 좋아한다는 내용을 책에서 읽고 따라 해 본 건데."

"아무 느낌도 안 들어."

"이상하네…… 저기, 한 번만 더 키스해 봐."

에릭이 내 허리에 두른 팔에 더 힘을 준 탓에 얼굴과 얼굴의 거리가 확 가까워졌다.

나는 결심하고 그의 입술에 키스했다. 심장을 쥐어짜는 듯한 기분이 들어서 죽을 것만 같았다. 입술과 입술이 닿은 것뿐인데.

팔과 팔이 닿는 것만으로는 이렇게 되지 않겠지.

이상하게 여기고 있는데 입술을 떨어트린 에릭이 고개를 숙였다.

"내가 부탁하긴 했지만 미스티아도 이상해."

"왜?"

불만스러운 목소리에, '하라는 대로 했는데 왜?'라는 의문이 떠올랐다. 그는 내 손가락을 가지고 장난치면서 입술을 삐죽였다.

"미스티아, 평소엔 멍하니 있으면서 내가 하는 대로 가만히 있는 게 귀엽고, 대담하고, 엉큼한 걸 전혀 모르는 것도 아니면서, 엉큼한 느낌이 안 들게 엉큼한 짓을 하는 게 무서워."

"저기, 굉장히 돌려 말하는 척, 결론이 별로 좋지 않은 말 같은데……."

"조만간 먹어 버릴 거야. 와앙."

에릭은 그렇게 말하며 귀를 깨물었다. 엉큼한 게 어느 쪽이냐는 생각이 들었지만, 반격하기에도 무서워서 나는 허둥지둥 그의 무릎에서 내려와 그의 옆에 앉았다.

"진지하게 할 말이 있는데."

"갑자기 뭐야? 약혼 그만두자는 얘기면 미스티아의 죽음으로 보답받을 거야."

촉촉하게 눈물이 고인 눈을 보고 나는 고개를 가로저었다.

"중요한 얘기야."

"정말? 지금까지 미스티아는 할 말이 있다고 하면서 갑자기 끌어안지 말라거나, 앞으로 존댓말을 쓴다거나, 하임 선배라고 부르겠다고 했지 중요한 이야기를 한 적이 없는데."

에릭은 앓는 소리를 내면서 내 손을 잡았다. 확실히 그런 적이 있었다. 에릭이 나를 좋아하리라고는 생각도 하지 않았던 나는 그에게 그런 주의를 시키곤 했다.

"오늘은 아니야."

"흐음."

그의 눈이 가늘어졌다. 냉정한 목소리에는 정말 아니냐고 묻는 듯한 불신이 담겨 있어서 기가 죽을 뻔했다. 나는 내 성의가 전해지기를 바라며 에릭의 손을 잡았다.

"나는 어째서 에릭이 나를 좋아하는지 아직 의문스러워."

"평소랑 똑같잖아. 비슷한 얘기야."

"여기부턴 달라. ……그래서, 그, 에릭에게는 좀 더 맞는 사람이 있지 않을까 라거나, 나를 죽이고 싶어 하는 걸 볼 때마다 내가 그런 생각을 해서 에릭이 비뚤어진 게 아닐까 라거나, 그런 내가 에릭을 행복하게 만들 수 있을까 라거나, 여러모로 생각을 많이 했는데……."

나는 주저하면서도 에릭의 눈동자에 제대로 시선을 맞췄다.

"그 살의까지 포함해서, 내가 에릭을 받아들여서 행복하게 만드는 걸 목표로 힘내볼까 해."

에릭은 가끔 나를 죽이려 했다고 말했다.

고의로 뭔가를 말해 주지 않을 때는 있었지만, 그는 거짓말을 하지 않는다.

그 살의에 거짓은 없다고 생각한다.

그리고 에릭은 나를 그저 순수하게 죽이고 싶어 하는 게 아니라, 마음속으로 많은 갈등을 품은 듯했다.

그건 건전한 상태라고 부를 수 없고, 살의의 대상인 내가 옆에 있어도 될지는 잘 모르겠다.

아니, 아마 좋지 않겠지.

하지만 지금까지 그래왔던 것처럼 소극적인 대처 요법으로 에릭을 멀리하는 것보다도, 어떻게든 내가 에릭의 옆에 있으면서 그를 행복하게 만들 수 있도록 노력하는 게 좋겠다는 생각이 들었다.

"어떻게 들으셨나요?"

내가 묻자 에릭은 조용히 나를 바라볼 뿐이었다. 잠시 이어진 침묵 후, 그는 입을 열었다.

"잘 부탁드리겠습니다."

"저야말로 잘 부탁드립니다."

"응. 미스티아의 전부를 받을 테니까, 미스티아도 내 전부를 받아 줘."

에릭은 나를 힘껏 밀었다.

평소대로 아래에는 쿠션――이 아니라 침대다. 에릭은 나를 내려다보며 기쁜 듯이 웃었다.

"뭐죠, 이건?"

"이제 미스티아의 각오가 섰으니까, 괜찮잖아?"

"아니. 이런 건 결혼한 다음에 하는 거 아니야? 결혼한 다음이지? 분명 그렇지? 그보다, 그, 아래층에 부모님도 계시는데."

"우리 아버지는 술에 강하시지만, 여름에 미스티아한테 썼던 수면향을 마시고 꿈속에 계시지 않으려나."

수면——?

거기까지 생각이 미치자 정신이 퍼뜩 들었다. 맞다. 여름에 나는 부자연스럽게 잠든 적이 있었다. 그게, 에릭의——?

"범죄잖아요……?"

"괜찮잖아. 미스티아는 살의도 받아들여 주는 사람이니까. 내가 한 일이라면 뭐든 용서해 줄 거잖아? 그러니까 용서해 줘, 미스티아. 나만 평생 용서해주고, 나만 잔——뜩 생각해 주고, 마지막엔 같이 죽자."

에릭은 그렇게 말하며 내게 안겼다. 평소와 같은 장난인 줄 알았으나 에릭의 손이 명백하게 이상한 움직임을 보였다. 이윽고 그의 입술이 다가왔다.

"이제 포기해. 목숨은 제대로 마지막에 받을 테니까, 지금은 친하게 지내자."

입술이 겹쳐졌다. 마치 아이스크림을 먹을 때와 같은, 무척이나 깊은 키스에 혼란스러웠지만 나는 그의 등에 내 손을 얹었다.

BAD END 석양의 해방

하임가의 장남, 에릭의 계획은 노을과 함께 시작했다.

계기는, 미스티아에게 고백한 후 키스를 하려다 거절당했던 것.

지금까지 에릭은 미스티아가 자신을 좋아한다는 확신이 있었다. 첫 번째가 될 자신은 작년 여름에 흔들렸지만, 키스해도 진심으로 거부당하지 않을 정도로는 자신이 있었다.

하지만, 미스티아는 에릭을 거절했다.

지금까지 미스티아가 에릭의 접촉을 거절하는 일은 여러 번 있었다. 약혼한 사이가 아니라고, 갑자기 달려들면 위험하다고, 타인의 볼을 깨무는 것은 비위생적이라고—— 전부 납득이 가는 이유였다.

그렇게 이유를 담담히 설명하는 것을 듣고 거절당하는 시간도, 에릭은 사랑했다.

왜냐하면 거기에 미스티아의 혐오감이 담기지 않았으니까.

미스티아는 에릭을 거절하지만 전부 이유가 있었다.

그 모든 이유가 사라지면, 미스티아는 에릭을 받아들일 수 있다는 뜻이다.

그 증거처럼 에릭은 미스티아의 목소리와 태도로부터, 자만이 아니라 정말로 받아들여지고 있다는 느낌을 받았다.

약혼자인 녹터가 장남보다 자신이 더 친하다.

같은 반 남학생보다 자신이 더 대화를 자주 나눈다.

친하게 지내는 여학생보다 자신을 더 편안하게 대한다.

단 한 명, 메이드보다는 아직 모자라지만.

그런 생각으로 에릭은 2학년 생활을 보냈다. 애타는 듯한 절망을 넘어 3학년으로 진급한 그는 미스티아에게 마음을 고백했다.

미스티아에게는 약혼자가 없다. 제대로 그녀를 부른 후 키스했다. 아무도 없는 시간을 골랐다.

그런데 에릭은 미스티아에게 키스하려다—— 거절당했다.

그러지 마세요—— 냉정한 그 목소리가, 에릭의 귀에서 떠나질 않았다.

그 소리를 몇 번이나 되새기던 에릭은 깨달았다.

자신은 여자인 척하며 미스티아와 만났다는 것을.

에릭이란 존재가 싫어서 에리란 이름을 댔다.

모든 시선이 무서워서 방에 틀어박힌 탓에 머리카락도 무척 길었다.

목소리는 변성기가 지나기 전이었다.

하지만 지금은 어떠한가.

에릭의 이름을 대고, 머리카락은 잘랐고, 목소리는 성장과 함께 점점 낮아졌다.

지금 어릴 때와 같은 차림을 하면 과연 여성으로 오해받을 수 있을까. 대답은 명백했다.

그때보다 키도 훨씬 컸다. 미스티아를 지키기 위해서 몸을 단련했고, 노력이 결실을 보아 체격은 건장해졌다.

팔도 다리도, 전부 달라졌다.

뼈 굵기조차 달랐다.

그땐 있었고, 지금은 없는 것.

지금은 있고, 그땐 없었던 것.

미스티아가, 에릭을 친근하게 여겼던 이유.

에릭의 사랑은 맹목적이었지만, 그도 깨닫는 순간은 있었다.

다른 남학생보다 자신의 접촉을 가볍게 본다는 것, 긴장감 없는 목소리. 그건 자신이 거리낌 없는 사이이기 때문이라고 생각했다.

하지만 그것이, 여성이라고 오해했던 것에 기인한 구분의 오류 때문이었다면?

에릭은 그런 생각에 도달하고 나서야 드디어 이해가 되었다.

미스티아는 여성에게 무르다.

언제나 자신이 말하던 것이었다. 그리고 남자라면 거리를 둘 텐데, 자신은 여름에 미스티아와 같은 방에서 자기까지 했다.

그날 밤 에릭은 아무것도 하지 않았다.

무언가 하는 것도 당연히 가능했지만 미스티아를 바라볼 뿐, 몸은 전혀 건드리지 않았다.

메이드가 사라지는 게 먼저였고, 미스티아와 느긋하게 데이트도 하고 싶었고, 미래를 의심하지 않았기에 건드리지 않았다.

하지만 미스티아가 자신을 여성으로 취급하기 때문에 무슨 짓을 하든지 넘어갔던 것뿐이라는 사실을 깨달았을 때, 에릭은 깊은 후회에 휩싸였다.

그때, 미스티아를 건드렸다면.

그때, 미스티아에게 자신이란 존재를 각인시켰다면.

그만큼 완벽하게 장래를 확실하게 바꿀 방법은 없었는데.

미스티아는, 에릭이 만난 그 누구보다도 상냥했다.

그래서 사고로라도 아이가 생긴다면 아이를 사랑해 주겠지. 그녀의 부모님은 당황하겠지만 결국 손주를 생각하여 눈감아 줄 것이다.

남은 건 자신의 부모님이었으나, 결국엔 분명 용서해 줄 것이다.

출산은 위험이 따른다. 당연히 미스티아는 아카데미에 다니지 못한다. 위험도 사라지고, 저택 밖에 나갈 일도 줄어들 것이다.

에릭은 그러지 않고 밤을 보냈다. 미스티아가 곤히 잠든 모습을 보며 아기 같다거나, 잠든 얼굴을 보는 건 오랜만이라는 생각을 하며 턱을 괴고 구경했을 뿐이었다.

전혀 건들지 않았다.

옷 하나라도 흐트렸더라면 미래는 바뀌지 않았을까.

그렇게 고민한 끝에── 에릭은 깨달았다.

자신은 선택을 잘못했다고.

이미 되돌이킬 수 없는 곳에 오고 말았다고.

지금까지 에릭은 가끔 이런 생각을 했다. 만일 6년 전 중정에서 미스티아를 만나지 않았다면, 자신은 어떻게 되었을까.

미스티아와 만나지 않고, 자신은 저택에 틀어박힌 채로. 행복해지지 못하고 혼자서 죽어간다.

그날 중정에 나간다는 선택을 하지 않았다면, 분명 그렇게 되었으리라고 생각하며 에릭은 항상 미스티아에게 감사하는 마음을 지녔다.

그날 중정에 나가지 않았다면, 미스티아와 만나지 못했을 것이다.

중정에 나가서, 미스티아와 만났다.

그것처럼 그날 밤 미스티아에게 아무 짓도 하지 않았기 때문에, 미스티아에게 거절당한 현재가 있다. 그날 밤 미스티아를 건드렸다면, 지금쯤 결혼했을지도 모른다.

에릭의 생각이 거기까지 다다를 때까지는 긴 시간이 필요했다. 미스티아에게 키스했던 봄이 지나고, 여름이 다가올 정도로.

하지만 그 후의 에릭의 행동은 빨랐다. 바로 만회할 방법을 떠올리고 목적을 바꿨다.

틀린 길로 들어섰다면, 틀린 채여도 괜찮다.

망가져서 원래대로 돌아갈 수 없다면, 아예——.

미스티아 아렌에게 하임가의 장남 에릭의 편지가 도착한 것은 여름 방학이 시작되기 10일 전이었다. 내용은 여름 방학 전날 저택에 놀러 가고 싶다는 것.

키스 사건 이후로 조금 거리가 생겨난 선배의 편지. 미스티아는 평범하게 아카데미에서 말하면 되지 않았을까 하는 생각을 하면서도, 그와 대화할 기회가 생겨서 기뻤다.

그리고 당일. 에릭은 커다란 가방을 들고 아렌가 저택으로 찾아왔다. 숙박이라도 하려는 듯한 엄청난 짐에 미스티아는 놀랐지만 에릭이 "뭐가 들었는지는 비밀이야."라고 하기에 그를 배려하여 더는 묻지 않았다.

옮기는 것을 도와주려고 했으나 에릭은 부드럽게 거절하며 3층의 북쪽 방으로 안내해 달라고 미스티아에게 부탁했다.

그곳은 미스티아에게 인연이 있는 장소다.

그녀의 메이드인 멜로가 어릴 때 스스로 목숨을 끊으려던 장소이니까. 미스티아는 에릭이 자신과 멜로, 그리고 교회의 기연에 대해 얼마나 알고 있는지에 대해 의문을 품으면서도 승낙했다.

"놀래키고 싶은데 눈감아 줄래? 위험하니까 의자에 앉아 봐."

미스티아가 북쪽 방으로 안내하자 에릭은 가방에서 빨간 리본을 꺼냈다. 그리고는 신중히 옆에 있던 의자를 옮겨서, 의자에 앉으면 창밖의 풍경이 보일 수 있도록 했다.

"왜요?"

"보면 알아."

미스티아는 의아하게 여기면서도 에릭의 말대로 의자에 앉았다. 부드러운 원단이 눈가에 닿았다. 시야를 빼앗겨서 몸이 자연스럽게 굳었다. 가방이 열리는 소리가 나더니 이번엔 사락사락하며 가볍게 마찰하는 소리가 들려왔다.

"에릭……?"

"잠—깐만 기다려."

옷을 갈아입는 듯한 소리가 들려서 미스티아는 에릭이 무언가를 준비한다고 생각하기로 했다. 하지만 끈 같은 것이 휘감기는 느낌이 들어서 에릭의 이름을 불렀다.

"잠깐, 어, 에릭? 무, 묶고 있는 거예요?"

"응. 마술처럼? 아하하. 움직이면 위험하니까. 그래도 곧 풀릴 거야."

미스티아는 일말의 불안을 품으면서도 가만히 있었다.

이윽고 "다 됐다!"라는 느긋한 목소리가 울려 퍼지더니 눈가리개가 풀렸다.

"짠. 어때? 미스티아. 잘 어울려?"

미스티아가 눈을 뜨고 가장 먼저 시야에 들어온 것은 드레스 차림의 에릭이었다.

머리카락에는 보석 등의 장식을 여러 개 달아서 마치 소꿉놀이하는 아이 같았다. 프릴과 레이스가 잔뜩 달린 새빨간 드레스는 사이즈를 억지로 맞췄는지 여기저기 천을 덧댄 상태였다.

"에릭……?"

"아하하! 어때, 미스티아? 나, 미스티아를 기쁘게 해 주려고 여자아이가 됐어!"

에릭은 밝게 웃으며 드레스의 치맛자락을 붙잡고 인사했다.

하늘하늘 흔들리는 프릴을 장난치듯이 흔들어 보이기도 했다.

"왜……."

"미스티아를 기쁘게 해 주고 싶었으니까! 나를 계속 기억해 줬으면 해서."

에릭은 창문을 열었다.

그리고 창밖을 등지고 창틀에 몸을 기댔다.

"위, 위험해요."

"나도 알아."

온도가 느껴지지 않는 목소리를 듣고, 미스티아는 인상을 찌푸렸다.

필사적으로 팔과 다리를 움직이려 했지만 밧줄로 묶여서 움직일 수 없었다.

"에릭, 에릭!"

"바이바이, 미스티아. 오늘을 절대 잊지 말아 줘―― 정말 좋아해. 사랑해. 나는 미스티아를 계―속, 보고 있을 거야."

에릭은 있는 힘껏 바닥을 찼다. 드레스를 걸친 그 몸은 노을에 녹아들 듯이 사라져갔다. 미스티아는 계속해서 에릭의 이름을 외쳤지만 그 목소리는 닿지 않은 채, 마지막을 고하는 둔탁한 소리가 창밖에서 들려왔다.

필사적으로 손목을 마찰시켜 밧줄을 끊어낸 후 창가로 달려가자, 이전에 자신과 멜로가 떨어졌던 연못의 옆―― 수면 위로 뛰어오르는 인어처럼 쓰러진 에릭의 모습이 보였다. 빨간 드레스 위를 칠하듯이 검붉은 색의 액체가 퍼져나가 연못을 빨갛게 물들였다.

그에 맞추듯이 하늘도 빨갛게 물들어갔다.

그 선명한 빨강을 본 미스티아는 아연실색하여, 생사를 가른 방에 그대로 쓰러지고 말았다.

아렌가의 영애, 미스티아의 전속 시녀 멜로의 아침은 기도로 시작한다.

눈을 뜨고, 몸가짐을 단정히 하여 주인의 기상을 준비한 후,

조용히 심호흡한 멜로는 미스티아의 방으로 들어섰다.

"좋은 아침입니다. 미스티아 님."

멜로의 목소리에 방의 주인은 침대 위에서 상체를 일으켜 조용히 몸을 돌렸다. 발랄하다고는 할 수 없어도 확실한 의사가 느껴지던 붉은색 눈동자가 지금은 흐리멍덩하고 죽음이 드리워 있었다.

"……아."

"오늘 아침은 어떻게 하시겠어요? 음료는 어떤 것으로 준비해 드릴까요? 아니면 디저트만 드시겠어요?"

멜로는 요리장이 준비한 메뉴판을 꺼내며 미스티아에게 다가 갔다.

지금까지 자신이 다가가는 것만으로도 기쁜 표정을 짓던 주인 의 눈동자는, 시선을 조금도 움직이지 않고 한 점을 바라볼 뿐 이었다.

하임가의 영식이 아렌가의 저택에서 투신하여 죽은 것은 사교 계에서 커다란 화제가 되었다. 아렌가 영애인 미스티아가 영식 의 죽음에 충격을 받아 정신이 나갔다는 내용까지 포함해서.

에릭이 투신한 후, 곧바로 멜로는 그가 몸을 던졌을 북쪽 방을 향했다.

그곳에서 쓰러진 미스티아를 발견했고, 그녀가 눈을 뜨기까지 잠시도 떨어지지 않고 곁에서 간병했다.

눈을 뜬 미스티아에게선, 마음이 사라져 있었다.

일어나 눈을 뜬다. 입에 음식을 넣어주면 삼킨다. 단지 그것뿐이었다. 의사는 음식을 삼키는 것을 보고 '본인의 의사가 아니라 반사작용에 가까워 보인다'라고 진찰했다.

외상이 없고 마음의 문제이므로 언제 회복될지 모르겠다는 말도 덧붙였다.

그 후, 멜로는 기다리는 중이다.

옆에서 그저 멍하니 있는 주인이 돌아오기를.

영식이 투신한 것은 잊고, 존재 자체를 지우고, 다시 평소처럼 웃는 얼굴을 자신에게 보여줄 날을 기다리고 또 기다린다.

"미스티아 님. 대화를 안 해 주시면 삐질 거예요. 정말 힘들다고요. 당신을 연모하는 사용인들을 막는 건. 이제 그만, 빨리 일어나 주세요."

반응이 없는 주인에게 농담을 건넨다. 미스티아는 시선을 전혀 움직이지 않는다. 멍하니 앉아 있다.

"요리장에게 말해서 홍차와 커피, 과일물을 전부 가져올게요."

멜로는 그렇게 말하며 주인에게 등을 돌렸다. 언제나 자신을 부르던 목소리가 들려오지 않아서 마음이 아팠다.

방을 나와 복도를 걸었다. 연못은 여러 사람의 의견을 받아 폐쇄되었다. 이제 아무것도 없는 연못의 흔적을 볼 때마다 후회가 들었다.

──만일 그때 자신이 함께 있었다면. 방 밖에서 지켜보고 있었다면.

멜로는 손을 꽉 쥐고 그 자리를 뒤로했다.

연못 터에는 녹란이 바람에 흔들리고 있었다.

Jey Route

상상 속의 미래는 이제 필요 없어

상상 속의 미래는 이제 필요 없어

SIDE: Jey

미스티아와 결혼하여 행복해질 것이라고, 나는 믿어 의심치 않았다.

왜냐하면 나와 미스티아는 서로 마음이 통했으니까.

미스티아에게 일방적으로 호감을 품는 녹터라는 불온분자가 있긴 있지만, 어차피 치기 어린 감정일 터. 녀석은 데릴사위 후보라는 것을 약혼자라는 말로 과대 포장해서 우위를 선점하려 하고 있었다. 비겁하다.

그런 알기 쉬운 거짓말을 믿을 정도로 나는 어리지 않다. 다만, 녹터가 선거에서 부정을 저질렀다는 이야기를 듣고 미스티아는 그에게 자비를 베풀었다. 그 모습을 보는 건 솔직히 말해서 거북했다.

그렇다고 해서 어른인 내가 미스티아의 교우 관계에 개입하여 사귈 사람을 일일이 골라내는 짓은 절대 하고 싶지 않았다.

나는 인생의 선배라고 할 정도로 경험을 쌓지 못했다.

누군가에게 가르침을 주는 교사이긴 하지만 내 위로도 선배들은 얼마든지 있다.

나도 아직 미숙하다고 할 수 있지만 15세라는 나이는 지났다. 당시의 나는 미스티아와 만나기 전이었고 주변 사람들이 겁을 먹고 다가오지 않아 곧잘 혼자 있었지만, 그때의 시간 전부가 헛되지는 않았다고 생각한다.

그러니 아직 직장을 지니지 않은, 실패하면 얼마든지 다시 시도할 수 있는 학생 시절은 중요한 시기이다. 아이라는 변명이 통하는 시기야말로 여러 사람과 대화를 나누고 성공과 실패 경험을 나누며 다양한 사고방식이 있다는 것을 알아갈 시기라고 생각한다.

나와 단둘이서만 있고, 나와 단둘이서만 대화를 나누는 건 간단하지만, 서로 미숙한 상태로 둘만의 세계를 구축해 버린다면 분명 우리는 망가질 것이다.

학생회에 들어가는 것도 그렇다. 학생들의 중심에 서 보는 경험은 분명 장래로 이어지겠지.

미스티아는 너무 겸손해서 자존심이 있는지 불안해질 때가 있다.

학생회에서 제 역할을 다하고 성공 경험을 잔뜩 쌓아서 좀 더 자신이 대단하다는 사실을 알기를 바랐다.

하지만 역시 녹터도 학생회에 들어가는 게 걱정되었던 나는 자연스럽게 매년 학생회 고문을 맡는 선생님에게 찾아갔다.

"선생님. 지금 시간 괜찮으신가요?"

"괜찮지 않은데요."

"네?"

"거짓말이에요. 무슨 일이신가요? 새삼스레."

과학준비실에 쏟아져 들어오는 노을빛을 등지고 내게로 몸을 돌리는 이 사람은 학생회의 고문이자, 내가 학생이던 시절 담임을 맡았던 선생님이다. 과학준비실은 그때와 전혀 달라지지 않았다.

책상에는 자잘한 흠집이 있긴 하지만 먼지는 전혀 쌓이지 않았다. 그때와 똑같이 칠판은 천으로 깨끗이 닦여 있었고, 옛날과 다른 것은 벽에 붙은 시간표뿐이었다.

내가 학생이었을 때, 선생님은 도서위원회의 고문도 맡고 있었다. 도서실 앞에 붙이는 포스터의 문장을 자주 첨삭당한 나는 "과학교사인데 어떻게……."라는 생각을 했다.

익숙한 풍경에 무심코 내가 교사란 사실을 잊을 것 같았다.

"제가 맡은 반에서 학생회 임원이 나올 것 같은데 일이 힘들지는 않은지 여쭤보고 싶어서요."

"하하하. 아직 선거 결과도 안 나오지 않았나요? 그리고 만일 제이 선생님의 반 아이들이 임원이 되더라도, 내년에 당신이 반을 그대로 이어받지 않을 수도 있잖아요."

"하지만 걱정되어서……."

"당신은 마치 보호자 같군요."

내가, 미스티아의 보호자?

생각해 본 적 없는 말에 나도 모르게 되물었다. "저는 거의 매년 당신 같은 보호자와 대화를 나눈다고요."라며 선생님은 입꼬리를 주름 지으며 웃었다.

"우리 아이는 정말 괜찮은가요. 아카데미에서 잘 지내고 있나요. 꼭 이런 질문이 들어오죠. 하지만 그렇게 걱정하는 사람을 옆에 둔 학생은 의외로 잘 지내요. 오히려 착실하게 앞으로 걸어 나가려 하는데, 걱정이 지나친 보호자의 마음을 부담스러워하는 아이도 있죠."

부담.

나의 이 걱정이 미스티아에게 부담을 주는 걸까.

내가 미스티아의 행동을 제한했던 건 아닐까 하며 기억을 되짚었으나 그렇게까지는 한 적이 없어서 안심했다.

하지만 경계하지 않으면 실수를 할지도 모르니까 그러면 안된다는 사실을 마음속에 새겼다.

"학생회에 들어가려는 저희 반 학생들은 다들 잘하고 있어요."

"그렇겠죠. 담임선생님은 당신이에요. 당신은 학생들을 방치하지 않으면서 제대로 그들의 이야기를 듣고 있어요. 건전한 거리를 유지하고 있어서 저도 안심 중이죠."

"건전한, 거리……."

"안심하세요, 제이 선생님. 당신이 생각하는 것보다 학생들은 빨리 어른이 되어가고 있어요. 그래서 더욱 위험하죠. 우리가 지탱해 줄 필요가 있어요."

내가 생각하는 것보다 학생들은 빨리 어른이 된다. 미스티아는 지금도 어른처럼 굴곤 한다.

내가 걱정해야 할 건 다른 부분이었을까.

하지만 그게 대체 뭐일까.

불안은 사라졌지만 나는 새로운 문제를 끌어안고 준비실을 뒤로했다.

그래서 내가 미스티아에게 무엇을 해 줄 수 있을까를 고민하던 때, 학생회 선거에서 사건이 일어났다.

미스티아는 타고난 정의감을 발휘하여 흉기를 든 남자에게 다가갔는데, 나는 도움 요청도 받지 못한 채로 하트펄의 문제를 정리하는 것만으로도 벅찼다.

게다가 하트펄의 친척이라고 주장하는 공작의 연락에 쫓겨 미스티아와 대화를 나누지 못하는 나날을 보냈다.

실은, 만나러 가고 싶었다.

하지만 나는 교사였다. 담임인 이상 개인적으로 미스티아를 만나러 가서도 안 되고, 하트펄의 문제도 해결해야 한다.

교사로서 학생을 위해 무엇을 할 수 있을지 고민하느라 분주하던 와중, 나는 깨달았다.

적어도 미스티아가 안심할 수 있도록 내가 미스티아의 것이라는 사실을 확실히 알게 해 주자고.

나는 미스티아에게 좋아한다는 말을 좀처럼 하지 않았다. 접촉하지도 않았다.

애초에 미스티아는 아직 아이다.

성적으로는 보이지 않지만, 그렇게 오해받는 게 싫어서 필요 이상으로 접촉을 멀리하고 있었다.

지켜주고 싶다거나, 좋아한다거나, 너무 울지 말았으면 한다거나, 저번엔 내가 한심했다거나, 그에 비해 미스티아는 할 일을 알아서 잘한다거나, 그런 생각을 해도 입 밖으로 내지 않았다.

미스티아는 내게 좋아한다는 말을 그다지 듣지 못한 상태고,

앞으로도 2년은 그런 상태가 이어질 것이다.

미스티아가 18세가 되더라도 나는 분명 "같이 사는 건 적어도 스무 살이 된 이후가 좋겠어."라는 생각을 할 테고, 자칫하면 손을 잡는 것조차 미룰 수도 있다.

그래서 나는 미스티아에게 선물할 액세서리와 반지를 구하기로 했다.

식장도 예약하고 싶지만 역시 그건 집안끼리 대화를 나누고 정해야겠지.

반지는 미스티아의 눈동자 색인 빨강과, 부끄럽지만 내 눈동자 색인 주황색 보석이 조합된 디자인이 좋을 것이다.

여성에게는 화려한 디자인이 인기라고 하지만, 내가 끼는 건 조금 쑥스럽다. 가능하다면 너무 화려하지 않고 평상시 끼고 다닐 만한 디자인을 찾아보자. 그렇게 생각하여 나는 휴일에 보석상으로 향했다.

샘플을 구경하며 점주와 디자인에 관해 대화를 나누다가, 샘플을 더 꺼내오기 위해 안쪽으로 들어간 점주를 기다리고 있는데 뒤에서 "어라? 시크 선생님?"이라며 나를 부르는 목소리가 들려왔다.

"아…… 센트릭이잖아. 여기엔 무슨 일로 왔지?"

아름다운 보석 장식이 가득하고, 보석의 반짝임을 더 아름답게 보이기 위해 조명을 제한한 실내.

그 안에 들어선 것은 미스티아와는 다른 느낌의 흑발을 휘날리는 E반의 클라우스 센트릭이었다.

성적은 평균이고 수업 태도도 평범.

달리기는 빠르다고 들었지만 그 외에는 눈에 띄는 것 없는 평범한 학생.

아니, 분명 형이 정신에 문제가 생겨서 지금은 의사에게 치료를 받고 있다던가……

"저는 심부름으로 할머니 선물을 찾으러 왔어요. 선생님은요?"

큰일이다.

오늘은 휴일이지만 이 보석상은 시내에서 제일가는 고급점이다. 왜 이런 곳에 학생이 혼자 온 걸까. 나는 교사로서 질문을 건넸지만, 당연히 그도 내게 질문할 수 있다.

최적의 대답을 고민했지만, 센트릭이 반지 도안을 발견하는 게 먼저였다.

"반지다! 선생님 결혼하시나요?"

"아, 아니. 아직. 날짜도 뭣도 정해지진 않았어."

센트릭은 "흐음. 빨강이랑 주황…….."이라며 눈을 반짝였다.

"주황색은 혹시 선생님의 눈동자 색에 맞춘 건가요?"

"아니, 그, 그게."

"흐음. 그러면 빨간색 눈동자를 지닌 영애겠군요. 어떤 사람이려나!"

지인 중에 빨간색 눈동자를 지닌 사람은 미스티아뿐이다.

아카데미 내에서도 그렇다.

하지만 설마 자신의 동급생을 위해 만들어졌다고는 상상도 못 한 듯했다.

센트릭은 "교제한 지는 얼마나 지나셨어요?"라며 순수하게 질문했다.

"5년."

"우와! 예뻐요?"

"뭐, 그렇지."

"와아, 그렇구나! 시크 선생님을 좋아하는 여자애들 많았는데 충격받겠네요! 다들 울지도 몰라요."

"설마 그러겠어."

부정하자 센트릭은 "겸손하시기는―."이라고 말하며 입꼬리를 올렸다. "선생님 저번에 공개 고백도 당하셨잖아요."라며 놀리는 듯한 시선을 보냈다.

"공개 고백?"

"혹시 고백인 것도 모르면서 딱 잘라 내신 거예요? 저희 반 여자애가 선생님한테 받아 달라고 편지를 드렸잖아요. 그때 선생님은 학생의 사적인 문서는 받을 수 없다고 거절하셨고요."

"그랬지."

"그거, 고백이었는데요? 선생님을 좋아한다는 러브레터였다고요."

학생에게서 편지를 받는 일은 종종 있었다.

고민 상담인지를 물어보자 내게 개인적으로 보내는 것이라고 해서 전부 거절했다.

그런데, 그게 러브레터였다고――?

"왠지 선생님을 보면 아는 사람이 떠올라요."

"아는 사람?"

"네. 그 사람도 다른 사람의 호의를 전혀 눈치채지 못하거든요. 그래서 보고 있으면 꽤 재밌는데, 주변 사람은 속이 썩을 대로 썩는 듯한 모양이에요."

주변 사람이 속이 썩는다.

미스티아는 요즘 아카데미 안에서도 고민하는 모습을 보이곤 했다. 혹시 나에 관해 생각하면서 끙끙 앓고 있는 게 아닐까.

온몸의 열기가 전부 빠져나가는 듯한 오싹한 감각에 빠져 졌다. 이윽고 점주가 다가왔고 센트릭도 볼일을 보고 떠났다.

나는 센트릭의 말이 귓가에서 떠나지 않아 멍하니 서 있을 수밖에 없었다.

미스티아를 행복하게 만들기 위해, 그 상냥한 마음을 상처입히지 않기 위해, 나는 대체 어떻게 해야 할까.

고민에 빠져 사는 사이에 내 결심을 굳히게 만든 비극이 일어났다.

미스티아가 납치당하고 만 것이다.

미스티아는 범인마저 구하겠다고 불 속으로 뛰어들었고, 결국 범인을 구출해 냈다.

미스티아는 언제나 용감하지만 너무나도 무모하다.

냉정해 보이면서도 감정으로 움직이고, 자신의 목숨을 계산에 포함하지 않는다.

분명 미스티아는 살아서 돌아온다. 만일 내가 따라갔다면 미스티아는 반대로 나를 지키려다가 괜히 다치고 말 것이다.

내가 할 수 있는 것은 미스티아가 탈출할 곳을 만드는 것.

나는 미스티아라면 어떻게 할지를 생각하다가, 바람 때문에 불길의 확산이 빠른 것을 알아채고, 아마도 미스티아는 계단으로 내려오는 것을 포기하리라고 결론지었다.

그리고 무너지기 시작한 교사에서 미스티아가 뛰어내릴 것이라고 예상하여, 충격을 완화할 수 있도록 주변 땅을 물로 적시고 딱딱한 흙바닥 위에 진흙을 뿌렸다. 분명 미스티아가 돌아오리란 것을 믿고.

잠시 후, 미스티아는 뛰어내렸다. 사람을 끌어안고 내려올 줄은 상상하지 못했지만 무사했다.

부부의 연이 기적을 일으키는 순간이었다.

내가 사건 처리를 위해 위병의 조사에 협조하는 사이, 새로운 이사는 아카데미의 체제를 바꿔 학생들이 안심하고 수업을 받을 수 있는 환경을 조성했다. 그렇게 다가온 시업식.

나는 확실히 책임지기로 했다.

"아렌. 잠시 이쪽으로."

복도를 걷는 미스티아를 불렀다. 미스티아는 당황하면서도 뚜벅뚜벅 걸으며 나를 따라온다. 귀엽다.

내가 사용하는 전용 수업 준비실로 데려간 후, 안의 잠금장치를 잠근 나는 미스티아에게 몸을 돌렸다.

"결혼하자."

"네?"

미스티아는 놀란 얼굴로 움직임을 멈췄다.

아직 학생이니 분명 결혼은 먼 미래의 일이라고 생각했을 것이다.

"이제 너를 불안하게 만들지 않을 거야. 네가 울지 않게, 반드시 지켜줄게. 졸업하자마자 식을 올리고 입적하자. 네가 고민할 일 없도록 나도 제대로 할 테니."

"어, 어, 그, 그건가요. 그 사건에 관해선 신경 쓰지 마세요. 그건 어쩔 수 없는 재해 같은 거였으니까, 선생님의 책임이——."

"아냐. 사건 때문이 아니야. 너를 좋아해서 결혼하고 싶어. 너를 지키고 싶어. 네가 가장 중요해. 그러니까, 함께 있자."

미스티아는 "저를……?"이라며 눈을 크게 떴다. 이렇게 놀랄 정도로 그간 마음을 전하지 않았다는 사실을 체감하고 반성했다.

"괜찮아. 앞으로 우리의 관계가 바뀔 일은 없을 거야. 불안하지 않게 해 줄게. 오늘 밤, 백작과 부인께 인사드리러 네 저택에 가도 괜찮겠어?"

"네…… 아, 아마도."

"내가 제대로 설명할 테니까. 너는 불안해하지 않아도 돼. 앞으로 무서운 일은 일어나지 않을 거야. 너는 내가 지키겠어. 이것도, 나라고 생각하고 갖고 있어 줘."

그렇게 말하며 나는 주황색 보석이 달린 목걸이를 미스티아에게 걸어주었다. 미스티아는 나를 빤히 바라봤다.

"반지도 준비 중이야. 앞으로 함께 행복해지자. 사랑해."

"어, 어어. 자, 잘 부탁드립니다……."

지금까지 얼굴을 보고 마음을 전한 적은 거의 없다.

하지만 미스티아가 예의 바르게 고개 숙여 인사하는 것을 보고, 언젠가 서로 마음을 전하는 것이 당연한 날이 오면 좋겠다고, 진심으로 생각했다.

HAPPY END 아련한 마지막 첫사랑

제시 선생님에게 청혼받았다.

아마도 내가 위험한 일을 계속 겪었고, 어릴 적에 승마 훈련을 받았던 게 원인이겠지.

그렇게 추측하며 프러포즈의 이유를 물어봤지만, 선생님은 "뭐, 책임도 져야 하고. 나도 슬슬 결혼할 나이이니까."라며 놀랄 만한 말을 했다.

제시 선생님과 나는 여덟 살 차이다.

결혼 상대로 나는 안 맞는 게 아닌지…… 하는 생각도 들었지만, 선생님은 장남이고 후계자가 없으니 여러모로 초조한 마음이 드는 것은 납득했다.

그렇다고 해도 어릴 적 교류가 있었고, 부모님끼리 아는 사이이며, 제시 선생님과 나는 교사와 학생 사이다. 과거와 현재, 미래에도 뭔가 걸리는 일은 한 적 없지만 대대적으로 공표할 만한 일도 아니다.

내가 졸업할 때까지는 약혼과 결혼 자체를 비밀로 하기로 했지만, 가문에는 확실히 말하는 것이 좋겠다는 판단하에 나는 제시 선생님의 집에 인사를 드리러 갔다.

"미스티아 양! 아저씨는 편하게 파파라고 부르렴!"

"언제나 제이가 신세를 지고 있단다. 이 아이, 무뚝뚝해서 힘들지? 앞으로 잘 부탁해."

"저야말로 이렇게 초대해 주셔서 감사합니다. 부디 잘 부탁드리겠습니다."

시크가 저택의 거실에서 백작과 부인에게 인사하자 둘 다 "매년 만났으니까."라며 상냥하게 인사를 받아줬다.

가족끼리도 교류가 있어 처음 만나는 게 아니다 보니 안심은 되었다.

그렇다고 해도 긴장을 늦출 수는 없지……. 그렇게 생각하며 정신을 똑바로 차렸다.

"그런데 정말 기뻐. 시대가 변해서 이제 결혼만이 행복은 아니라지만, 제이는 착하긴 해도…… 너도 알지? 사교성이 없으니까…… 이대로 두면 고독사하는 게 아닌지 걱정되었거든."

"어머니!"

제시 선생님은 다급하게 부인을 불렀다.

선생님에게, 사교성이 없다…….

아카데미 일로 바쁠 테니까 아카데미 외부인과 딱히 대화할 기회가 없었던 것일지도 모른다.

"상대가 미스티아 양이란 소리를 들었을 땐 납득했지만, 설마 이렇게 나이 차 나는 여자아이가 며느리가 될 줄은 몰랐어……."

"나도 잘 알고 있어. 이 녀석이 어리단 건…… 하지만 나이로 고른 게 아니니까. 지금도 미스티아가 당장 내일이라도 연상이 됐으면 좋겠다는 생각을 하기도 하고……."

백작의 말에 제시 선생님은 점점 소극적으로 말하며 나를 가만히 바라봤다.

확실히, 제시 선생님과 나의 나이 차를 생각하면, 현대에선 문제가 된다.

법에 저촉된다. 아니, 두근러브에서도 조금 저촉되었다.

중학생일 때 들었던 보건 체육 수업에선, 백 보 양보해서 정말 제대로 된 어른이 미성년자를 사랑하게 되었다면 절대 육체관계를 가지려 하지 않을 것이고, 상대를 생각하여 어른이 될 때까지 기다려 줄 것이라는 이야기를 들었다.

어른이 되어 갈수록 겁쟁이가 되니까, 좋아하는 마음이 아무리 강하더라도 결국은 설 자리를 잃을지도 모른다는 나약한 마음이 이긴다.

사랑을 이유로 몸을 요구하는 시점에 사랑이 아닌 젊음에 끌린 것이다. 성인이 될 때까지 가만히 기다리는 경우는 벼락에 맞을 확률보다도 적고, 복권에 당첨될 확률보다도 적다고 단단히 가르침을 받았다.

어른이 되어갈수록 겁쟁이가 된다는 말의 뜻은 잘 이해하지 못했지만, 설 자리를 잃으면 상대를 행복하게 해주지 못할 테니까, 지금 생각하면 이해가 될 듯도 했다.

그래서 제시 선생님이 내가 연상이길 바라는 것도 납득이 된다.

부모님과 교류가 있고 관계도 나쁘지 않다.

서로 잘 아는 사이이고 부모님의 관계, 환경을 생각하면 안성맞춤인 상대다.

우리 부모님도 제시 선생님을 교사의 귀감이라며 존경의 눈빛으로 바라봤고, 나도 선생님을 인간적으로 존경하고 있다.

이성적으로 좋아하는지는 차치하고, 존경하는 사람과 결혼할 수 있다는 건 영광스러운 일이다.

"저도 제이 선생님과 결혼할 수 있어서 무척 행복해요. 정말 훌륭한 선생님이시고, 몇 번이나 도움도 받았고, 다른 학생들도 동경하는 멋진 선생님이셔서요."

"어머, 그러니? 제이는 아카데미에 관련된 이야기는 전혀 말해주질 않아서…… 학생들과 잘 지내는지 불안했거든……. 괜찮니? 겁주지는 않고?"

"어머니!"

"전혀 그렇지 않아요. 제이 선생님의 수업은 이해하기 쉬워서 다들 열심히 공부하고, 그리고, 칠판에 써 주시는 글씨도 깔끔하고 보기 쉽게 해 주셔서 필기하기에도 좋고……."

"어머어머!"

시크 부인은 기쁜 듯이 미소지었다.

제시 선생님이 아카데미에 관한 이야기를 별로 하지 않는다는 건 사실인 듯했다.

선생님은 좋은 선생님이니까, 있었던 일만 이야기해도 전부 미담 모음집이 되어버린다.

겸손을 차리느라 굳이 이야기하지 않은 것일지도 모르겠다.

"그리고 수업 준비로 바쁘신데도 항상 정성스레 상담도 해 주시고…… 항상 신세 지고 있어요."

"정말로? 미스티아 양이 상대라 그런 게 아니고?"

"아버지! ……다른 학생들도 제대로 챙기고 있다고."

백작의 말에 제시 선생님은 새빨간 얼굴로 반론했다. 나도 "다른 학생도 마찬가지예요."라고 이야기를 덧붙였다.

"반에서 동아리 활동으로 고민하던 학생들이 있었는데, 제이 선생님이 상담해 주시는 걸 본 적이 있어요. 아마도 퇴부를 고민하던 것 같은데, 그 학생들이 콩쿠르에서 입상했어요."

반의 취주악부 부원들이 작년 가을에 다툰 적이 있었다.

아무래도 동아리 활동 중에 불화가 생긴 모양이었다.

동아리를 그만둘지 고민하던 부원들의 이야기를, 제시 선생님이 열심히 듣고 조언을 해주는 것을 본 적이 있다.

제시 선생님은 취주악부 고문이 아니었다.

그보다 동아리 고문 자체를 맡고 있지 않았다.

그래서인지 동아리 활동 중인 학생들은 다들 제시 선생님에게 상담을 요청하곤 했다.

동아리 활동의 고민은 간단한 인간관계부터 전문적인 지식을 요하는 것까지 다양했으나, 선생님은 제대로 조사한 후 대답해 준 듯, 준비실에는 다양한 스포츠와 예술 서적이 놓여 있었다.

2학년이 되어서 각 반의 담임이 누구일지를 발표할 때, 제시 선생님의 반이 되지 못한 학생들이 낙담하는 모습을 몇 번이나 봤다. 선생님은 학생들에게 인기 있다.

"제이, 너 그런 말은 한마디도 하지 않고……."

"학생들의 개인정보를 마구 지껄일 수는 없잖아."

"정말이지! 그렇게 거친 말만 쓰면 미스티아 양에게 미움받을걸!"

시크 백작과 부인은 어쩐지 기뻐 보였다. 그렇게 나는 평온한 마음으로 시크가에 인사를 마칠 수 있었다.

"오늘 우리 부모님 때문에 곤란했지?"

시크가의 저택에서 아렌가로 돌아가는 마차 안, 옆에 앉은 제시 선생님이 미안하다는 듯이 어깨를 늘어뜨렸다.

"네……?"

"너한테 자꾸 이상한 말을 하잖아. 뭐라고 해야 하나, 들뜨셨어, 그 두 분."

선생님은 겸연쩍은 얼굴로 말했다.

"시크가는 후계 문제가 절망적이라 먼 친척 중에서 후계자를 데려오자는 이야기도 자주 나왔거든. 너와 비슷한 나이의 아이를. 나는 뭐랄까, 또래의 영애라고 해야 하나…… 이렇게 표현하기엔 좀 그렇지만 결혼에 적합할 만한 영애들이 날 무서워해서."

눈매가 이래서 말이야. 그렇게 말하며 제시 선생님은 자신의 눈동자를 가리켰다.

"그래도 그렇게 위압적으로 느껴지지는 않는데요……."

"너는 그렇겠지. 그래도 승마나 이것저것 가르치게 된 이후로 조금 표정이 다양해져서 그런지는 모르겠지만, 남을 울리거나 시비 건다고 오해받는 일은 줄어들어서 다행이지……."

"그래도 선생님, 학생들에게 인기 있는데요."

"뭐?"

제시 선생님은 입을 벌리며 놀랐다.

마치 내 말을 이해하지 못한 듯한 모습이었다. 선생님은 혹시 자신이 받는 호의를 인식하지 못한 걸까.

"선생님, 학생들에게 인기 있어요."

"뭐?"

확실하게 다시 말해도 선생님은 놀란 표정으로 눈만 깜빡였다.

"남학생은 존경한다고 해야 하나, 선생님처럼 강해지고 싶다는 이야기를 하는 걸 들은 적 있어요. 여학생도, 학생답지 못한 일일 수도 있지만 이성적인 호감이나 동경 섞인 이야기를 자주 들었어요."

제시 선생님은 이내 미간을 찌푸렸다. '이 녀석은 무슨 소리를 하는 거야?'라는 마음의 소리가 들리는 듯한 표정에, 나는 구체적인 에피소드를 말하기로 했다.

"우선, 얼굴이 잘생겼다. 냉철한 모습이 멋지다. 성실하면서도 서투른 점이 좋다. 그리고 예전에 체육 선생님이 빠지셔서 선생님이 수영 수업 대타를 맡으셨을 때, 여자탈의실에서 다들 멋있다는 얘기를 했어요."

여름의 체육 수업은 각자 그날 상태에 따라 수영을 할지, 혹은 실내경기를 할지를 고를 수 있었다.

다만 나는 게임의 강제력이 발동하여 앨리스를 물에 빠트리게 될까 봐 항상 실내경기를 선택했다.

그리고 여름의 어느 날, 탈의실에서 제시 선생님의 근육이 멋지다며 여학생들이 대화를 나누는 것을 들은 적 있었다.

남학생은 그렇게 되고 싶다며, 여학생은 흉근이나 복근을 만져 보고 싶다며 들떴다.

에릭도 그런 이야기를 들을 때가 많으니, 선생님은 여자에게 인기 있다고 말해도 과언이 아니다.

"선생님, 인기 있어요."

한 번 더 강조하자 제시 선생님은 고개를 기울였다.

"……잘 모르겠어."

역시, 제시 선생님은 타인의 호의를 인식하지 못한 게 아닐까.

남들이 자신을 무서워한다고 하지만, 그중 1할에서 2할 정도는 비명이 아니라 멋진 것을 봤을 때의 탄성이 아니었을까.

그보다 선생님은 공략 대상이니까 당연히 멋있는 사람의 카테고리에 들어가 있다.

"교사로서 학생이 좋아해 준다면 기쁘지만, 좋아하는 녀석이 아닌 다른 사람에게 인기가 있어도 의미가 없잖아. 그게 공부에 방해가 된다면 나는 그냥 미움받는 게 나아."

선생님은 역시 교사의 귀감이다. 이 얼마나 좋은 선생님인가.

"저도 선생님을 존경해요."

"하하. 내 가르침으로 말을 탈 수 있게 되었으니까?"

제시 선생님은 농담하듯이 웃었다.

투옥, 사형 엔딩을 피하려 고군분투하던 때, 마침 제시 선생님이 담임이어서 다행이었다. 올해도 선생님이 담임이고, 학생회 고문도 선생님이니 열심히 할 수 있을 것 같다.

"저, 새 학기에도 선생님이 담임선생님이셔서 기뻐요."

"성급하네. 아직 2학년이 된 지 한 달도 안 지났는데."

선생님은 입꼬리를 올리며 마차 밖을 바라봤다. 그곳엔 하늘 가득 뜬 별이 우리를 비추듯이 빛나고 있었다.

"맞을 준비는 됐어."

봄의 밤바람이 살랑살랑 부는 주말, 아렌가의 저택 앞에서 제시 선생님이 어두운 표정을 지었다.

"아니, 아뇨, 아뇨. 아직 아무 일도 일어나지 않았어요."

저번엔 내가 제시 선생님의 집에 인사하러 갔고, 이번엔 제시 선생님이 우리 집에 인사하러 오는 날이다. 게다가 선생님은 프러포즈한 당일 우리 집에 이미 왔었다.

오늘은 꽤 본격적으로 결혼에 관해 이야기를 나눌 예정일 뿐.

"하지만 저번에 봤을 땐 이상하게 너무 환영해 주셨잖아. 외동딸을 달라는 말을 들으면 때리는 게 보통이잖아. 너는 용감하고, 상냥하고, 노력파고, 상대를 생각하며 행동할 수 있지. 네 천성도 그렇겠지만 부모님이 제대로 널 키워 주셨기 때문이야. 그러니까 그런 소중한 외동딸이 결혼하는 거니까 오늘은 때리시겠지."

"저기, 말씀은 감사하지만⋯⋯ 부모님은 제가 결혼한다는 사실만으로도 기뻐하시는 것 같은데⋯⋯."

선거 사건 이후로 내 약혼은 파기되었다.

그 후 새로운 청혼서는 있었지만 "미스티아에게는 어울리지 않아⋯⋯."라며 부모님은 머리를 감싸며 고민했다.

그때 제시 선생님으로부터 청혼서가 들어온 것이다.

부모님은 무척이나 기뻐하셨으나, 나이 차가 있어서인지 약혼이 파기된 후 좀처럼 새 혼처를 찾지 못한 딸을 불쌍히 여겨 청혼한 게 아니냐는 추측도 했다.

"선생님이 귀가하신 후에 제 새로운 혼처가 좀처럼 정해지질 않으니 배려해 주신 게 아니냐는 이야기도 하셨어요. 이른바 은인이죠. 절대 때릴 일은 없어요."

"동정으로 구혼할 리가 있냐. 나는 네 덕분에 결혼하게 된 처지인데."

"아뇨, 아뇨. 그건 제 쪽이죠."

제시 선생님은 아무래도 타인의 호의에 둔감한 듯하고, 자신이 남을 겁먹게 만든다고 했다. 그건 아마도 게임 시나리오의 특별 보정이라고 생각하지만, 그 때문에 부담이 생긴 듯했다.

"미안하지만 이건 양보할 수 없어. 나는 오늘 제대로 따님을 달라고 이야기할 거야."

선생님은 긴장한 얼굴로 걸어갔다.

그렇게 겸손하지 않아도 된다고 생각하며 나는 그의 뒤를 따라갔다.

"또 인사하러 와 주다니, 그것도 저번에 맞지 않아서라니…… 그럴 수는 없지, 자네도 한 집안의 소중한 아들인데……."

아버지가 한 손에 손수건을 들고 제시 선생님의 어깨를 두드렸다.

그는 얻어맞을 각오를 하고 왔다. 그런 선생님의 결심과는 반대로 우리 부모님은 당연히 대환영 분위기를 풍기고 있었다.

선생님은 저번에 맞지 않았으니 다시 찾아왔다고 하지만, 부모님은 그저 "같이 식사하자!"라며 신날 뿐이다.

"저기, 그, 오늘은 따님의 약혼 인사로……."

"그래. 정말 고마워. 우리 딸을…… 부, 부디 잘 부탁하네……."

아버지는 또 눈꼬리에 맺힌 눈물을 손수건으로 훔쳤다.

기분 탓인지 제시 선생님은 어리둥절해 보였고, 우리 부모님의 안색을 계속 살폈다.

"저기, 아, 아버님. 그게, 소중한 따님의 약혼입니다. 괘념치 마시고 저를 때리셔도……."

"무슨 소리를 하는 거야, 제이 군. 그야 당치도 않은 남자를 데려왔다면 나도 필사적으로 때려서라도 딸을 지키겠지만, 지금 상대는 훌륭한 자네가 아닌가. 아버지도 잘 알고, 그런 자네를 때릴 리 없지 않나!"

"하, 하지만 훌륭한 따님이지 않습니까. 믿지 않더라도 성의를 확인하기 위해서라면."

제시 선생님이 지금이라도 늦지 않았다는 듯이 아버지에게 얼굴을 가져다 댔다. 그런 그에게 어머니가 상냥하게 말했다.

"이 사람은 그런 짓 안 해. 미스티아에게 '좋은 사람을 찾아야 한다!'라면서 당부하더니, 결혼식 날짜에 구체적인 숫자가 나오니까 울지를 않나. '그래도 상대가 제이 군이니까 미스티아에게 결혼하지 말라고 할 수가 없어!' 하면서 더 울었다니까."

아버지가 우는 건 일상적인 광경이다. 생일에도 이렇게 건강하게 살아 줘서 고맙다며 울었고, 입학식 때도 울었다.

앨리스와 헬렌 씨가 저택에 놀러와도 운다. 그런데 설마 우리의 결혼 날짜가 정식으로 나왔을 때도 울었을 줄은.

그리고 어머니도 울지는 않았지만 입학이나, 내게 새로운 친구가 생기거나, 내가 친구의 이야기를 하면 기쁜 표정을 지었다. 투옥, 사형 엔딩을 막을 수 있어서 정말 다행이다. 두 사람이 무사히 살아 있다는 감격에 빠져 있자 제시 선생님이 나를 바라봤다.

"왜 그러지?"

"기뻐서요……."

"그런가."

제시 선생님은 조금 놀란 표정을 지은 후 표정을 풀었다. 그러더니 곧바로 진지한 얼굴로 돌아가 우리 부모님을 바라봤다.

"미스티아는 제게는 정말 아까울 정도로 훌륭한 사람입니다. 한편 저는 교사로서는 아직 부족하죠. 하지만 제대로 미스티아를, 이 목숨을 걸어서라도 꼭 지키겠습니다. 행복하게 만들어 주겠습니다. 그리고 미스티아의 부모님이신 아버님, 어머님도 물론 지켜드리겠습니다. 꼭, 미스티아가 울지 않도록, 다치지 않도록 온 힘을 다하겠습니다. 부족한 저입니다만 부디 잘 부탁드리겠습니다."

제시 선생님이 고개를 숙였다. 나도 함께 고개를 숙였다.

부모님도 "잘 부탁드립니다." 하며 고개를 숙였다.

이윽고 "누구부터 고개를 들어야 하지?"라는 아버지의 말에,

우리는 단란한 분위기로 인사를 마쳤다.

제시 선생님은 약혼한 후에도 아카데미에서는 딱히 태도의 변화를 보이지 않았다.

원래 사귀는 애인 사이였다면 조금은 변화가 있었을지도 모르겠지만, 선생님은 담담한 태도를 유지했다.

그래서인지 "선생님과 약혼했다는 사실을 절대 들키면 안 돼!"라는 부담감도 이상할 정도로 느껴지지 않았다.

조용히 있으면 딱히 아무 일도 일어나지 않고 평화롭게 끝나겠다는 인식뿐이었다.

게임에서 앨리스는 방과 후 데이트를 하거나, 몰래 선생님에게 쿠키를 선물하거나, 쿠키를 먹여주기도 했지만 나는 그런 일을 하지 않는다.

그래서 나와 선생님에 관한 소문이 퍼지는 일은 절대 없으리라고 방심했다.

"아렌 선배 연애 이야기 들었어?"

나도 모르게 1학년 때의 버릇이 남아서 화장실의 개별 칸에 들어가 있는데 작은 목소리가 들려왔다.

아무래도 손을 씻는 곳에서 여학생들이 대화를 나누는 중인 듯했다.

"아주 먼 나라의 왕자님과 약속했는데 신분의 차이 때문에 헤어졌다나 봐."

"아무리 아렌가라고 해도 먼 나라 왕자님과는 이어지기 어려운가 보네……."

"그래도 헤어졌다는 건 아렌 선배도 좋아했다는 뜻이겠지? 인자하다고 해야 하나, 연애에는 전혀 흥미가 없을 줄 알았어."

아렌 짜증 나—! 1학년 때 맨날 화장실 한 칸 독점하고 말이야! 같은 대화였다면 사과하기 위해서 개별 칸에서 나갔을 것이다.

하지만 이런 화제라면 "제가 바로 그 사람입니다!" 같은 느낌이라 나가기가 쉽지 않다.

"아렌 선배, 멋지지 않아? 미인이고, 우수에 찬 표정이 정말 독보적이야."

"맞아. 한번 밟혀 보고 싶다…… 경멸하는 눈으로 봐 주셨으면 좋겠어."

"그건 잘 모르겠는데."

"뭐야—! 이게 뭐 어때서! 좋잖아."

확실히 나는 게임의 미스티아의 얼굴을 지니고 있다. 호감을 품는 건 그게 이유인가. '그렇구나' 하고 생각하면서 나는 개별 칸에 앉아 모두가 화장실을 나가기만을 기다렸다.

"너, 먼 나라의 왕자님과 결혼한다는 소문이 있던데."

화장실에서 소문을 들은 날 점심. 평소처럼 넷이 모여 중정에서 식사하고 있는데 헬렌 씨가 샌드위치를 한 손에 들고 질문했다. 그녀의 말에 피나 선배와 앨리스가 눈을 동그랗게 떴다.

"어라, 저는 헤어졌다고 들었는데요."

"왜 다른 사람 얘기처럼 말해? 네 이야기잖아."

헬렌 씨는 의아하다는 표정으로 나를 바라봤다. 이윽고, 굳어 있던 앨리스가 "미스티아 님, 먼 나라로 가시는 건가요?!"라며 소리쳤다. 곧바로 피나 선배가 "그건 아니겠지."라고 말하며 나를 바라봤다.

"지금 헬렌 양과 미스티아 양의 말을 종합해 보자면 사실과는 다른── 소문에 지나지 않아. 아니, 그뿐만 아니라 다양한 설이 도는 모양인데, 어떻게 된 거야?"

"실은 1학년들이 대화하는 걸 들었는데……."

나는 모두에게 화장실에서 있었던 일을 이야기했다. 그러자 헬렌 씨도 "저는 1학년 남학생들한테서 들었어요."라며 말을 이어나갔다.

아무래도 내게는 지금 두 종류의 소문이 도는 모양이었다.

실연, 혹은 졸업 후 결혼한다는 것.

하지만 이상한 건 전혀 교류가 없던 1학년들 사이에 소문이 돌고, 내가 있는 학년── 2학년에게선 소문을 들은 적이 없다는 것이다.

"이상하네. 3학년 사이에서도 그런 소문이 돌았다면 바로 내 귀에 들어왔을 텐데, 나는 들어본 적이 없고."

피나 선배도 고개를 기울였다.

즉, 소문은 1학년 사이에서만 퍼져 있다?

"미스티아 님. 뭔가, 그, 공주님 의상을 입고 촬영하셨다거나 그런 적이 있으셨던 게 아닌가요……? 그, 프로모션 비디오 같은 걸……."

앨리스는 진지한 얼굴로 물었지만 나는 아이돌이 아니니까 프로모션 비디오를 찍지 않는다.

조용히 고개를 가로젓자 그녀는 "우연히 유출본이 나도는 건 아닌가……."라며 생각에 빠졌다.

"지금은 1학년 사이에서만 소문이 돌지만 가만히 놔두면 큰일이겠어. 청혼서가 들어오는 데에 영향을 줄지도 모르고……."

"그러네요……."

피나 선배의 말에 나는 무언가를 깨달았다.

이 소문은 신빙성도 없고, 뜬금없지만 제시 선생님이 들으면 의아하게 여길 것이다.

내가 선생님 상태의 제시 선생님밖에 모르는 것처럼, 선생님도 학생 상태의 나밖에 모를 테니까, 내게 그런 과거가 있었을지도 모른다며 소문을 믿을지도 모른다.

오늘 방과 후에 선생님을 찾아가 볼까?

하지만 나에 관한 소문이 돌아서 주목받고 있는 이상, 아카데미에서 단둘이 만나는 건 피해야 한다.

역시 저택에서 대화하는 게 가장 자연스러울지도 모르겠다.

두근러브에서는 제시 선생님과 게임 속 앨리스의 관계에 관해 소문이 돌아서 제대로 해결하는 파트가 있었지만, 나와 선생님의 약혼 관계가 소문이 났을 때 제대로 해결될지는 모르는 일이다.

무엇보다 제시 선생님은 교사로서 힘내고 있다. 방해할 수는 없다.

거짓말을 하는 건 마음이 편치 않지만, 부모님이 부르셨다고 하면서 저택으로 부르자.

그렇게 하면 누군가가 나와 제시 선생님의 대화를 들어도 이상하게 여기지 않을 것이다.

나는 앞으로의 일에 불안한 마음을 품으며 점심 식사를 마쳤다.

제시 선생님은 학생회 고문을 맡았다.

하지만 많은 학생이 의지하는 선생님이 계속 학생회실에만 있을 수는 없다.

선생님은 오히려 학생회실에 있는 시간이 적었다. 쉬는 시간이나 방과 후에는 복도 구석에서 학생의 상담을 듣거나, 다른 반 교실에서 자신의 담당 과목을 가르쳐주는 등 바빠서 어디에 있는지 찾는 데도 시간이 걸렸다.

그래서 나는 종례 시간이 끝나는 것을 기다렸다가 선생님을 부르기로 했다.

"시크 선생님."

나는 복도로 나가려는 제시 선생님을 불렀다.

선생님은 평소와 같은 모습으로 "무슨 일이지?"라며 내게 몸을 돌렸다.

"아카데미에 관한 일로 부모님이 할 말이 있다고 하셔서……아렌 저택으로 와 주실 수 있나요……?"

실은 내가 시크가의 저택에 가는 게 좋겠지만, "선생님, 오늘 저택에 들러도 괜찮을까요?"라는 말을 누군가가 들으면 위험하다.

하지만 저택에 와달라고 갑작스럽게 부탁하는 것도 미안해서 손을 쥐고 있는데, 선생님은 크게 숨을 들이켰다.

"아. 가정 방문이었지! 미안! 지금 떠올렸어!"

"네?"

제시 선생님의 큰 목소리에 주변 학생이 웅성거렸다. "벌써 가정 방문 시기인가?", "그런 얘기 못 들었는데."라며 술렁거리는 학생들을 진정시키듯이 선생님은 "아렌은."이라며 급히 말을 덧붙였다.

"가정 방문 시기에 시간을 맞추기가 어려워서 이번에 하기로 했어. 아, 다른 녀석들도 시간 맞추기가 어렵다면 빠르게 방문할 테니 부모님께 물어보도록."

선생님의 말에 다들 바로 대답하고 해산했다.

가정 방문?

그런 이야기는 들은 적 없다는 생각을 하다가, 선생님이 말을 맞춰줬다는 것을 깨달았다.

"감사해요. 선생님."

"아냐. 교사로서 할 일이니까. 그럼 저택에서 보지."

제시 선생님은 바로 복도로 나가 교실을 떠났다. 목적지는 같지만 뒤를 따라가면 안 되겠지.

나는 잠시 기다린 후 교실을 나와서 아렌가의 마차를 타고 아카데미를 뒤로했다.

1학년 땐 준비실에서 식사하는 날이 많았지만, 누가 캐물어도 아무 문제가 없을 정도로 켕기는 일이 전혀 없었다.

하지만 약혼한 사이라면 세세한 것까지 치명적이다.

앞으로 신경 써야지……라는 생각을 하면서 아렌가의 저택에 돌아와 잠시 기다리자 제시 선생님이 와줬다.

"할 말이란 게 뭐지? 무슨 일이라도 있었나?"

"실은 오늘 들은 이야기인데…… 저에 관해 소문이 돌고 있어요."

나는 곧바로 제시 선생님을 접객실로 안내하여 빠르게 본론을 꺼냈다.

"제게 애인이 있다거나, 졸업 후에 다른 나라 사람과 결혼한다는 내용인데, 사실무근이라는 걸 선생님께 말해 둘 필요가 있을 것 같아서요. 죄송해요. 바쁜데 이렇게 불러내서……."

"아냐. 언제 부르든지 괜찮아. 아카데미에서 단둘이 만나는 건 피하는 게 좋고. 약혼한 사이니까 언제든 저택으로 불러 줘. 아니면 네가 갑자기 찾아와도 괜찮아. 밤은 위험하니까 제대로 마차를 타고 온다면야……."

"선생님……."

선생님은 열심히 내 눈을 응시하며 이야기해 줬다. 수고와 걱정을 끼치게 되어서 면목이 없었다. 소문의 출처를 일단 조사해 보는 게 좋겠지.

"그래서 소문의 출처가 어디인지……."

"실은 그 소문, 나는 이미 알고 있었어."

"네?"

선생님이, 소문을 알고 있었다고?

나는 제시 선생님의 말에 눈을 크게 떴다.

선생님은 나를 달래듯이 고개를 가로저었다.

"괜찮아. 처음부터 믿지 않았어. 약혼 사이인 걸 제외하더라도 아렌가와 예전부터 교류가 있었으니까. 거짓말이란 건 바로 알 수 있어."

"그러셨군요…….."

왠지 힘이 빠졌다. 선생님은 안심시키듯이 내 어깨를 두드렸다.

"내가 그 소문을 들은 건 새 학기가 시작된 지 얼마 안 됐을 때였지. 소문의 출처를 알아보다가 소문을 퍼트린 범인도 붙잡았는데…… 네게 비밀로 해서 괜한 걱정을 끼친 모양이야."

선생님이 사과할 일이 아닌데.

그보다 범인을 잡았다니.

"선생님. 범인은 누구였나요?"

제시 선생님은 내 질문에 입을 다물었다. 내가 선생님이라고 부르자 크게 숨을 내쉰 후 나를 바라봤다.

"……1학년 남학생이었어. 동기는 작년과 딱히 다르지 않아. 너를 좋아했고, 소문을 퍼트리면 네게 호감을 품는 녀석들을 견제할 수 있다고 생각한 모양이야. 두 번 다시 그러지 말라고 혼내긴 했지만 소문은 좀처럼 사라지지 않아서 말이야."

작년.

어째서 선생님이 소문과 소문을 퍼트린 범인에 관해 내게 말하지 않았는지를 그 단어를 듣고 깨달았다.

선생님은 내가 작년 사건을 떠올리지 않도록 배려해 준 것이다.

"……벌써 두 번째잖아. 네가 원치 않는 호감 때문에 피해자가 된 거. 피해 수준은 전혀 다르지만 불쾌한 건 변함없을 테고. 네게 말하지 않고 조용히 끝내서 자연스럽게 소문이 사라지길 기다릴 생각이었어. 그런데 설마 소문은 거짓말이니 오해하지 말라고 네가 직접 말할 줄은."

"선생님……."

선생님은 내게 알리지 않고 소문을 해결하기 위해 힘썼다. 작년 일까지 생각해서.

"감사해요. 제이 선생님."

"감사 인사는 됐어. 그보다 너, 이번엔 호감으로 시작된 소문이었지만, 일반적인 괴롭힘을 당하면 꼭 말해."

"괴롭힘이요?"

"뭐가 됐든 그게 가장 무서우니까. 너는 혼자 참으면 된다고 생각하는 것 같고, 너 혼자만의 일이었다면 오늘처럼 일부러 나를 부르지도 않았을 거잖아."

"그건……."

"나도 평소에 잘 지켜보고 있을 테니까. 지금은 교사와 학생이라고 해도 네가 졸업하면 서면상으로도 부부…… 아니, 가족이 되잖아. 숨기는 일은 없었으면 좋겠어."

선생님의 말에 나는 깨달음을 얻었다.

분명 제시 선생님은 작년에 내가 습격당했던 사건을 아직도 후회하고 있는 것이다. 구해 줬으면서도, 사전에 막을 수 있지 않았을까 하면서.

"무슨 일이든 제대로 선생님께 보고할게요. 그리고…… 저기."

"무슨 일이지?"

"저는 선생님께 매우 많은 도움을 받았어요. 그러니까 그게, 선생님도 작년 일을 너무 마음에 담아 두지 않으셨으면 해요. 저는 정말 감사하고 있어요."

"……딱히 인사받을 만한 일은 하지 않았어. 당연한 일을 한 것뿐이야. 그리고 딱히 위기 정보뿐만 아니라 평소에 즐거웠던 일도 듣고 싶고, 하고 싶은 일이 있으면 말해 줘. 최대한 협조해 줄 테니."

제시 선생님은 조금 겸연쩍은 표정을 짓더니 나를 바라봤다. 나는 선생님께 무척이나 감사한 마음을 품으며 힘차게 대답했다.

남의 말도 석 달이라는데, 정말 그 말대로였다.

인터넷이 있었다면 이야기는 다르겠지만, 입소문에는 한계가 있다. 세계는 넓다고 하지만 소문을 듣고 그 이야기를 할 만한 사람은 나를 아는 사람으로 한정된다.

소문의 발단은 1학년이었으니 1학년 사이에는 이야기가 퍼졌겠지만, 2학년과 3학년에 형제와 자매가 있는 학생이나, 동아리 활동으로 다른 학년과 교류가 있는 학생들이 내용을 정정해 준 덕분에 소문은 사그라들었다.

오히려 소문이 사라진 지금, "그런 소문이 돌다니 힘들었겠다."라며 걱정해 주는 사람이 더 많았다.

이것도 제시 선생님이 빠르게 대처해 준 덕분이다.

선생님에게는 아무리 감사해도 부족하다.

한편 나는 선생님께 거의 해 준 것이 없다는 사실을 깨달았다.

그래서 나는 선생님께 무언가 해드릴 수 없을지 생각하다가, 선물을 드리기로 했다.

선물할 것은 요리장에게 만드는 법을 배운 비터 초콜릿과 오렌지 케이크, 넥타이핀이다.

"어떤, 가요……? 그게, 케, 케이크는 제가 만들었어요."

주말, 제시 선생님의 저택에 방문한 나는 거실로 안내받아 바로 선물을 건넸다.

넥타이핀 상자와 케이크가 든 상자를 연 선생님은 핀과 케이크를 번갈아 보기만 할 뿐 말이 없었다.

"미안. 감동해서 할 말을 잃었어. 지금 내가 험악한 표정을 짓지는 않았나?"

"아뇨. 전혀요."

제시 선생님은 무표정하게 케이크와 핀을 번갈아 봤지만, 시선이 움직이는 속도가 느려서인지 마치 추시계 같았다.

이윽고 선생님은 케이크 상자에 넣어둔 포크를 들고 오렌지 필을 얹은 케이크를 한 입 먹었다.

"지금까지 먹어 본 것 중에 가장 맛있어."

"정말인가요? 영광이에요."

"만들기 힘들었을 것 같은데. 섞거나, 굽거나, 자르려면. 만들면서 다치진 않았나?"

"요리장 라이아스 씨에게 배워서…… 옆에서 지켜봐 주셔서 괜찮아요."

제시 선생님은 단것을 먹기는 하지만 너무 강한 단맛은 즐기지 않는 듯했다. 그리고 요즘은 홍차보다 커피를 자주 마시는 듯했다.

그래서 단맛이 강하지 않은 케이크를 만들기 위해 여러모로 레시피 책을 조사했다.

최종적으로 자허토르테 베이스의 비터 초콜릿으로 만든 스펀지케이크에 양주에 재운 오렌지 크림을 바르고 오렌지 필로 장식하여 완성했는데, 양주에 재운 오렌지를 내가 맛볼 수는 없어서 라이아스 씨가 대신 맛을 봐 주었다.

조리 공정도 섞어가며 설명하자 조용히 내 이야기를 듣고 있던 제시 선생님이 입을 열었다.

"……다음엔 내가 뭔가 만들어 줘도 되겠나?"

"네?"

선생님이, 내게 요리를?

"일단 요리는 할 수 있어. 까맣게 탄 무언가라거나, 간을 잘못한 요리를 먹일 일은 없어."

"어어, 선생님의 요리 실력을 무시한 게 아니라요. 실제로 작년 숙박 체험 학습에서 선생님이 요리하시는 걸 본 적 있고요. 그게…… 그냥 놀라서……."

"아, 그런 거였나……."

제시 선생님은 납득한 표정으로 고개를 끄덕이더니 넥타이핀을 집어 들었다.

"보답하고 싶어. 나는 이런 걸 받기만 했으니까."

"아뇨. 괜찮아요. 오히려 제가 항상 뭔가 받기만 하고……."

"무슨 소리를 하는 거야. 나는 네게 활력을 받고 있다고. 그리고 보답의 의미도 있지만 너를 위해 만든 요리를 먹는 모습이보고 싶어. 뭐, 결혼한 후에는 그런 기회도 늘어나겠지만 그래도 지금 네게 뭔가 해 주고 싶어서."

선생님은 넥타이핀을 바라봤다. 핀에는 제시 선생님의 눈동자 색에 맞춘 오렌지색 보석이 달려 있다. 매월 받는 용돈을 모아서 산 것이다.

넥타이핀은 천장에 있는 샹들리에의 빛을 반사하여 반짝반짝 빛났다.

"말이 나와서 말인데, 오늘 잠깐 같이 외출하겠어? 제대로 아렌가 저택까지 데려다줄 테니까. 네게 보여주고 싶은 풍경이 있어서."

"보여주고 싶은 풍경이요?"

"그래. 부탁하지."

제시 선생님은 진지한 시선을 내게 보냈다. 예상은 안 가지만 분명 멋진 풍경일 것이라고 생각하며 나는 조용히 고개를 끄덕였다.

제시 선생님이 케이크를 먹는 것을 지켜보며 티타임을 가진 후, 선생님은 나를 데리고 마차에 올라탔다.

시크가의 저택에 도착했을 땐 하늘이 온통 푸르렀고 봄의 햇살이 쏟아지고 있었는데, 지금은 하늘이 노을빛으로 물들었고 구석에서부터 남색이 번지고 있었다.

노을과 희미하게 존재를 주장하기 시작한 밤하늘이 섞이는 것을, 나는 선생님과 함께 마차 안에서 바라봤다.

그리고 창밖이 완전히 밤으로 물들었을 때 도착한 곳은 교외의 선착장이었다.

이곳은 배에 짐을 싣고 내리기 위해 낮에는 배가 늘어서 있지만, 지금은 야간이라 그런지 텅 비어 있었고 그저 검은 파도가 별빛을 받아 흔들리고 있었다.

"바다는 추울 테고, 시내에 나가기에도 어려우니까, 어떻게든 네게 좋은 경치를 보여주고 싶어서 계속 생각했어."

옆에 선 선생님은 바다의 건너편에 있는 인근 도시의 야경을 가리켰다. 이 도시보다도 길쭉한 탑처럼 생긴 건물이 많은 인근 도시는 야간에 오가는 배의 이정표로 삼기 위해 탑의 상층부에 조명을 켠다고 한다.

전생의 빌딩 야경이 생각나는 정취의 이 풍경은, 배의 이정표로 쓰이는 빛이 수면에 반사되어 흔들리는 것이 무척이나 아름다웠다.

"예쁘네요……."

시원한 바닷바람을 맞으며 나는 미소 지었다. 타인의 웃음을 계속 보고 싶다고 생각했다. 모두의 웃음을 잊고 싶지 않다고 생각했다.

하지만 경치에는 무관심했다. 하지만 이 풍경은 정말 아름다웠고 기억에 오래도록 남기고 싶었다.

"미스티아."

이름을 부르는 목소리에 나는 제시 선생님에게 고개를 돌렸다.

선생님은 작은 상자를 내게 내밀었다.

"약혼반지, 아직 안 줬으니까. 받아 줬으면 해. 나와 같은 반지를 껴 줬으면 좋겠어."

제시 선생님은 상자를 열었다. 안에는 네스트리움 꽃 모양의 장식이 달린 반지가 들어 있었다. 그리고 선생님의 약지에는 같은 반지가 끼워져 있었다.

"사이즈는 네 부모님께 확인했어. 딱 맞을 거야."

선생님은 조심스레 내 약지에 반지를 끼웠다.

"선생님······."

"단둘이 있을 땐 제이라고 불러도 돼. 결혼할 사이니까."

"어, 어어, 제이 씨."

이름을 부르자 제시 선생님은 작게 웃었다.

"고마워. 반지도 받아 줘서······."

야경과, 반지.

마치 연인 같은 상황이었다. 아마도 약혼하게 되어서 여러모로 조사하고 준비해 준 거겠지. 그렇지 않아도 제시 선생님······ 아니, 제이 씨에게는 항상 받기만 했는데.

"저······ 이 은혜는 잊지 않을게요. 꼭 보답할게요. 제이 씨에

게 어울리는 아내가 될 수 있도록 힘낼 테니까 잘 부탁드려요."

"나는 너를 따라가는 것만으로도 매일 필사적인데 말이야……."

제이 씨는 곤란하단 얼굴로 머리를 긁적였다.

그리고 "그럼 저녁이라도 먹으러 갈까."라고 말하더니 근처 수풀을 향해 "이제 괜찮습니다."라고 말을 걸었다.

왜 수풀에 말을 거는 걸까.

의아하게 여기자, 수풀 뒤에서 아버지와 어머니가 얼굴을 내밀었다. 둘 다 감동한 얼굴로 눈물을 흘리고 있었다.

"왜 아버지, 어머니가 여기에?"

"야경을 보여주고 싶었는데…… 아직 결혼한 사이도 아니고 학생인 너를 밤에 데리고 다니는 게 마음에 걸려서 말이야. 아버님, 어머님께 걱정을 끼치고 싶지 않아서 말씀드렸더니 지켜봐 주시기로 했어."

"그렇군요……."

설명을 듣고 납득하자, 아버지가 손수건으로 눈가를 닦으며 "제이 군, 멋있었어."라며 엉뚱한 방향을 보며 말을 걸었다.

"죄송하지만 저는 여기 있습니다."

"아, 제이 군. 눈물 때문에 흐릿하긴 했지만…… 자네의 멋진 모습은 잘 지켜봤네. 딸을 위해 이렇게까지 해 주다니…… 고마워……. 딸을 잘 부탁하겠……. 흐윽."

"정말이지. 우리 딸을 잘 부탁해. 제이 군이라면 믿고 맡길 수 있겠어. 여기, 당신. 새 손수건."

부모님은 눈물만 계속 흘렸다.

"맡겨 주십시오. 미스티아 씨를, 행복하게 해 주겠습니다."

제이 씨는 우리 부모님을 보며 당황하면서도 차분한 목소리로 말하며 내게로 시선을 옮겼다.

"나를 선택해 줘서 고마워, 미스티아."

"저야말로, 감사합니다. 제이 씨."

우리는 마치 짠 것처럼 함께 미소 지었다. 제이 씨와 함께 행복해지고 싶다. 나는 앞으로의 미래를 기대하면서 모두와 함께 야경을 바라봤다.

BAD END 자유로운 세계로

시크가의 장남이자 귀족 아카데미의 교사인 제이의 아침은 사랑하는 신부의 아침 식사를 만드는 것으로 시작한다.

철 냄비에 저민 훈제 돼지고기를 늘어놓고 기름이 배어 나오면 계란을 깨 넣는다.

치이익 하는 가벼운 소리가 부엌에 울려 퍼지고, 제이의 입꼬리가 자연스럽게 올라갔다.

옆에 놓인 노릇노릇하게 구워진 빵을 접시에 담고 잎채소를 잘게 찢어 알록달록한 샐러드를 준비하고 있자, 2층으로부터 쿵하는 소리가 들려왔다.

"슬슬 일어날 시간인가?"

제이는 창문으로 새어 들어오는 햇빛을 받으며, 사랑하는 이가 있는 2층으로 고개를 돌렸다.

크림색 천장은 원래는 어두운 갈색이었다. 하지만 어두운색보다 밝은색이 좋으리라 생각한 제이가 장인에게 부탁하여 새로 칠했다.

원래 제이가 살던 도시에서 마차로 한나절을 달리고, 숲을 두개 정도 지나야 도착하는 이 언덕 위의 집은, 제이가 사랑하는 이를 지키기 위해 목수에게 공사를 강행시켜 지은 것이다.

너무 급하게 지은 탓에 주방과 욕실, 거실과 부부의 침실밖에 없지만, 사용인 없이 두 사람이 살기에는 딱 좋다고 제이는 생각했다.

"다 됐다."

제이는 완성된 요리를 접시 하나에 담았다.

전에는 전부 따로 담았지만, 한 접시에 담는 편이 설거지도 쉽고 사랑하는 신부에게 먹이기 쉬워서 언젠가부터는 한 접시에 제이와 신부의 식사를 전부 담게 되었다.

제이는 콧노래를 부르며 2층으로 올라갔다.

한 손에 접시를 들고 문 바깥에 달린 자물쇠를 풀면, 그 안에는 침대에 앉은 사랑하는 신부의 모습이 있었다.

"선생님……."

"좋은 아침, 미스티아. 아침 다 됐어. 오늘은 리소토가 아니라 빵이야."

제이는 장난스러운 얼굴로 미스티아의 옆에 앉았다. 그리고 포크와 스푼을 그녀에게 건넸다.

"감사합니다."

감사 인사는 했지만, 미스티아는 적극적으로 식사하지 않았다. 제이는 타이르는듯한 시선으로 미스티아를 바라봤다.

"미스티아, 너 요즘 전혀 밥을 안 먹잖아. 어리광을 부리는 건 기쁘지만 편식은 좋지 않아."

그렇게 말하며 빵을 잘게 잘라 미스티아에게 먹였다.

"꼭 한 입을 내가 먹여 줘야 한다니, 귀엽지만 걱정된다고. 내가 집을 비울 때도 있으니까. 혼자서도 잘 먹어야지."

요즘 미스티아는 제이가 입에 음식을 가져다 대주지 않으면 식사를 시작하지 않는다.

아무리 정성 들여 음식을 만들어도 제이의 얼굴만 살펴본다. 그래도 식사에 전혀 손을 대지 않았던 처음에 비하면 조금은 나아졌다고 생각하면서 제이는 올해 여름의 일을 떠올렸다.

제이와 미스티아는 원래 교사와 학생 관계였다.

거기에 나이 차도 있고, 미스티아에게 약혼자가 있었기에 두 사람은 다양한 방해물을 맞닥뜨려야 했다. 하지만 서로의 손을 붙잡고 둘이 함께 극복해냈다──고 제이는 생각했다.

아직 미스티아가 학생인 이상 결혼까지 바로 진행할 수는 없었지만, 서로의 행복을 향해 한 발짝씩 착실하게 걸어가는 중이라고 생각했다.

그 후에 바로 미스티아의 주변에 이상한 소문이 퍼져나갔다. 사실 먼 나라에 미스티아의 연인이 있다거나, 먼 나라의 왕자님과 사랑에 빠졌다가 실연하고 말았다는 등 내용은 다양했다.

제이는 미스티아가 괴롭힘을 당한다고 생각하여 조사에 나섰지만, 제이가 범인을 붙잡기 전에 미스티아가 아카데미 내에서 남자에게 덮쳐지는 일이 있었다.

상대는 1학년이었고, 소문을 퍼트린 범인이었다.

사건이 일어난 건 제이가 조사하자고 생각한 바로 다음 날이었다.

즉, 좀 더 빨리 눈치채고 조사했다면 막을 수 있었던 사건이었다.

제이는 후회했다. 자신이 제대로 정신을 차리고 있었다면 미스티아를 지킬 수 있었을 텐데.

　제이는 상상했다. 자신이 칠칠치 못한 탓에 당하고 만 미스티아를.

　제이는 각오했다. 자신이 어떤 시선을 받더라도 미스티아를 지키자고.

　그래서 제이는 아카데미가 있는 도시에서 멀리 떨어진 곳에 집을 세웠다.

　집의 위치는 자신밖에 모른다. 이웃 사람이 미스티아를 속여서 덮칠 수 없도록 침실에 외부 자물쇠를 달았다. 밖에 나가지 못하는 미스티아를 위해 창문은 언제나 열 수 있게 해 주고 싶었다. 그래서 주변 사람이 해를 가하지 못하도록 집 주변을 높디높은 담으로 감쌌다.

　중정에는 함정을 파 놓았다. 잘못된 순서로 집에 들어오려 하면 바로 죽음에 이르는 함정이다.

　미스티아의 체중에는 반응하지 않도록 설계했지만, 아렌가의 백작과 부인, 그리고 자신의 부모님에게는 함정이 작동할 것이다. 하지만 제이는 이곳에 부르지 않으면 된다고 결론지었다.

　제이와 함께 있다고는 해도 집에 갇혀있기만 하면 미스티아는 힘들 것이다. 그래서 집은 바다 근처에 세웠다. 집 근처에는 함정이, 뒤에는 절벽이 있다.

　그래서 아무도 다가오지 못한다. 밖에 나가기는 힘들지만 제이는 미스티아를 위한 일이라면 고생이라고 느끼지 않았다.

　"억지로 먹는 것도 몸에 안 좋지만 말이야. 그래도 제대로 먹어야지."

제이는 이번엔 포크로 구운 훈제 고기를 한 입에 먹을 수 있도록 자른 후 미스티아에게 먹였다.

아카데미에는 위험 요소가 너무 많다. 당분간 자신과 단둘이 지내다가 미스티아의 마음속 상처가 아물면 국경을 넘어 여학생만 다니는 새 학교로 유학을 보내고, 만일 자신과 단둘이 지내는 생활을 원한다면 이대로 부부로 살자.

그러기 위해서 미스티아를 주의 깊게 관찰했지만, 미스티아가 신세 지는 사람처럼 지내는 것을 보고 제이는 고민했다.

하지만 피해자인 미스티아에게 기운을 차리라고 부담을 주는 것 같아서 곧바로 고개를 가로저었다. 그 움직임에 미스티아가 깜짝 놀라며 어깨를 떨어서 제이는 서둘러 사과했다.

"미안. 화내는 건 아니었어. 나는 내게 화난 거야. 어째서 너를 지킬 수 없었던 건지……."

"선생님, 저는 괜찮아요. 그러니까 일단 저택으로——."

"신경 쓰지 마. 우리는 부부니까. 이제 너는 저택으로 돌아가지 않아도 돼. 너는 여기서 마음 편히 지내도록 해. 억지로 괜찮은 척할 필요 없어. 제대로 내가 지켜 줄 테니까. 너는 그냥 이 생활을 즐기는 데에 집중하도록. 책이나 음악처럼 원하는 게 있으면 뭐든 구해 줄게. 네가 기운을 차리면 여행에도 데려가 줄 테니까."

제이의 행동을, 아렌 백작과 부인은 모른다.

낯이 새파래져서 사용인 전원을 시켜 찾고 있다는 이야기를 들었지만, 제이가 그녀를 데려왔다는 사실은 아무도 모르는 듯했다.

제이는 미스티아를 필사적으로 찾아다니는 사람들이 안쓰러웠지만, 미스티아에게 해를 가하는 인간에게 미스티아의 정보가 흘러 들어가는 것을 막기 위해 미스티아의 실종을 안타깝게 여기는 척해야만 했다.

지금 미스티아를 납치한 게 아닌지 의심받고 있는 건 녹터가, 하임가, 와이즈가의 영식들이다.

그들이 미스티아에게 호감을 품은 것은 주변 사람에게도 알려진 사실이고, 그 영식들도 서로를 의심하고 있다. 한번은 녹터가 장남인 레이드에게 범인이 아닌지 의심받은 적도 있었지만, 자신의 저택을 보여주는 대신 녹터가의 저택도 보여 달라고 했고, 실제로 서로의 집을 조사하여 범인 후보에서 제외될 수 있었다.

지금 레이드는 하임가와 와이즈가를 의심하며 어떻게든 그들의 저택에 들어가려 하고 있다.

한편 제이는 범인을 찾는 척하며 미스티아와의 사랑의 보금자리와 아카데미를 왕복하고 있다. 부모님에게는 아카데미의 숙소를 빌렸다고 말해놓은 탓에 이중생활이 되어버렸지만, 원래 시크가는 녹터, 하임, 와이즈와 친밀하지 않다.

게다가 증거를 만들기 위해 실제로 숙소를 빌렸고 그곳에서 잠깐씩은 눈을 붙이고 있다.

계획은 완벽했다.

다만 의아한 것은 아카데미에 있을 때 새 이사장이 자신을 불렀다는 것이다. 다리우스라고 자신을 소개한 그 남자는 망설임 없이 제이에게 제자의 실종에 관해 물었다. 정말 걱정하고 있느냐며. 제이는 걱정한다고 대답했지만 무언가 마음에 걸렸다.

이렇게 찜찜한 건, 다리우스와 올해 봄에 사라진 직원의 눈동자 색이 같기 때문이 아닐까 하는 생각이 들었다.

"저기, 미스티아. 우리 이사할까?"

"네?"

"네가 좀 더 기운을 차린 후에 하고 싶었지만, 역시 이상한 녀석이 많으니까 말이야. 교원 자격은 해외에서도 유효하고⋯⋯ 그렇게 하자. 이 나라엔 이상한 녀석이 너무 많아. 별장을 빌려서 지내다가 생활이 안정되면 집을 세우는 거야."

제이의 말에 미스티아는 고개를 가로저었다. 자신을 배려하지 않아도 괜찮은데. 그렇게 생각하며 제이도 고개를 가로저었다.

"내 걱정은 하지 마. 나는 네 남편이잖아. 네가 안전하고 건강하기만 하다면 더 바랄 게 없어. 이 나라에 있는 이상, 너는 계속 이 집에서 못 나갈지도 몰라. 외출할 수도 없어. 그런 건 싫겠지? 해외로 가면 밖을 자유롭게 다닐 수 있어. 아카데미도 다닐 수 있고. 아카데미에 다니지 않는다는 선택지도 있지만 역시 장래를 생각하면 아카데미에 다닌다는 선택지만큼은 유지하는 게 좋다고 생각해."

제이는 미스티아의 장래를 생각했다.

이 집은 안전하지만 밖은 위험하다. 언제 남자들이 닥쳐올지 모른다. 하지만 옆 나라라면 적어도 아카데미의 남자들은 없다. 미스티아도 밖에 나갈 수 있다. 강물 소리에 귀를 기울이고, 바람을 맞고, 새나 동물과 함께 놀 수도 있다. 가게에서 외식할 수 있다. 가극을 보는 것도 가능하다.

하지만 이 나라에 있는 이상 미스티아는 방에서 나갈 수 없다.

제이는 이 방의 자물쇠를 열어 둔 채로 둘 수 없었다. 자유를 뺏어야만 미스티아를 지킬 수 있었다.

"저기, 미스티아. 괜찮아. 다른 나라로 가더라도 내가 함께 있을 테니까. 단지 사는 곳을 바꾸는 것뿐이야. 나는 네게서 떨어지지 않을 거야. 평생 곁에 있을게. 꼭 옆에 있을게."

제이는 열심히 미스티아에게 말을 걸었다. 설득이라고는 해도 남자에게 당한 경험이 있는 미스티아에게 손을 댈 수는 없었다.

당시의 일을 떠올리게 만들어서 겁주고 싶지 않았다.

그렇지 않아도 자신의 목소리는 낮고, 체형 또한 그야말로 남성의 것이었다. 제이는 미스티아가 넘어질 뻔했을 때와 이곳에 데리고 왔을 때 외에는, 사건 이후로 그녀에게 손을 댄 적이 한 번도 없었다.

제이는 미스티아가 아침 식사를 하는 것을 바라보며 자신도 같은 접시에 담긴 빵을 집어 들어 입에 넣었다.

"미스티아. 이 나라를 떠날 거야."

제이가 미스티아에게 이민하자는 뜻을 내비친 그 날 밤, 제이는 큰 짐을 끌어안고 미스티아의 방문을 열었다. 눈을 크게 뜬 미스티아에게 모자를 씌운 후 그대로 안아 들고 곧바로 방을 나왔다.

"어, 서, 선생님. 어째서요?"

"무슨 일이든 생각난 김에 하는 게 좋다잖아. 오늘 바다 건너편에 있는 나라의 구인 정보를 알아봤는데 새로운 아카데미를 세우느라 직원을 모집한다는 모양이야. 그것도 여학생을 위한 아카데미. 이건 운명이잖아. 그래서 아카데미를 관두고 항구의 탑승권도 사 왔어. 자, 가자."

제이는 곧바로 집을 나섰다. 함정은 그대로 둔 채였다. 어차피 이 집을 찾아와 멋대로 들어오려고 하는 인간은 제대로 된 인간이 아닐 테니까. 제이는 가벼운 발걸음으로 함정을 건너뛰며 선착장으로 향했다.

"안심해. 언제나 함께 있을 테니까."

미스티아에게 말을 걸면서 제이는 인근 국가로 출발하는 여객선에 올라탔다.

잠시 기다리자 출항을 알리는 뱃고동 소리가 울려 퍼졌다.

"기대되지, 미스티아? 이제 자유로워질 수 있어."

하지만 입적은 할 수 없다.

그 사실이 제이의 가슴을 날카롭게 찔렀다. 하지만 자신의 만족보다도 미스티아의 안전이 우선이었으니 생각을 고쳐먹은 제이는 품속에 있는 미스티아가 안심할 수 있게 미소를 지어 보였다.

안고 있어도 사람들이 이상하게 여기지 않도록 제이는 승선할 때 미스티아의 다리가 아프다고 거짓말을 했다. 주변 사람들은 제이가 헌신적인 남편이라며 작은 목소리로 소곤댔고, 그 목소리를 들은 제이는 입적만이 결혼의 형태가 아니라고 생각하며 끝없이 펼쳐진 바다로 시선을 보냈다.

"누가 뭐라 하든 우린 부부야. 내가 영원히 너를 지켜 주겠어."

그렇게 말하며 제이는 미스티아에게 미소를 지었다.

앞으로의 미래는 자유롭게 빛나리라는 확신을 품으며.

악역 영애입니다만
공략대상의 상태가 이상합니다

Robert Route

위악한 연모의 끝

위악한 연모의 끝

SIDE: Robert

미스티아 아렌은 세계에서 가장 행복해야만 한다.

추악한 것을 접하면 안 되고, 이용당해서도 안 된다.

하지만 그녀에게 손을 뻗으며 접근하려는 인간이, 자신의 가족 중에 있었다.

검을 들고 협박을 하긴 했지만 그 순간의 공포뿐이다.

어머니는 지금까지 폭력에 의한 지배와, 동생에게 해를 가하려는 척하면서 나를 제 생각대로 움직이게 했다. 자신의 아내를 제지하는 것보다는 보지 못한 척하는 게 자신에게 분노의 화살이 돌아오지 않는다. 아버지의 그런 처세술이 더해져서 와이즈가는 썩어들어 갔다.

그런데도 어머니는 아직도 꿈을 꾼다.

내가 녹터 부인을 감싼 일이 발단이 되어 약혼이 파기되었다. 그러니 분명 나와 아렌 양이 결혼할 수 있다고 믿고 있다. 그런 일은 일어날 수가 없는데.

아렌가와 녹터가의 계약이 파기된 것은, 단순히 아렌 양이 녹터를 무서워하기 때문이다. 아렌 부인과 백작은 딸을 소중히 여긴다. 그러니 이 기회에 약혼을 백지화한 거겠지.

그렇게 생각하면 아렌 양의 목숨뿐만 아니라 그녀의 장래를 지키는 데에도 공헌할 수 있어서 안도감이 들었다.

하지만 내가 그때 죽었다면 와이즈가가 아렌가의 앞에 두 번이나 뻔뻔스럽게 나설 일은 없었을 것이다. 주제를 몰라도 유분수지.

하지만 내가 죽었더라도 다음엔 로셰를 녹터의 차남에게 밀어 넣으려 했을지도 모른다.

역시 내가 죽는 게 정답이었을까.

"로베르토 님. 너무 늦게까지 몰두하시는 건 건강에 좋지 않습니다."

창고에서 장부 등을 살펴보고 있는데 집사가 다가와 말을 걸었다. 와이즈가의 저택은 어디에 있든 안정감이 없다.

어머니가 고른 장식품과 벽지, 카펫은 화려하고 연한 색상을 지닌 것이 많았다.

아무것도 모른다면 그저 편안한 분위기라고 생각하겠지만, 구석구석까지 장식된 꽃을 볼 때마다 이 저택의 지배에서 벗어날 수 없다는 답답함이 몰려왔다.

어차피 남들 눈에 보이지 않는 곳이라 어머니의 마수에서 벗어난 저택의 최상층, 옥상 안쪽의 창고는 최저한의 청소로만 관리하는, 악취미가 느껴지는 벽지와 장식이 없는 장소였다.

어둡고 침침하고 습했다. 계단 아래의 화려한 공간과는 정반대였지만 이 저택의 본연의 모습을 드러내고 있었다. 보이는 곳만 꾸미고 보이지 않는 곳은 손을 대지 않는다. 추하다. 알맹이가 썩어들어 간 와이즈가와 똑같았다.

"이게 끝나면 자도록 하지."

"그렇게 말씀하시면서 저번에도 여기서 주무시지 않았습니까."

아버지가 어릴 때부터 일했다는 집사는 내가 아카데미를 졸업하면 자리에서 물러난다고 한다.

이곳과 떨어진 인근 나라의 농원에서 여생을 보낼 예정이라고 한다. 집사의 손자는 로셰와 사이가 좋다.

신분이 뒤처지는 사람과는 교제할 필요가 없다며 어머니에게 꾸지람을 들었지만 몰래 연락을 하는 듯했다.

"와이즈 가문의 대가 끊기면 전에 말했던 걸 생각해 주지 않겠어?"

"로셰 님의 의향도 있어야겠죠."

"그 녀석은 경영에 관심이 있어. 귀족 영애로서 어딘가에 시집을 가거나 데릴사위를 들이는 것보다는 훨씬 행복할 거야."

로셰는 집사의 손자를 사랑하는 듯했다. 그건 결코 일방적인 마음이 아니다. 아버지와 어머니는 반대하겠지만 그것도 가문이 무너지면 상관없는 일이다.

"로베르토 님은 어떻게 하실 생각이신가요?"

"아무것도 하지 않아. 그림자처럼 살겠어. 애초에 나 같은 인간이 귀족가의 장남으로 태어난 게 잘못이야."

"의사가 되겠다는 꿈은?"

"모르겠어."

모르겠지만 꿈을 꿀 자격은 이미 버렸다.

단지, 타인을 위해, 아렌 양을 지키고 죽기 위해서 의사 자격을 얻을 필요는 있을 듯했다.

"저는 이렇게 60년을 살아왔고, 앞으로 2년 후엔 은퇴합니다. 늙은이의 실없는 소리라고 생각하고 들어주셨으면 좋겠습니다만."

"뭐지?"

"만일 집사 인생에 후회가 남는다면, 백작님과 부인께 좀 더할 말이 있지 않았나, 하는 것이겠죠."

"그 두 사람은 구제할 길이 없어."

"그래도 그런 생각이 듭니다. 제가 좀 더 빠른 단계에서 무언가를 말씀드렸다면, 백작님과 부인이 좀 더 도련님과 아가씨께 시선을 주지 않았을까 하고요."

"지금도 간섭이 심하다고 느낄 정도로 시선을 받고 있어."

팔과 다리에 실을 달아 자신이 원하는 대로 움직이게 만들기 위해.

옆길로 새면 바로 고치려 하는 감시의 시선을.

지금도 어머니는 로셰가 경영을 공부하는 것을 보고 책을 몇 번이나 불태워 버렸다.

정확히는, 잃어버린 것처럼 꾸몄다고 하는 게 맞겠지. 어머니는 메이드를 시켜 로셰가 없을 때 그녀의 방에서 경영이나 학술, 그 외에도 영지에 관한 자료를 찾아내 몰래 처분하도록 했다.

로셰가 병약했을 땐 살아 있는 것만으로도 다행이라고 했으면서, 건강해지니 "좋은 혼처를 찾으면 좋을 텐데.", "남자처럼 경영 공부를 하지 말고 댄스를 배워. 애교를 몸에 익혀야지."라며 이것저것 요구하기만 했다.

무엇이든, 어머니의 요구는 끝이 없다.

내가 어머니가 바라는 대로 살더라도 어머니는 영원히 만족 못 하겠지.

"로셰를 부탁해. 이 가문은 이미 글렀어."

내가 시험에서 실수하여 맨발로 쫓겨났을 때 도와주는 것은 언제나 이 집사의 역할이었다. 감사한 마음이 드는 반면, 계속 불쌍한 역할을 맡는다고 생각했다.

"고마워. 지금까지 나를 도와줘서."

"아닙니다……."

그리고 이제 그런 날은 오지 않을 텐데도 집사는 슬픈 표정으로 고개를 끄덕였다.

눈이 녹고 서서히 기후가 온화해지기 시작했을 때.

점점 복부의 상처에서 통증이 느껴지지 않는 날이 많아진 나는 와이즈가를 해체하기 위해 타인과 만나는 일이 늘어났다.

백작가, 남작가, 자작가, 친척과 타인. 다양한 사람들이지만 모두 우리 부모님에게 사감이 있는 사람들이라는 공통점이 있었다.

와이즈가를 이번 대에 스스로 끊어 내겠다니 제정신이 아니라는 소리를 들은 적도 있다.

하지만 이렇게라도 하지 않으면 어리석은 부모님은 아렌가와 연을 이으려 할 것이다. 지금도 아렌가에 편지를 보낼 계획을 세우고 있다.

집사가 몰래 처분하고는 있지만 몇 통은 아렌가에 도착하고 말았겠지. 다만 답장이 오지 않아서 부모님이 낙담하는 모습을 볼 때마다 나는 안도했다.

이대로 착실히 와이즈가를 해체할 준비를 하면 된다.

로셰를 이 집안에서 끊어 내기만 한다면, 와이즈가가 무너졌을 때 자신을 동경하던 사람이 휘말렸다며 아렌 양이 걱정할 일도 없겠지.

"아, 너, 너는 와이즈 군이었지…… 미스티아 씨와 같은 반!"

마음 어딘가에는 자만심이 있었을지도 모른다.

가끔 아렌 양과 대화하던 다른 반 남학생에게 이름을 불렸을 때 매우 불길한 예감이 들었다.

지금까지 직감을 믿은 적은 없다.

하지만 내가 돌이킬 수 없는 짓을 저질렀다고 자각했던 감각——아렌 양을 상처입혔을 때를 떠올렸다. 손이 떨리고 뱃속에 무언가가 얹히는 기분이 들었고, 칼에 찔렸을 때보다도 더한 압박감이 느껴졌다. 분명 짧은 시간이었을 텐데, 판결을 기다리는 것처럼 다음 말이 들려올 때까지 시간이 느려진 것처럼 느껴졌다.

"미스티아 씨가 납치당했어요! 빨리 와 주세요!"

귀에 들린 말은 황당무계했고, 귀족을 끌어내는 수단으로서는 구체적인 예시로 들 만한 것이었다.

하지만 이 말이 거짓이었으면 하는 마음으로, 나는 남학생의 뒤를 쫓아 아카데미로 향했다. 아카데미 앞에서 녹터와 하임 선배, 그리고 시크 선생님과 합류한 나는 쪼개질 듯이 아픈 머리를 붙잡으며 익숙한 교실을 향해 달려갔다. 그리고 그곳에서 목격한 것은 다수의 깡패에게 둘러싸인 아렌 양이었다.

이성을 잃고 깡패들을 제압했다. 아렌 양은 눈에 띄는 상처도 없었고 나도 다치지 않았는데도 눈물이 날 것 같았다.

진심으로, 다행이라고 생각했다.

아렌 양이 자신의 목숨을 희생하여 자신을 납치한 인간들을 구하러 가기 전까지는.

아렌 양이 불타는 교사로 다시 들어갈 줄은, 아마도 그 자리에 있던 모두가 예상하지 못했을 것이다.

자신을 납치한 상대조차 구하려 한다. 영웅 같으면서도 무모하고 어리석은 일을, 그녀는 아무렇지 않게 해냈다.

쫓아가려던 사람들은 모두 위병에게 제지당했고, 시크 선생님은 모습을 감췄으며, 나는 그저 그녀를 기다리는 것밖에 하지 못했다. 이윽고 그녀는 천사처럼 하늘에서 내려와, 시크 선생님이 충격이 완화되도록 천을 깐 바닥에 착지했다.

내가 와이즈를 무너트린다 해도, 자신을 죽인다고 해도, 앞으로 그녀가 그녀를 해치려 하는 인간들로부터 벗어날 수 있을까.

내가 강하다고 믿는 게 아니다.

하지만 아렌 양이 행복하게 살다 죽는 것을 보지 못한 채로, 와이즈를 무너트린 후 떠나는 것만으로는 부족하다는 걸 깨달았다.

아카데미를 졸업할 때까지는 뒤에서 그녀를 해악으로부터 지키겠다.

그 후엔 그녀를 연모하는 누군가가 기사가 되겠지.

졸업하면 아렌 양도 누군가와 결혼할 것이다.

나는 그때까지만 지켜보면 된다.

하지만 그렇게 결혼한 상대가 녹터처럼 그녀의 의향을 무시하는 남자라면?

와이즈가처럼, 그 본성이 추악한 남자라면?

얼마 전까지는 녹터가 약혼자 자리에 앉아 있었다. 녀석은 우수하지만 그녀를 지배하려 한다.

지금 그녀가 누구와도 약혼하지 않은 상태로 있는 건 위험하지 않을까.

내가, 그녀를 행복하게 해 줄 사람이 나타날 때까지는 옆에 있어야 하지 않을까.

그러다가 문득 앤지 양이 녹터에게 사랑을 갈구하는 모습을 떠올렸다.

앤지가의 영애는 아카데미에 방화까지 저지른 흉악범이다. 아렌 양을 죽이기 위해 납치했다. 녹터는 예외로 하고, 하임 선배와 시크 선생님이 그 장소에 달려왔다.

악한 이가 그녀에게 접근하면 정의로운 자가 나타난다.

"내가 품은 이 감정은 필요한 거였을까."

역겹고 추악한 나의, 아렌 양을 향한 마음.

숨기고 죽여야 한다고 생각했던 그 마음은 아렌 양이 행복해질 열쇠였다.

로셰를 도망치게 만든 것은 달이 바뀐 직후의 일이었다.

동생이 무슨 말을 하든 저택에서 내보낼 생각이었으니 그때까지 전혀 설명을 해 주지 않았다. 그런데도 아침 일찍 로셰의 방으로 찾아가자 동생은 모든 것을 깨달은 표정으로 "알겠어요."라고 하며 고개를 끄덕였다.

"그래서, 저는 어디로 가죠?"

"옆 나라의 농원이야. 아카데미를 옮겨야 하지만 제대로 학교도 다닐 수 있어. 일단 유학으로 서류를 제출했는데 그사이에 영주권을 얻으면 계속 살 수 있어. 그 후의 일은 그가 말해줄 거야."

그렇게 말하고 나는 방문을 열었다.

그곳에는 집사의 손자인 청년이 서 있었다. 나는 그대로 떠나려 했으나 "오라버니는 어떻게 하실 건가요?"라는 질문이 날아왔다.

"죽을 생각인가요?"

"아니. 전부 끝날 때까지 죽을 수 없어."

"미스티아 님은 포기하시는 건가요?"

로셰의 목소리는 이제 어린 여동생의 목소리가 아니었다. 한 명의 인간으로서 나의 각오를 묻는 것이었다.

동생은 새로운 땅으로 떠나 새로운 학교에서 마음껏 공부할 것이다. 오라버니로서, 동생이 행복해진다면 그것으로 만족한다.

그렇게 로셰는 옆 나라로 떠났지만, 상상과 다르게 부모님은 로셰가 유학한다는 사실에 겁을 먹은 듯한 모습을 보였다.

아무래도 내가 와이즈가를 무너트리려 한다는 것을 이제야 깨달은 모양이었다.

실제로 가문을 무너트리는 건 아카데미를 졸업한 이후지만, 지금까지 마음대로 조종하던 꼭두각시가 무슨 짓을 벌일지 모르는 괴물로 변한 것이 두려운 듯했다.

어머니는 이제 나를 보고 폭언을 내뱉지 않았고, 아버지는 단둘이 있을 때 "어머니를 화나게 하지 말아라."라며 가벼운 꾸중을 하기도 했으나 지금은 아무 말도 하지 않는다.

자기 전, 남몰래 사용인에게 날붙이를 금고에 넣어두도록 명령하는 것을 보면 아마도 자신들은 유폐되거나 살해당하리라고 생각하는 듯했다.

하지만 내 계획은 그런 치졸한 것이 아니다.

단지 와이즈가를 무너트리는 것만으로는 아렌 양을 행복하게 만들 수 없으니까.

마차에서 내려 아카데미의 교사로 들어서자, 복도에서 아렌 양의 모습을 발견할 수 있었다. 나는 바로 그녀에게 달려가 말을 걸었다.

"아렌 양."

"아, 와이즈 씨. 좋은 아침이에요."

그녀는 온화하게 웃었다. 나는 언제나 만지고 싶었던 그 볼을 만지고, 그대로 그녀를 끌어안았다.

"엇."

품속에서 당혹스러운 목소리가 들려왔다.

바로 거절해 줬으면 좋겠는데, 그녀는 이상하게도 위로하듯이 내 등에 손을 올렸다.

"괘, 괜찮으신가요? 열이라도 있으신가요? 기, 기다려 보세요. 지금 의사를 부를——."

"좋아해. 계속, 너를 좋아했어. 지금도 그 마음은 변하지 않아. 좋아하고, 좋아해서, 괴로워……."

저주처럼, 계속 마음속에 숨기고 가두었던 말을 쏟아부었다.

악인은 그 추함을 감추지 않는다. 자신의 마음을 드러내고, 행동하고, 마지막에는 정의에 의해 해결된다. 그러니 나는 아렌 양에게 모든 마음을 드러내기로 했다.

"나랑 결혼해 줘. 행복하게 만들어 줘……. 네 곁에, 계속 있고 싶어. 떨어지고 싶지 않아. 네가 나를 어떻게 생각하든."

나는 보랏빛 보석이 달린 팔찌를 아렌 양의 팔에 채웠다. 언젠가 분명 이 팔찌를 부숴버릴 존재가 나타나겠지. 그리고 그 누군가가 아렌 양을 세계에서 가장 행복한 사람으로 만들 것이다. 그때까지 내가 그녀의 옆에 계속 있을 것이다.

"저, 저기, 와이즈 씨, 어어……."

"네 사고방식도, 무슨 일이 있으면 믿음직스러운데도 남들 앞에선 조금 소극적인 태도를 보이는 것도 귀엽다고 생각했어. 너는 강한데도 갑작스러운 일을 맞닥뜨리면 불안한 표정을 짓지. 지켜주고 싶다고, 생각했어. 네게는 내 도움은 필요 없다는 걸 알면서도…… 좋아해."

그렇게 말하고 나는 그녀를 끌어안았다.

분명, 그녀는 나를 싫어하겠지.

싫어하는 인간에게 교제를 요구받고 억지로 약혼까지 하게 된다. 그리고 언젠가 그 가련한 그녀의 옆에 정의로운 아군이 나타날 것이다. 그리고 나는 패배하여 잠적한 후, 아렌 양에게 손을 뻗는 추악한 이들을 조용히 처리하면 된다.

"저기, 자, 잠시만요."

여기서 기다리지 않는 게 악역의 할 일이겠지.

순간 고민하다가 반응이 늦어진 탓에 거리가 벌어졌다.

아렌 양은 "와이즈 씨의 마음은 알겠어요……."라며 안절부절 못하는 얼굴로 고개를 숙였다.

뭐지, 이 반응은.

"어어, 그게, 약혼하는 것으로, 어, 일단 가문끼리 이야기도 나눠야 하니까 바로는 못 하겠지만, 음, 일단은 그, 마음은 잘 알겠어요. 가, 감사합니다."

아렌 양은 눈을 깜빡이며 내게 거리를 두었다. 그리고 어째서인지 "어, 그럼 잘 부탁드릴게요……."라며 고개를 숙였다.

"으음, 자, 잘 부탁한다니 무엇을?"

"아니, 그게, 겨, 결혼이라고 해야 할까. 약혼을요……?"

갑자기 끌어안고 고백했다.

만일 우리가 신뢰를 쌓은 관계였더라도 그 신뢰 관계가 깨질 만한 일이다.

단둘이 있으면 필요 이상으로 겁을 줄 것 같아서 바로 누군가가 도와주러 올 수 있는 교사 내로 장소를 골랐지만, 그래도 기분은 나빴을 것이다.

이게, 어떻게 된 일이지?

감사하다는 게, 대체 뭐지?

확실히 하기 위해 나는 다시 한번 내 마음을 전달했다.

"나는 너를 상처입히는 사람을 전부 죽이고 싶어. 그만큼 좋아해. 실은, 아무도 네게 닿지 않았으면 좋겠어. 네 모든 것을 원해."

나는 조심스레 아렌 양의 머리카락에 입을 맞췄다. 이렇게까지 말하면 분명 나는 최악의 약혼자고, 아렌 양은 불쌍한 영애가 되겠지.

그런 그녀에게 왕자님이 나타날 것이다.

"살인은 범죄니까 안 하셨으면 좋겠고, 어어, 닿는다는 것의 정의에 따라 다르겠지만── 우, 우선 마음은 잘 알았어요."

그렇게 말하며 아렌 양은 "감사합니다."라며 또 인사했다.

마차에서 상상한 것은 내가 고백하고, 아렌 양이 놀라며 겁에 질리고, 나와 그녀의 사이에 누군가가 끼어드는 광경이었다.

그런데 아렌 양은 내 말에 감사 인사를 한다.

"어어, 일단, 이렇게 통로에 계속 서 있는 것도 좋지 않으니까, 교실로 가죠……."

그렇게 말하며 내 팔을 건드는 손은 묘하게 뜨거웠다.

나는 당황하면서도 그녀의 옆에 서서 걸었다.

HAPPY END 가련한 아가씨와 자책하는 악역

로베르토 와이즈가 나를 좋아한다고 한다.

복도를 걷는 사람을 뒤에서 끌어안는다는 범죄와 비슷한 행위를, 강한 정의감을 지닌 성실한 로베르토 와이즈가 했다.

혹시 로베르토 와이즈에게 레이드 녹터나 에릭처럼 만성적인, 몇 년에 걸친 문제 증상이 있었다면 그 영향이라고 생각했을지도 모른다.

하지만 로베르토 와이즈는 다르다. 그런 증상은 없었다.

따라서 그대로 로베르토 와이즈의 청혼을 받아들이기로 했다.

로베르토 와이즈는 내 생명의 은인이고, 그의 꿈은 의사가 되는 것이다. 결혼하면 아렌가가 그의 꿈을 도울 수 있으리라 생각했다.

그리고 모르는 누군가와 선을 보는 것보다는 지인인 그와 부부가 되는 게 불안도 덜하다.

그래서——.

"좋아해, 미스티아 양. 그 예쁜 눈으로 나만 바라봐 줬으면 좋겠어."

어떻게 반응해야 할지를 모르겠다.

로베르토 와이즈는 내 손을 잡고 괴로운 목소리로 사랑을 말한다.

교사가 새로워지면서 건물 자체가 커져서인지 방과 후 청소

시간이 생겨났다.

그리고 나는 그와 계단 청소를 맡게 되었다. 묵묵히 계단을 빗자루로 쓸며 청소를 마쳤는데, 슬슬 해산하려던 참에 이런 상황이 되었다.

요즘 로베르토 와이즈는 내게 기대듯이 나를 끌어안고 귓가에 사랑을 계속 속삭인다. 그러면서도 내 상태를 살피며 초조한 기색을 보였다.

2학년이 된 이후로 계속 이 상태다.

우연히 나와 로베르토 와이즈가 대화하는 장면을 본 헬렌 씨가 다음 날 괜찮냐고 물었을 정도다.

"저기, 와이즈 씨……."

"로베르토라고 불러 줘…… 아, 좋은 향기가 나네."

로베르토 와이즈…… 아니, 로베르토 씨는 내 어깨에 얼굴을 묻고 냄새를 맡았다. 그리고 "이 정도면 되겠지……."라며 내 얼굴을 보다가 고개를 기울이는데, 역시 어떻게 반응해야 할지 모르겠다.

"이번 휴일에 별장을 빌려서 놀러 가지 않겠어? 바다를 보면서 느긋하게 하루를 보내는 거야."

"좋아요."

"뭐?"

승낙하자 로베르토 씨가 눈을 크게 떴다. 이내 주변을 두리번거리더니 "왜 도우러 오지 않지……?"라며 중얼거린다.

"부모님께도 말씀드릴게요."

일단 로베르토 씨와 시선을 맞추며 말해 봤지만, 그는 말을 잃은 채 놀라기만 했다.

"……정말 괜찮나? 나와 단둘이 가는 건데. 별장은…… 내 돈으로 빌릴 거야. 아렌가에서 지출할 필요는 없어. 그래도, 단둘이라고. 호위는 주변에 대기시키겠지만 나와 둘이서 별장에 가는 거라고."

"네."

내가 고개를 끄덕이자 로베르토 씨는 더욱 의아하다는 표정을 지었다.

"이상하군…… 악이 부족한 건가?"

"아기요?"

"아니. 혼잣말이야."

로베르토 씨는 내게서 갑자기 멀어지더니 머리를 감쌌다. 그리고는 자리를 뜨는 그를 멍하니 떠나보내고, 나도 귀가를 위해 나섰다.

부모님은 와이즈가에서 다시 청혼서가 들어왔을 때, 내게 로베르토 씨와 결혼하고 싶은지를 물었다.

나는 로베르토 씨가 매우 잘해 준다는 이야기를 했고, 그가 데릴사위로 들어오는 것으로 결혼이 정해졌다.

다만 와이즈 백작, 부인과 합의가 어려웠는지 약혼에서 결혼에 이르기까지의 서약서가 상당히 길어졌다는 모양이다.

그리고 로베르토 씨 본인의 희망으로, 로베르토 씨에게 갈 아렌가의 다양한 권한의 포기, 아렌가가 와이즈가에 투자나 지원을 하지 않는 것, 무슨 일이든 앞으로 와이즈가와 엮이지 않는 것이 조건으로 추가되었다고 한다.

우리 부모님의 말에 따르면 로베르토 씨는 집안에서 상당히 좋지 않은 취급을 받았다고 한다.

약혼에 관해 이야기하기 위해 우리 부모님이 와이즈가에 방문했을 때, 와이즈가의 집사가 몰래 말해 줬다고 한다. 시험 점수가 낮다며 로베르토 씨를 때리고, 맨발인 채로 저택 밖에 내쫓는 일이 자주 있었다고 한다.

여동생인 로셰 양을 지키기 위해 그는 혼자서 버틴 듯했다.

로셰 양은 귀족 아카데미에 입학하기 전에 타국으로 유학……즉, 피난했다고 한다.

결국 그는 폭력을 행사하는 부모님 아래서 혼자 지내야만 했다.

그런 사정도 있어서, 그를 향한 나의 마음, 그리고 로베르토 씨 본인의 희망을 들은 우리 부모님은 "로베르토 군을 도와주고 싶어."라며 로베르토 씨를 '신랑 수업'이란 명목으로 아렌가의 저택에 들이기로 했다.

따라서, 지금 로베르토 씨는 아렌가에서 지내고 있다.

하지만 그는 신세 지는 처지라면서 특기인 산술을 이용해 아버지의 일을 도왔고, 그뿐만 아니라 잡무를 솔선하여 맡는 바람에 집사장 스티브 씨와 아버지가 말리는 일이 반복되었다.

그래서 별장에서 느긋한 시간을 보내는 건 그에게 좋은 휴식이 되리라고 생각했는데——,

"오늘 별장에서 지내기 위한 안내문을 적어 왔어. 수영할 수 있는 곳이 있으니…… 수, 수영복으로 갈아입어 줘야겠어."

정말 그가 느긋하게 지낼 수 있을까.

별장에 도착하자마자 건네받은 안내문을 보고 의문이 떠올랐다.

전생에서 본 안내문이 이 세계에도 있네.

실로 깔끔하게 제본한 후 두꺼운 종이로 표지를 만든 로베르토 씨 수제 안내문에는 오늘의 스케줄이 빡빡하게 적혀 있었다.

[우선 함께 모래사장을 걷고 바다를 바라보다 미스티아 양의 허리 끌어안기.]

[사랑한다는 말 많이 하기. 수영복으로 갈아입기.]

[그때 기대한다는 등의 반응 보이기.]

[준비운동은 확실히 할 것.]

[※수중에서 쥐가 나면 익사의 위험 있음. 미스티아 양을 제대로 지켜보기. 절대 물에 빠지지 않도록 신경 쓸 것. 미스티아 양이 내게서 도망치다가 실수로 물에 빠지지 않을 정도로만 본심을 말할 것. 열심히 몸을 접촉하다 싫……]

"잘못 줬어. 그건 내 거야. 이게 네 거고."

내가 안내문을 집중해 읽자 로베르토 씨가 빠르게 안내문을 가져갔다.

대신 다른 안내문을 건네받아 읽어 보니 아까와는 두 배 정도 되는 분량으로 준비운동 방법이 적혀 있었다.

아까 받은 안내문도 어린이를 위한 수영 수업 팸플릿 같았는데, 이건 그런 경향이 더욱 강했다. 해수욕장에 배부하면 사고도 막을 수 있을 것 같다.

"이 안내문도, 그 안내문도, 잘 만드셨네요."

"뭐……?"

내가 말하자 그는 눈을 동그랗게 떴다.

"이렇게 걱정해 주셔서 감사합니다. 저만 읽는 게 아깝네요. 해수욕장에 두면 사고도 줄어들 것 같아요. 여기, 이 준비운동 부분은 상당히 자세한 해설이 적혀 있고요."

이 세계가 두근러브라는 여성향 게임을 기반으로 두고 있기 때문인지, 몇 년 전에 카메라가 발명된 참인데 수영복은 전부 전생의 현대식이었다.

저지 같은 옷도 존재하는 것을 보면 게임 보정이 아닐까.

그리고 그 영향 때문인지 피서지에는 해수욕장도 곳곳에 있었다.

"어…… 저기, 바, 방금 안내문 보고 무슨 생각이 들었어?"

로베르토 씨는 조심스럽게 내 안색을 살펴봤다.

하지만 안내문을 읽은 감상은 이미 말했다.

나는 잠시 생각한 후 어떻게든 대답을 쥐어짜 내려 했다.

"본격적이구나 하는 생각……?"

"알았어. 미안해. 네 의견은 생각해 볼게."

로베르토 씨는 어깨를 축 늘어트리고 크게 심호흡을 한 후 내 손을 잡았다. 그리고 눈부신 햇살을 받아 반짝반짝 빛나는 모래 사장을 한 발짝 한 발짝 신중히 걸었다.

"나, 나는 항상 너를 좋아했어."

"감사해요."

"너를 사슬로 묶어 두고 싶을 정도로 좋아해."

"강아지처럼……?"

"아, 아니. 너를 개처럼 생각하는 게 아니야! 그러니까…… 어디에도 내보내고 싶지 않아. 나만 봐 줬으면 좋겠어."

여동생이 읽던 순정만화에서 본 적 있는 말이었다.

성실하고 근면한 그의 성격상, 어쩌면 이 세계의 연애소설로 연인끼리 나누는 말을 공부한 것일지도 모른다.

나도 공부해 놓을 걸 그랬다며 반성하며, 과감히 그의 손에 깍지를 꼈다.

"어?"

그러자 로베르토 씨는 내 손을 물끄러미 쳐다봤다.

"어어…… 죄, 죄송해요."

"아냐, 됐어. 괜찮으니까. 그, 그 정도는 당연히 해 줘야지. 우, 우리는 결혼할 사이이니까. 내게 최선을 다해 줘야지! 나를 첫 번째로 생각해 줘."

오, 의외로 가부장적인 면도 있나.

평소에 로베르토 씨는 그늘에 있는 편이 좋겠다고, 수분 보충은 제대로 해야 한다며 탈수 증상과 열사병의 리스크를 항상 생각했고, 내게 양산을 씌워 주거나, 내가 벤치에 앉으려고 하면 앉을 곳을 소독하는 등 너무 나만 걱정하는 모습을 보였으니 오히려 이러는 편이 안심된다.

"알겠어요."

"어어……."

로베르토 씨는 겁에 질린 표정을 지었다. 그를 안심시키기 위해 나는 미소 지었다.

"결혼할 사이이니까, 제가 로베르토 씨를 내조할게요. 1학년 때는 항상 도움만 받았으니까요."

기분 좋은 바닷바람이 불었다.

기온은 높은 편이었지만, 못 참을 정도로 뜨거워서 바다에 뛰어들거나 '얼음물에 들어가지 않으면 죽을 것 같아!'라고 할 정도의 온도는 아니어서 이렇게 모래사장을 걷고 있는 것만으로도 시원해진다. 모래를 밟을 때의 뽀드득거리는 독특한 소리와 발밑의 감촉, 파도 소리 전부가 상쾌하고 마음을 차분하게 만들어줬다.

"오늘 여기에 데려와 주셔서 감사해요."

감사 인사를 하자 로베르토 씨는 미간을 찌푸렸다.

무슨 일이 있나 해서 얼굴을 살피자, 그는 신음하더니 작게 중얼거렸다.

"나, 나는 네가 수영복을 입은 모습을 보고 싶었을 뿐이야."

"네?"

너무나도 대담한 발언에 놀라자 그는 얼굴을 빨갛게 물들이며 고개 숙였다.

"그, 그리고 나는 네가 수영복을 입은 모습을 보고 싶다고 했지만 겉모습에 끌린 게 아니야. 네 마음이 좋은 거야. 내가 노리는 건 네 마음과 영혼이야. 얼굴과 목소리가 바뀌더라도 너를 좋아해. 그러니까 도망칠 수 없어. 와, 왕자님이 구하러 오지 않는 이상은 말이야."

마음과 영혼이 좋다는 솔직한 고백에 어떻게 대답해야 할지 고민되었다.

당황한 나머지 "감사합니다."라는 대답밖에 하지 못했다. 이럴 때 좀 더 다양한 표현을 할 줄 알면 좋았을 텐데……라는 생각에 가슴이 답답해졌다.

소통 능력이 상당히 부족하다는 자각은 있었지만 좀 더 타인의 마음을 공부할 필요가 있었다. 적어도 사교술이나 대답 능력을 단련해야 했다.

"저도, 그게, 로베르토 씨의 성실한 면을 좋아해요. 함께 있으면 든든하고요……."

"그래……."

내 손을 잡은 로베르토 씨의 손에 힘이 들어갔다.

조금 아팠지만 진지한 마음이 전해져 왔다.

이렇게 진지하게 다가와 주는데도 그는 "나는 이런 부분에선 부족한데."라며 분한 목소리로 자책해서 마음이 아팠다.

"로베르토 씨는 그대로 있어도 괜찮아요."

"뭐……."

"제가 모든 괴로움으로부터 당신을 지킬게요."

지금까지는 보호만 받았다. 이번엔 내 차례다. 무슨 일이 있어도 그를 제대로 지키자고, 나는 마음속으로 맹세했다.

로베르토 씨를 지키고 싶다. 그러니 적어도 오늘은 그를 마음 편히 해 주고 싶다. 그의 부탁을 들어주고 싶다. 그렇게 생각했는데——.

"그럼, 그, 발끝을 들어 줘."

이건 너무나도 부끄럽다.

나는 발이 떨리지 않도록 주의하며 발끝을 살짝 들었다. 로베르토 씨는 들고 있던 내 비키니 하의를 내 발에 끼웠다.

로베르토 씨와 모래사장을 산책한 후, 우리는 옷을 갈아입기 위해 별장으로 향했다.

그리고 그는 "갈아입혀 주고 싶어."라고 말했다. 너무 진지하게 말하기에 '부끄러워하는 게 이상한 건가⋯⋯? 무슨 일이 일어나고 있는 거지⋯⋯? 약혼한 사이면 이래도 되는 건가⋯⋯?' 하는 생각으로 혼란스러웠지만 승낙했다.

다만, 역시 로베르토 씨 앞에서 전부 벗고 '자, 입혀 주세요.' 라고 하는 것도 저항감이 있었다.

오늘은 원피스를 입고 왔기 때문에 나는 속옷을 빠르게 벗고 원피스 아래로 수영복을 입기로 했다.

"어, 이 정도면 됐나요?"

"그래."

초등학교에 다닐 때 수영 수업이 있을 때면 커다란 수건으로 몸을 두르고 그 안에서 옷을 갈아입곤 했는데 그 기억이 떠올랐다.

재봉사를 저택에 부를 때면 허벅지나 가랑이, 허리둘레를 재곤 했는데 그 연장선이라고 생각하면 될 것 같지만 신경은 쓰였다.

그리고 이 세계에는 원래 소심하고 순수한 앨리스가 비키니나 상하의 타입의 수영복을 입는 이벤트를 만들기 위해서인지, 단순한 학교 수영복이나 시합용의 원피스 타입 수영복은 존재조차 하지 않았다.

"그럼 입힐게."

로베르토 씨는 얼굴을 옆으로 돌리고 내게 수영복을 입혔다. 원피스의 치맛단 아래로 손이 들어가 있어서 어색한 분위기가 더욱 짙어졌다.

"그럼, 그, 이번엔 상의를, 입힐 테니까 뒤돌아. 절대 이쪽으로 뒤돌지 말아 줘. 팔부터 끼울게."

"네."

천천히 원피스가 내려가고, 쇄골과 가슴에 차가운 공기가 닿았다. 너무 긴장한 나머지 점점 무슨 훈련이라도 하는 듯한 기분이 들었다.

노후에는 우리 둘 다 건강하리라고 확신할 수 없으니, 상대의 옷을 갈아입힐 일이 당연히 있을 것이다.

감기에 걸려서 식은땀을 흘리면 속옷을 벗기고 갈아입혀야 하기도 하고, 옷을 갈아입힐 필요가 있는 상황은 언제든지 나타날 수 있다.

······그렇게 생각하면 별로 이상한 일은 아닌가?

로베르토 씨는 의사가 되겠다고 했고, 내가 만일 쓰러진다면 그가 수술을 하겠지. 발이나 손목 등 평소에 옷으로 가려지지 않는 부위만 다칠 리도 없으니까…… 그런 생각을 하고 있자 그는 뒤에 달린 끈을 묶는 공정에 돌입했다.

"이제 뒤쪽은 완전히 고정됐어. 이, 이상한 곳은 없나? 아프진 않고?"

"괜찮아요."

나는 가슴 부분을 조금 가다듬으며 뒤돌았다.

"으앗."

로베르토 씨는 엉덩방아를 찧었다. 서둘러 손을 내밀자 그는 손으로 얼굴을 가리고 고개를 가로저었다.

"괘, 괘괘괘, 괜찮아. 그럼 나도 바로 갈아입고 올 테니까 기다려."

그는 도망치듯이 다른 방으로 들어가더니 커다란 소리를 내며 방문을 닫았다.

저택에 있을 땐 항상 소리를 내지 않도록 하며 조용히 지내는데, 지금은 상당히 조급한 모양이었다. 시간은 유한하다고 하지만 그렇게까지 서두를 필요는 없는데.

"기, 기다렸지."

잠시 기다리고 있자 로베르토 씨는 수영복으로 갈아입고 방에서 나왔다. 반바지 타입의 일반적인 수영복을 입은 그는 자신의 팔꿈치를 문지르며 어두운 표정을 지었다.

"몸이 안 좋으신가요……?"

"아니. 아, 아무 문제가 없어…… 정신 차려야지, 악인이……악인이 되어야 하는데."

로베르토 씨는 안경다리를 만지작거렸다.

악인이 되어야 한다고?

대체 무슨 뜻일까. 그와는 정반대의 단어다. 전생에선 고교 데뷔나, 대학 데뷔라는 단어를 자주 들었는데, 그런 것처럼 그도 괴로운 가정환경에서 벗어나 정신적으로 자유로워지기 시작하니 뒤늦게 중2병이 찾아온 게 아닐까……?

"악인이란 게 무슨 뜻인가요?"

"너와는 관계없어. 수영복, 자, 잘 어울리네."

그렇게 말하며 로베르토 씨는 내 옆구리를 쓰다듬었다. 손짓이 너무나도 어색했다.

혹시, 나쁜 게 멋있다고 생각하는 건가……?

솔직히 그에게는 잔인한 말일 수도 있지만, 로베르토 씨는 악인이 되기 어렵다고 생각한다.

그는 악과는 정반대다. 동쪽과 서쪽, 북쪽과 남쪽처럼 대척점을 이루고 있다.

달까지 뛰어가겠다고 하는 것 정도의 터무니없는 소리이다.

자의식 과잉일지도 모르겠지만, 로베르토 씨는 나를 좋아한다고 한다. 그리고 연애소설에 나오는 말을 내뱉는 것을 봐서, 아마 연애에 대해 공부하고 있는 듯했다.

내게 잘 보이려고 한 나머지 중2병이 악화한 게 아닐까……?

나를 위해서…… 하지만 이게 내 오해라면 매우 미안한 일이다. 하지만 만일 이 가설이 사실일 경우, 지금은 상당히 잘못되어 가고 있다.

"저는 나쁜 사람은 좋아하지 않아요."

"그래. 그래야지."

로베르토 씨는 나의 눈을 똑바로 바라봤다. 그 시선은 그가 바닥에 엎드려 있을 때처럼 어둡고 진지했다.

순도 높은 중2병······.

"가자."

"앗, 네!"

나는 딱히 더 추궁하지 않고 그가 내민 손을 잡고 바다로 향했다.

"준비운동도 했고, 기온도 괜찮고, 수온도 괜찮고······ 들어가자."

나쁜 사람이 과연 바다로 들어갈 때 수온을 확인할까.

의문을 떠올리면서 나는 로베르토 씨와 함께 바다로 들어갔다.

여름이 다가와서 그런지 햇볕도 따뜻했고, 바람도 차갑지 않아서 시원한 바닷물이 기분 좋았다.

모래사장에서 듣는 바닷소리와는 또 다른, 거품이 튀는 듯한 가벼운 소리가 끊임없이 들려왔고, 기분 탓인지 바닷새의 울음소리도 크게 들렸다.

"괜찮나? 다리에 쥐가 나진 않았고?"

"네. 로베르토 씨는 어떠신가요?"

"펴, 평범해."

거의 허리까지 잠기는 곳까지 나아간 후 우리는 파도에 몸을 맡겼다.

생각해 보면 전생에선 해수욕에 갈 때는 가족과 함께였다. 이번 생에서도 사용인들과 가족이랑 바다에서 놀긴 했지만, 특정한 누군가와 단둘이 온 적은 없었다.

바다에서 노는 건 이거로 괜찮은 건가.

물총은 없지만, 뭐든 만들 줄 아는 전속의 랜스데이 선생님에게 부탁하면 만들어 줄 텐데 미리 만들어 올 것을 그랬다.

로베르토 씨의 가정환경은 상당히 엄격했다고 들었다.

어쩌면 이렇게 바다에서 놀아본 적이 없었을지도 모른다…….

그렇게 생각하면 갑자기 별장에 가고 싶다고 하거나, 먼저 말을 꺼냈으면서 돈은 자신이 내겠다는 등 금전 이야기를 하는 것도 이해가 되었다.

좀 더, 그에게 다양한 것을 해 주고 싶다. 앞으로.

요리를 만들어 준다거나, 따뜻한 경험을 시켜 주고 싶다.

지금까지 내가 부모님과 사용인들에게 친절한 대우를 받아왔던 것처럼 그를 지켜 주고 싶다.

그의 부모님이 그를 부정한 만큼, 내가 긍정해 주고 싶다.

"위험해."

"네?"

갑자기 그가 내 팔을 붙잡고 끌어안았다.

품에 안긴 채로 고개를 들자 로베르토 씨는 놀란 표정을 지었다.

"미안. 파도에 떠내려 가는 것 같아서."

정신을 차리고 보니 확실히 모래사장에서 거리가 멀어져 있었다. 정말이었다. 하마터면 조난할 뻔했다.

"감사합니다……."

"아냐. 신경 쓰지 마. 다행이야. 잠깐 생각에 빠져 있었는데 네가 멀어져서……."

콩닥콩닥하는 거친 심장 소리가 들려왔다.

내 심장 소리인 줄 알았으나 미묘하게 달랐다.

이 정도로 걱정을 끼쳤다는 사실에 미안하면서도, 그 심장 소리를 듣고 안심하는 자신을 깨달았다.

계속 듣고 싶다고, 생각했다.

"미, 미안해. 마음대로 끌어안아서……."

"어, 아. 아뇨, 괜찮아요……."

"아, 하지만 나쁜 녀석은 이렇게 해도 괜찮은가……."

로베르토 씨는 그렇게 중얼거리더니 더욱 강한 힘으로 나를 끌어안았다.

그는 또 나쁜 사람을 고집하고 있다.

나쁜 사람은 파도에 떠내려가는 사람을 구하지 않을 텐데.

"로베르토 씨."

"왜 그러지?"

"저는 로베르토 씨를 멋진 사람이라고 생각해요. 노력파에, 의사가 되기 위해 공부하고, 자신이 할 수 있는 일을 열심히 찾아가고, 향상심이 뛰어난 사람이라고 생각해요. 좋아해요."

지금까지 로베르토 씨가 부정당했던 만큼 긍정해 주고 싶다. 상냥함이나, 호의나, 평온함으로 가득 채우고 싶다.

나는 그의 등에 팔을 두르고 마음이 전해지도록 끌어안았다.

"당신이 상처 입은 만큼 제가 당신을 치유해 드릴게요. 지켜 드릴게요. 로베르토 씨는 지금 이대로로 좋아요. 지금 이대로도 충분히 매력적이에요. 제가 당신을 행복하게 할게요. 지금 당신이 내일이 오는 것을 두려워한다면, 내일이 무척이나 기대되는 날이 오도록 함께 노력할게요."

"미스티아 양……."

"괜찮아요. 제가 계속 옆에 있을게요. 역부족일지도 모르겠지만, 옆에 있을게요."

과거에 받은 상처는 그렇게 간단히 치유되지 않는다. 그건 잘 알고 있다. 하지만 어떻게든 그의 아픔이 빨리 사라질 수 있기를 기도하며 나는 그를 끌어안았다.

"어딘가…… 해파리에 쏘이거나 하진 않았나?"

"괘, 괜찮아요."

마차 안, 옆에 앉은 로베르토 씨가 질문했다.

물놀이를 한 후 특유의 나른함을 느끼며 나는 고개를 가로저었다.

그 후로 근처에서 바닷새가 우는 소리에 정신을 차린 우리는 어색하게 수영을 하다, 늦은 점심을 먹은 후 별장에서 휴식하다 귀갓길에 나섰다.

하지만 수영복을 입은 상태로 잠시 끌어안고 있었다는 사실이 왠지 서먹함을 불러일으켰다.

로베르토 씨를 끌어안았을 땐 단지 그가 평안하기만을 바랐다. 교회에서 기도하는 듯한 기분이었다.

다만 이렇게 몸을 떨어트리고 서로 옷을 입은 채로 옆에 앉아 있으니 묘하게 맨살의 감촉이나, 꼭 끌어안겨 있던 느낌, 팔의 힘이 자꾸만 생각났다.

지금은 손도 잡고 있지 않은데. 안겨 있던 감각으로부터 빠져나올 수가 없었다.

그뿐만 아니라 어쩐지 아쉬웠다.

또 안기고 싶은 듯한, 그런 생각이 든 건 처음이라 로베르토 씨의 얼굴을 보기가 힘들었다.

다음은 제대로 해 보자.

제대로 로베르토 씨가 바다를 즐길 수 있게 해 주자. 물총을 가지고 가서, 모래성을 쌓고…… 그 후에 뭘 할지를 생각하고 있는데 아무렇게나 놓은 손 위로 로베르토 씨의 손이 올라왔다.

손을 잡은 것뿐이다. 그런데도 심장이 조여드는 듯한 착각이 들었다. 불쾌한 감각은 아니어서 나도 조용히 그 손을 맞잡았다.

"또, 바다에 같이 가지 않을래요?"

"어……."

"다음엔 모래 놀이도 해요. 바다에서 할 수 있는 놀이를 여러 가지 찾아볼게요."

조심스럽게 로베르토 씨의 얼굴을 바라봤다.

그는 나를 빤히 바라보고 있어서 나도 모르게 시선을 피할 뻔했지만, 정신을 차리고 눈을 맞췄다.

"왜 그러지? 얼굴이 빨개."

"죄송해요. 몸이 안 좋은 게 아니라…… 그게, 아까 안겨 있던 게 지금 와서 두근거려서…… 죄송해요."

"아, 아니, 어어……."

대답하자 로베르토 씨는 당황했다.

열이 나는 게 아닌지 걱정하는 이상, 솔직하게 대답해야 했다.

좀 더 괜찮은 대답이 있지 않았나 하는 답답한 마음이 몰려들었다.

여성향 게임을 플레이할 때, 히로인인 앨리스가 '가슴이 두근두근한다'라며 독백으로 말하는 것을 보고 별생각 없이 그게 사랑이리라고 생각했다.

처음 느껴보는 사랑의 감각에 혼란스러워하는 앨리스를 몇 번이나 봤다.

이전까지는 그저 남 일이었지만, 지금 내가 느끼는 이 감정이 사랑이라면 너무나도 어렵다.

나는 심장 부근의 위화감을 느끼며 그의 옆모습을 바라봤다.

앨리스는 자신의 운명에 희롱당하면서도 조용히 사랑을 키웠다.

한편 미스티아는 격렬한 사랑을 하면서 그저 운명을 향해 매진했다.

그런 두 사람의 사랑을 봐왔지만, 내게 닥쳐온 이 마음을 완전히 받아들이려면 시간이 필요할지도 모르겠다.

왜냐하면 전부 처음이니까. 어떻게 해야 할지를 모르겠다.

나는 옆에서 걷는 로베르토 씨의 옆모습으로 가만히 시선을 돌렸다.

지금 이렇게 부지 내를 걸으며 저택으로 돌아가는 와중에도 마차 안의 어색하던 분위기는 가시지 않았지만, 말 한마디 나누고 있지 않은데도 아침보다도 그가 가깝게 느껴졌다.

그런데 좀 더 사이가 좋아지고 싶다는 마음이 들어서 그를 자꾸만 보게 된다.

"왜 그러지?"

너무 빤히 바라봤는지 로베르토 씨가 내 시선을 눈치챘다.

내가 서둘러 고개를 가로저으려 하자 등 뒤——문 근처에서 뭔가가 부딪히는 소리가 울려 퍼졌다.

"역시 이해할 수 없어! 로베르토는 우리 아이인데! 지금까지 키워준 건 우리인데! 아직 효도도 받지 못했는데 왜 그 아이만 아렌가의 덕을 보는 거지?!"

문 뒤에서 나타난 옆모습에 몸의 체온이 순식간에 빠져나갔다.

나는 곧바로 로베르토 씨를 가리듯이 섰다.

와이즈 부인이었다.

와이즈 부인이 백작을 따라 이쪽으로 다가오려 하고 있었다.

우리는 문의 안쪽, 두 사람은 문 바깥에 있어서 그렇게 간단히 들어올 순 없다. 지금도 와이즈 부인과 백작은 곧바로 문지기 브람과 토마스에게 붙잡힌 상태였다.

"어머니……."

무게감이 느껴지는 목소리로 로베르토 씨가 중얼거렸다. 그리고는 내게 몸을 돌리더니 "어떻게든 해 볼게."라며 부모님에게 다가가려 했다. 그 표정이 쓸쓸하고 부모님을 향한 그리움이 느껴졌다면 나는 그를 보내줬을 것이다.

하지만 확실히 두려움과 거절이 보였기에 나는 그의 팔을 붙잡았다.

"제가 나갈게요."

"뭐?"

"제가 당신을 지키겠어요. 당신은 여기서 기다리세요."

부모와 자식을 떨어트려 놓는 것이 올바른 일인지는 모르겠다.

하지만 지금, 로베르토 씨는 부모님을 두려워하고 있다. 그리고 부인은 로베르토 씨를 물건 취급하고 있다.

"저기."

나는 문 앞에 섰다. 토마스와 브람 씨가 불안한 얼굴로 나를 바라봤고, 와이즈 부인은 나를 보고 입꼬리를 올렸다.

"와이즈 부인과 나눌 대화가 있어서 문밖으로 나갈게요."

다만—— 전부 끝날 때까지 문을 열지 말아 주세요.

그렇게 문지기 두 사람에게 작은 목소리로 전하고 나는 와이즈 부인과 마주 섰다. 부인은 나를 보자마자 기분이 좋아졌는지 부드러운 목소리로 입을 열었다.

"아렌 백작과 부인이 말이야, 와이즈 가문에는 투자를 해 줄 수 없다고 하잖니. 하지만 너는 로베르토를 좋아하지? 그 아이는 우리의 아이야. 즉, 우리는 네 어머니, 아버지이기도 하지.

그러니까, 너도 곧 16세니까 무슨 말인지 알겠지? 응?"

와이즈 부인은 내 어깨에 손을 얹었다. 자식을 키우는 것은 무척이나 어려운 일이라는 걸 알고 있다.

출산은 경험이 없어서 상상만 해 봤지만 분명 힘든 일이다.

그래서 전생의 가족에게도, 지금 가족에게도 감사하는 마음을 품고 있다.

사용인 모두에게도 감사한다.

열심히 내게 좋은 것과 나쁜 것이 무엇인지 가르쳐 주고, 사람을 돕는 것에 대해 알려줬다. 상냥하게 대하면 마음이 풍족해진다고 말해 준다. 최대한 다른 사람에게 민폐를 끼치지 말라는 상식을 제대로 가르쳐줬다.

나를 보고, 기쁜 얼굴로 웃어 준다.

걱정해 준다. 힘내자는 생각을 할 수 있게 해 준다. 용기를 준다.

아무리 감사해도 부족하다. 그러니 효도하고 싶다고 생각한다. 그런데,

"어째서, 그렇게까지 해서 로베르토 씨를 물건 취급하시는 거예요……."

어째서, 와이즈 부인은 그러지 않는 걸까.

"그에게도 마음이 있어요. 착실하고, 믿기지 않을 정도로 순수하고 좋은 사람이에요. 그런데, 왜 때리신 거예요. 때려야만 할 정도의 일을 그가 저지르기라도 했나요? 사람을 죽였나요? 그가 누군가를 죽을 때까지 궁지에 몰아넣었나요?"

화내는 건 올바르지 않다.

감정만 거세지고 상대에게 기분을 전할 수 없다. 하지만 도저히 손에 힘이 들어가는 것을 참을 수 없었다.

"백작도 부인도 어른이잖아요. 저는 단지 보살핌을 받고 자란 아이일 뿐이죠. 사회 경험도 없는 학생이라는 건 잘 알고 있어요. 로베르토 씨를 좋아해요. 하지만 아무리 시부모님이어도 부인이 어머니처럼 느껴지진 않아요."

"뭐……?"

와이즈 부인은 아랫입술을 깨물었다. 그리고 나를 매섭게 노려봤다. 나는 겁먹지 않고 그녀를 응시했다.

"부인을 어머니라고 여긴다면 저를 소중하게 길러 주신 부모님과, 사랑을 쏟아 주신 분들에게 모욕이 된다고 생각해요."

"너 말이야. 아무리 아렌가의 영애라고 해도——!"

와이즈 부인은 내게 손을 올리려 했다. 곧바로 문지기 두 사람이 제지했지만 나는 맞아도 상관없다. 이미 각오했다. 아픈 건 아무 상관 없다.

내가 한 말을 정정할 생각은 없다. 하지만 부인이 올린 손을, 와이즈 백작이 붙잡았다.

"이제 그만해. 로베르토는 이제 우리 가문 사람이 아니야."

"그 아이는 우리 아이야! 그 애는 내게 최선을 다할 의무가 있어!"

와이즈 부인은 울부짖듯이 소리치며 고개를 가로저었다. "이건 이상하잖아. 너무 이상하잖아."라고 하며 반복하는 모습을 보니 분노보다는 동정이 느껴졌다.

"지금 잘 알았어. 네가 바뀌었다고 생각했는데, 내가 바꾼 거였군."

와이즈 백작은 괴로운 얼굴로 와이즈 부인을 붙잡았다. 부인은 백작을 노려보더니 그의 가슴팍을 퍽 때렸다.

"나는 언제 보답받는 거야!"

"미안해. 로베르토는 틀림없는 내 아들이지만, 양육을 네게만 맡기고 있었어. 그래서 네가 뭘 하든 개입할 자격이 없다고 생각했는데 그건 틀린 생각이었어. 제대로 나도, 도움을 줘야 했어. 아니, 그럴 의무가 있었는데 나는 그걸 모른 체했지."

와이즈 백작은 부인을 붙잡으며 사과했다. 부인은 "지금 와서 사과해서 어쩌자는 거야!"라며 눈물을 흘렸다.

"미안해. 실은 여기에 오기 전에 아내와 제대로 이야기를 나눴어야 했는데. 민폐를 끼쳤군. 어떻게 사과해야 할지……."

눈물을 흘리며 무너지는 부인을 부축하며 백작이 내게 몸을 돌렸다.

나는 "아니에요."라며 고개를 가로저었다.

"나도, 일이 잘 풀리지 않으면 로베르토에게 괜한 성을 내곤 했지. 그 아이를 희생 삼아 집안을 다스리려고 했지. 지금 와서 부모 노릇을 하는 것도 늦었지만── 로베르토를 잘 부탁해."

와이즈 백작은 순간 내 등 뒤를 바라봤다. 뒤돌아보니 문 바로 옆에서 로베르토 씨가 손을 쥐고 서 있었다.

"투자는 바라지 않겠어. 아내는 내가 책임을 지고 지켜보지. 그러니 안심해."

그렇게 말하며 와이즈 백작은 아내를 부축하며 떠나갔다. 그들의 모습이 사라진 후 문지기 브람 씨와 토마스가 뛰어와 나를 살폈다.

"아가씨! 괜찮으신가요?"

"미스티아, 어디 아프진 않아? 정말이지, 저 녀석들 뭐야? 남자는 갑자기 착한 척하고 말이야. 그러면 처음부터 제대로 단속했어야지! 짜증 나게!"

"그만둬, 토마스. 아가씨 앞에서 저속한 말을 쓰지 마."

"왜 브람은 그렇게 태연한 거야? 아가씨가 맞을 뻔했는데?"

"그렇게 둘 리 없잖아. 게다가 아가씨 앞에서 소란을 피우는 건 좋지 않고…… 아, 아가씨. 괜찮으신가요?"

두 사람은 내 볼을 확인했다.

"네. 두 분이 계신 덕분에 이렇게 무사해요. 정말 감사합니다."

나는 두 사람에게 감사 인사를 하고 로베르토 씨에게 돌아갔다. 그는 불안한 듯이 내 뺨에 손을 올렸다.

"괜찮았나?"

"그게, 미수로 끝나서. 아무 일도 없었어요."

"그래도…… 무서웠을 텐데."

"정말 아무렇지도 않아요. 그보다 당신의 부모님에게 감정적으로 대해서 죄송……."

사과하는 도중에 나는 로베르토 씨에게 안겼다. 너무 강하게 끌어안기는 바람에 놀라자 등 뒤에서 "치사해!"라며 화내는 토마스의 목소리가 들려왔다.

로베르토 씨는 아무 말도 하지 않고 나를 꽉 끌어안았다.

"나야말로, 미안해. 휘말리게 해서."

"어, 아, 아니요. 그게, 아뇨. 제 의사로 나선 건데요. 제가 멋대로 한 일이에요."

떨리는 등에 손을 얹고 안심시키듯이 토닥토닥 두드렸다. 어깨너머로 그가 울고 있다는 것을 알아챈 나는 눈물이 그치기를 바라며 그의 등을 쓰다듬었다.

와이즈 부인이 저택에 찾아왔다는 사실은 부모님에게만 알릴 생각이었다.

하지만 내가 저택에 돌아가자마자, 마침 교대 시간이라 함께 저택으로 돌아온 문지기 두 명── 아니, 토마스가 현관문을 열자마자 "미스티아가 맞을 뻔했는데──!"라며 엄청나게 큰 목소리로 말하는 바람에 저택 전체에 이야기가 퍼지고 말았다.

그 직후 저택의 소란은 또 얼마나 무시무시했는지. 날붙이를 들고 뛰쳐나오려는 모두를 멜로가 막고, 자연스럽게 자신은 밖으로 나가려는 그녀를 내가 막고, 솔 씨의 모습이 보이지 않는다는 걸 깨닫고 쫓아가자 자루에 벽돌을 담고 있기에 그만두게 하고, 집사장 스티브 씨와 랜스데이 선생님이 말다툼하는 등 지옥도가 펼쳐졌다.

그래서인지 부모님은 사용인 모두의 격정에 짓눌려 상당히 냉정했고, 아버지가 어떻게든 처리하는 것으로 마무리되었다.

"웃차."

그리고 나는 목욕을 마친 후 침대에 누웠는데, 오늘 너무 많은 일이 일어난 탓에 잠이 오지 않았다.

마치 생일 밤 같다고 생각하며 창밖의 달을 올려다보고 있자 작은 노크 소리가 들려왔다.

이 시간에 방을 찾아올 사람은 멜로뿐이다.

"멜로, 무슨 일…… 어?"

별생각 없이 문을 열자 로베르토 씨가 서 있어서 나는 굳어 버리고 말았다.

멈춰버린 내게 그는 미안하단 표정으로 방에 들어가도 될지를 물었고, 나는 그가 방에 들어올 수 있도록 문을 활짝 열었다.

"드, 드, 들어오세요."

"밤늦게 미안해. 할 이야기가 있어서……."

로베르토 씨의 이야기.

그의 부모님에 관한 이야기일까.

나는 그를 소파에 앉도록 하고 나도 그 옆에 앉았다.

로베르토 씨는 결심한 듯한 얼굴로 내게 시선을 돌렸고, 나도 그의 이야기를 경청할 자세를 취했다.

"나는 계속, 악인이 되어서 네 앞에 왕자님이 나타나기를 기다릴 생각이었어."

"어, 왕자님이요?"

부모님에 관한 이야기가 아닌가?

왕자님이라니 무슨 소리일까.

"나는, 네 옆에 설 자격이 없다고 생각했어. 하지만 네게서 멀어진다고 네가 행복해지리란 보장이 없어서 불안했지. 그래서 내가 악인이 되어서 너를 불쌍한 사람으로 만들면, 너를 도와줄 사람이 나타나리라고 생각했어. 그래서 나는 네게 마음을 전했고 어떻게든 네가 싫어하는 일을 하며 완벽한 악인이 되려고 노력했지."

즉, 로베르토 씨는 나를 신데렐라로 만들 생각이었고, 자신은 신데렐라의 계모나 새언니 역할이 되려고 했다⋯⋯라는 뜻일까.

너무나도 자기희생적인 이야기다.

로베르토 씨의 행복은 어디에도 없었다. 하지만 그의 격한 애정 표현은 이제 이해가 되었다.

"⋯⋯그래서 저를 좋아한다고 하셨군요."

"그래서는 아니야. 나는 너를 사랑해. 진심으로. 하지만 내 감정은 추악해서, 너를 어딘가에 가둬서 묶어 두고 싶어. 그래서 마음을 그대로 전하는 것만으로도 유효하다고 생각했어. 내 마음을 그대로 전하면 네가 싫어할 테고, 나는 미움받는 악역이 될 수 있으니까."

그가 나를 좋아하는 것은 진심이었나.

묶거나 가두고 싶다는 것은 정열이 과도하다고 생각한다. 하지만 이상하게도 혐오스럽게 느껴지지 않았고, 지금도 그렇다.

"하지만 그런 나를, 너는 긍정해 줬지. 그래서 나는 바다에서 돌아오는 마차 안에서 네게 약혼을 파기하자고 이야기하려고 했어."

나는 로베르토 씨를 좋아하는데.

그 마음을 전하기 전에 그가 말을 이어나갔다.

"이대로라면 나는 악인인 척을 하겠다면서 네게 마음을 전하고. 비열한 방식으로 남편이 되어서 네 모든 것을 차지해 버릴 테니까."

"그건——."

"나는, 나를 좋아하지 않아. 추하고, 증오스럽다고 생각해. 하지만 너는 나를 좋아한다고 했어. 세계에서 가장 사랑하는 네가 그렇게 말한다면, 자격 따위 없어도 네 옆에 서고 싶어. 너를——행복하게 만들어 주고 싶어."

로베르토 씨는 그렇게 말하며 내게 몸을 돌리고는 양어깨에 손을 올렸다.

달빛을 받은 보라색 눈동자는 반짝반짝 빛나고 있었다.

"좋아해. 나는 영원히 네 거야. 너도, 영원히 내 것이 되어줬으면 해."

"……저, 저도 로베르토 씨를 좋아해요."

"미스티아……!"

로베르토 씨가 나를 강하게 끌어안았다. 그대로 뺨에 손을 얹더니 몇 번이나 입을 맞췄다.

나도 그에 부응하듯 그의 등에 팔을 두르고 그에게 몸을 밀착시켰다. 두근거리는 심장 소리가 겹쳐진 것처럼 들려와서 가슴이 벅차올랐다.

앞으로 잔뜩, 잔뜩 그를 행복하게 만들어 주고 싶다. 그런 바람을 품고 있자 로베르토 씨가 황홀한 얼굴로 웃었다.

"네가 나를 사랑해 주니까. 나는 제대로 네 옆에 있을 거야. 아무리 추하더라도…… 마지막의 마지막까지—— 계속."

목소리는 불온했지만 키스하면서 때때로 보이는 그의 눈동자는 별이 뜬 하늘처럼 반짝였다.

나는 그를 행복하게 만들겠다고 결심하면서 그의 입술에 입맞췄다.

BAD END 행복해지기를

미스티아 아렌을 비극의 영애로 만들고, 자신은 악인이 되어 그녀를 도와주기 위해 나타나 왕자님에게 패배하겠다.

와이즈가의 장남인 로베르토는 그렇게 생각하며 미스티아에게 고백했다.

혐오스러운 기색을 보이지 않고 승낙한 것은 계산 밖의 상황이었지만, 애초에 남녀의 교제라는 것을 잘 이해하지 못한 것이라고 생각하며 로베르토는 좀 더 악인이 되기 위해 미스티아를 괴롭히기로 했다.

"무릎 위에 앉아 줘."

아카데미의 점심시간, 로베르토는 미스티아를 불러와 벤치에 앉아 자신의 무릎을 두드렸다.

최대한 차갑게 들리도록 노력했는데 긴장한 탓인지 이상한 목소리가 나와서 헛기침을 했다. 좋아하지도 않는 남자의 무릎 위에 앉다니, 분명 고통스럽겠지. 영애가 억지로 다른 사람 무릎 위에 앉아 있는 것을 발견한다면 착실한 남자가 도와주러 올 것이다.

로베르토는 승리를 확신했지만 갑작스러운 요청에 미스티아는 눈을 동그랗게 뜰 뿐이었다. 앉지 않아도 큰 상관 없었지만, 싫어하는 기색도 보이지 않아서 로베르토는 불안해졌다.

"왜 그래. 나는 약혼자잖아. 무릎에 앉아."

"저기, 매번 앉을 곳을 소독해 주셔서 항상 죄송하다고 생각했는데…… 무릎 위에 앉는 건, 그게, 폐를 끼치는 것 같아서……."

로베르토가 미스티아에게 고백하고 일주일이 지났다. 로베르토는 점심시간에는 꼭 미스티아를 불러서 함께 점심을 먹도록 강요했다.

장소는 중정의 벤치로 고정이었고, 진흙이나 오염이 묻으면 안 된다며 제대로 닦은 후에 미스티아에게 옆에 앉도록 명령하곤 했다.

"우리는 연인 사이잖아. 그런 건 상관없어. 빨리 앉아 주지 않겠어? 점심 먹을 시간이 줄어드는데."

로베르토는 자신의 무릎을 가볍게 두드렸다. 누군가 도우러 오지 않을까 주변을 살폈으나 중정에는 여학생들뿐이었다. 누군가 한 명이라도 남학생을 부르러 가지 않을까 기대했지만 볼을 붉히며 서 있기만 했다.

"시, 실례하겠습니다."

드디어 미스티아가 자신의 무릎 위에 앉자, 로베르토의 시야가 윤기 나는 흑발로 덮였다. 어렴풋하게 장미의 달콤한 향이 퍼져서 심장이 두근거렸다.

"어어, 로, 로베르토 씨는 안 드시나요?"

"나는 오늘은 먹을 생각 없어. 배도 고프지 않아."

그렇게 짧게, 기분 나쁘게 만드는 것을 의식하며 대답했다. 부드러운 몸을 뒤에서 끌어안고 악인이 영애를 결박하고 있다는 것을 주변에 보여주자 미스티아의 몸이 움찔거렸다.

아프게 만들었나 싶어서 약간 힘을 풀고 로베르토는 미스티아의 어깨에 머리를 얹었다.

"저기…… 몸이 안 좋으신 거죠……? 몸이 뜨겁고, 오늘은 목소리에도 힘이 없으셔서……."

"조, 졸린 것뿐이야."

로베르토는 서둘러 부정했다. 미스티아는 방금 기분 나쁘게 대답한 것을 몸이 좋지 않아서라고 오해했는지 "저, 역시 내려갈게요."라며 로베르토에게서 떨어지려 했다. 지금 미스티아가 자신을 보건실로 데려간다면 계획은 헛수고로 돌아간다. 로베르토는 미스티아를 다시 끌어안고 "너는 빨리 점심 식사를 마쳐."라며 재촉했다.

"하지만……."

"나는 이렇게 네 체온을 느끼는 것만으로도 괜찮아. 나는 내버려 두고."

만지면서 체온까지 희롱하면 역시 미스티아도 불쾌해하리라고 기대했다. 그렇게 하면 왕자님이 바로 나타나겠지. 로베르토는 일부러 미스티아의 어깨에 자신의 이마를 비비적댔다.

로베르토는 누군가 나타나기를 바라며 점심시간을 보냈다.

그 후로도 로베르토는 미스티아를 향한 괴롭힘을 계속했다.

미스티아가 걷고 있으면 뒤에서 손을 잡거나, 혼자서 멍하니 있는 시간을 방해하거나. 단둘이서 마차에 탔을 땐 자신이 품은 애정을 계속해서 전했고, 그녀가 두려워하도록 노력했다.

하지만 미스티아는 "짐을 들어 주셔서 감사합니다.", "계속 상담만 해서 죄송해요.", "그렇게 칭찬해 주지 않으셔도 괜찮아요."라고 말하는 등, 로베르토의 괴롭힘이 전혀 통하지 않는 모습이었다.

그래서 마지막 수단으로 로베르토는 미스티아를 별장으로 꾀어냈다.

바다가 보이는 별장에서 단둘이.

분명 싫어하리라 생각하며 권유했으나 미스티아는 승낙했다. 분명 공포심에 승낙했으리라 생각하지만, 별장에서 해수욕을 하기로 한 전날도 불안이 가시지 않았다.

바다에서 미스티아가 물에 빠지는 등 불의의 사고가 일어나지 않도록 로베르토는 방과 후 아카데미에서 안내문을 만들었다. 미스티아는 학생회 일이 남아 있으니 따로따로다.

교실과 학생회실에서 미스티아의 행동을 제한하는 건 효과적인 괴롭힘이다.

하지만 그렇게까지 하면 미스티아의 인상까지 나빠질 우려가 있어서 로베르토는 교실이나 학생회로 향하는 미스티아에게 말을 걸지 않았다. 그리고 로베르토는 같은 반에 미스티아를 지킬 수 있을 만한 이가 없을지를 생각했다.

녹터가 장남 레이드가 있지만 1학년 때를 생각해 보면 그는 왕자님이 될 수 없었다. 여학생 중에선 헬렌 루키트나 앨리스 하트펄이 있지만 완력이나 가문을 생각하면 맡길 수 없다.

그렇다면 미스티아와 같은 학생회 임원이고 이 아카데미의 학생회장인 네인가 장남 빅터도 추천할 만하겠지만, 그가 위장약을 삼키며 창백한 안색으로 걸어가는 모습을 본 이후로 후보에서 제외했다.

"그보다……."

내일은 어떻게 할까. 로베르토는 내일의 주의사항을 정리한 책자를 바라보며 한숨을 쉬었다. 별장에서 단둘이 시간을 보내고, 함께 바다에서 수영한다. 일반적인 연인 사이였다면 평범한 데이트의 한 장면이겠지만, 악인과 가련한 영애인 자신과 미스티아가 단둘이 간다면 사건 현장으로 변모한다.

분명 그럴 텐데.

"왜 왕자가 나타나지 않지……."

로베르토는 손을 쥐었다. 이렇게, 이렇게 자신은 악인을 완벽히 수행하고 있는데. 그녀를 상처입히고 있는데. 어째서 그녀는 구원받지 못하는가.

행복해질 수 없다.

이 세계에 신은 없는 걸까.

그게 아니라면 미스티아에게 잔혹한 신이 세계에 둥지를 틀고 있는 걸까. 로베르토는 저주하고 싶은 마음으로 책상을 내리쳤다. 그 순간, 문이 드르륵 열리며 미스티아가 들어왔다.

"로베르토 씨……."

미스티아는 불안한 얼굴로 로베르토의 옆으로 달려와 책상을 내리친 탓에 빨개진 손을 붙잡았다.

"로베르토 씨, 저기, 혹시 로베르토 씨는 와이즈가의 일로……

고민 중이신가요……?"

"아냐. 가문 따위가 어떻게 되든 상관없어. 무너지든 말든 알아서 하라지."

미스티아에게 고백한 후, 로베르토는 아렌가 저택에 들른 적이 있었다. 그곳에서 아렌 백작, 부인과 인사하며 차를 마시고 5일 후, 로베르토를 아렌가의 데릴사위로 들이는 쪽으로 이야기가 진행되었다.

곧바로 로베르토는 아렌가에 들어가 미스티아와 함께 생활하게 되었다.

그 이후, 로베르토는 와이즈 저택에 돌아가지 않았고 자신의 부모님을 만난 적도 없었다.

동생인 로셰가 저택에 남아 있었다면 그렇게까지 하지는 않았을 것이다. 하지만 지금 로셰는 외국에서 공부하며 즐거운 생활을 보내고 있기에, 로베르토에게 남은 것은 아렌가에 민폐를 끼치고 말았다는 후회뿐이었다.

와이즈가를 버리는 것에 아무 생각도 들지 않았다. 와이즈 가문을 잇는 것과 의사의 꿈을 양립시키는 것을 고민하며 괴로워하던 날도 있었지만, 지금은 과거일 뿐이다.

지금 고민 중인 것은 미스티아의 행복이었다. 자세히 말하자면 자신이 아렌가에서 지내는 이 상황이었다. 하지만 그것을 말하면 그녀가 걱정할 것 같아서 도저히 입 밖으로 낼 수가 없었다.

그렇다고 해서 지금 상황에 계속 안주해서는 안 된다는 사실도 아플 정도로 잘 알고 있다.

"나는 이제 그 가문에 대해 아무 생각도 들지 않아."

로베르토는 그렇게 말하며 곧바로 돌아와 준비를 시작하고 평소처럼 미스티아의 손을 잡아끌었다.

내일은 바다에 가서 미스티아의 수영복을 악인답고 불쾌한 표정으로 바라본다는 임무가 있다. 마음이 아파서 토할 것 같았지만 어쩌면 바다를 건너 왕자님이 나타날지도 모른다.

그렇게 되면 자신은 아렌가에게 방해물이 될 것이다. 쫓겨날 수 있다. 부인과 백작도 자신에게 상냥하고 친절하게 대해 주지만 분명 쫓아내 줄 것이다.

아렌가는 옆 나라의 왕가와 인연이 생겨 지금보다도 더 번영할 것이다.

미스티아는 진짜 왕자님과 맺어져 누구나 부러워하는 행복을 얻을 것이다. 절대 위험한 일이 일어나지 않는 완벽한 행복 속으로 향할 것이다. 완전히 행복한 세계에, 갈 수 있다.

자신이 이렇게 악인으로 있기만 한다면.

악인으로 미스티아의 곁에 있으면.

악인이 아니면 미스티아의 곁에 있을 수 없다.

그렇게 생각한 순간, 로베르토는 눈을 크게 떴다. 온몸의 체온이 떨어져서 발가락부터 얼어붙듯이 식어갔다.

"왜 그러세요?"

로베르토의 안색이 갑자기 바뀌자 미스티아가 얼굴을 살폈다. 빨간 눈동자에 빨려 들어갈 것 같아서 로베르토는 숨이 멈췄다.

"아무것도 아니야!"

로베르토는 고개를 작게 가로저었다. 눈앞에 있는 미스티아에게서 떨어지지 않으면 그녀에게 심한 짓을 할 것 같아서 뒷걸음질을 쳤다.

"괜찮으신가요?"

하지만 로베르토가 멀어질 때마다 미스티아는 거리를 좁혀 왔다. 로베르토에게 다가와 그를 진정시키려고 한다.

로베르토는 그녀가 닿지 않기를 바랐지만 무심하게도 미스티아의 하얗고 가는 손이 팔에 닿았다.

반사적으로 그 손을 쳐냈다. 안개를 가르는 듯한 부드러운 감촉이 느껴졌고, 그 직후에 덜컹하고 무언가가 쓰러지는 둔탁한 소리가 들려왔다.

언제부턴가 호흡을 멈추고 있었는지 로베르토는 힘껏 산소를 들이켰다.

자신은 미스티아에게 미움받는다. 미스티아는 행복해질 수 있다. 미래를 확신하면서 차가운 공기를 폐에 집어넣자 어느샌가 쇠 냄새가 코를 간지럽혔다.

불안한 예감이 들어 로베르토는 주뼛거리며 시선을 내렸고, 눈앞에 펼쳐진 참상에 아연실색했다.

바닥에, 미스티아가 쓰러져 있었다.

흑발 사이로 흘러나온 피가 늪처럼 바닥에 퍼져나갔다.

옆에 있던 책상에 같은 색의 액체가 끈적하게 묻어 있어서 부딪혔을 때의 충격을 예상하게 했다.

"미스티아……."

자기도 모르게 입에서 흘러나온 호칭에, 로베르토는 입가를 막았다.

구역질을 필사적으로 막으며 어떻게든 미스티아를 구하려 했지만 그녀가 호흡하지 않는 것을 알아채고 사고가 정지했다.

"이, 인공호흡을……."

그렇게 생각하며 꿈속에서 미스티아에게 입 맞추던 자신을 떠올렸다.

로베르토는 어떻게든 미스티아를 구하려 했지만 손이 떨려서 그럴 수가 없었다.

미스티아의 턱을 들었다가 맥박이 뛰지 않는다는 것을 알아채고 이번엔 심폐소생술을 하려 했다.

하지만 이전에 했던 미스티아를 만지는 상상이 단편적으로 떠올라 로베르토는 미스티아를 구하려던 자신의 오른손을 왼손으로 붙잡아 막았다.

일반적인 체온을 지녔던 미스티아의 몸이 점점 차가워지고, 입술의 핏기도 사라지고 말았다.

"아냐…… 아냐. 나는 그녀를 행복하게 해 주고 싶어서…… 나는……!"

로베르토는 떨면서 뒷걸음질을 치다가 무언가에 걸려 엉덩방아를 찧었다.

달그락하는 가벼운 소리가 울려 퍼져서 뒤돌아보니 로베르토의 가방에서 호신용 단검이 흘러나와 바닥에 떨어져 있었다.

와이즈가에 장식되었던 단검은, 로베르토가 와이즈가를 무너트릴 결심을 한 후 언제나 지니고 있던 것이다.

그 단검으로 악을 멸하겠다고. 이른바 맹세의 검이었다.

미스티아 아렌에게 손을 뻗는 악을 없애 버리겠다고.

"빨리, 없애 버려야지……."

로베르토는 눈물을 흘리며 단검을 집어 들었다.

눈을 감고, 미스티아를 감싸다 칼에 찔렸을 때의 기억을 선명히 떠올리며 자신을 죽였다.

그때, 죽으면 좋았을 텐데.

그랬다면 분명 그녀는 행복해질 수 있었을 텐데.

그녀를, 좋아해서는 안 됐다.

그랬다면 분명 그녀는 행복해질 수 있었을 텐데.

로베르토는 기도했다.

부디 다음 생에는, 미스티아가 행복해질 수 있도록.

부디 다음 생에는, 미스티아와 자신이 만나지 않도록.

악역 영애입니다만
공략대상의 상태가 이상합니다

이곳에 없는 당신

SIDE: Melo

내가 알고 있는 것.

사람을 죽이는 법. 붙잡는 법. 잠긴 문을 여는 법. 순식간에 주변을 날려버리는 함정을 까는 법.

그런 것들만 알고 있던 어릴 적으로부터 시간이 지나, 정체되었다고 할 수 있는 나날을 보내고 있지만 단련과 함께 물든 저주는 지워지지 않았다.

무언가가 날아들면 반사적으로 막아 낸다. 모르는 타인을 마주했을 때 가장 먼저 드는 생각은 어떻게 죽일 수 있을까. 달려들면 바로 제압해야지.

성인군자로 살아가는 조건 같은 건 전부 내팽개친 채로 살아왔다.

결코 천국에 갈 수 없겠지만 딱히 불만은 없다.

이 저주를 이용해 나는 미스티아 님을 지킬 수 있으니까. 추악한 생존법조차도 숭고하게 느껴진다.

하지만.

"감사합니다! 달리기는 자신이 있었는데 도저히 잡을 수가 없어서……."

분홍색 머리카락을 흔들며 고개를 기울이는 소녀는 그렇게 말하며 내 옆을 걸었다.

오늘, 아가씨는 당주님, 마님과 함께 먼 친척의 장례식에 갔다.

아렌가는 군사산업에서 의료사업으로 전향했고, 두 사업으로 이어진 지인이 매우 많았다. 그래서 매번은 아니지만 휴일엔 장례식이나 결혼식을 갈 때가 많다. 너무 넓지 않은 장소── 호위 역할이 그리 필요하지 않은 곳에 동행하는 건 당번제였고, 오늘의 호위는 전속 마부가 맡게 되어서 나는 휴가 중이다.

길어진 머리카락을 자르거나, 간단한 용무를 마치는 등 의외로 아가씨가 없는 사이에 할 일은 많다.

내가 머리카락을 자르는 동안 아가씨를 내버려 둘 수는 없으니까 정기적으로 혼자서 시내로 나갈 필요가 있었다.

아가씨의 흑발은 사랑스럽지만 내가 지닌 은발은 딱히 감흥이 들지 않았다. 그뿐만 아니라 머리카락이 길어지면 상대에게 붙잡힐 확률이 현격히 높아진다.

아예 전부 밀어 버릴 생각도 했으나 아가씨가 이 머리카락을 마음에 들어 해서 그러지는 않았다.

나는 막 자른 머리카락을 만지며 아가씨가 없는 길거리를 걸었다.

다만, 내 옆에 그녀가 없다.

그것만으로 거리가 무척이나 지루하고 한심해 보였다. 거리 공연을 하는 연기자도, 가게를 선전하는 호객꾼도, 들뜬 거리 분위기도 전부 하나같이 시시했다.

소용없다는 것을 알면서도 거리에서 그녀의 모습을 찾고, 아가씨와 저 가게를 갔었지, 저걸 먹었지 하며 상상하며 걷다가 오른손에 그 누구의 손도 잡혀 있지 않다는 사실에 허무함을 느꼈다.

그래서 빨리 돌아가는 게 낫겠다는 생각에 걸음을 빨리하는데, "누가 저 사람 좀 잡아주세요!"라는 귀에 익은 목소리가 들렸고 이쪽으로 달려드는 남자를 반사적으로 제압했다.

우연히도 그 남자를 쫓고 있던 건 앨리스 하트펄…… 아가씨와 같은 반 학생이었다. 식당에서 계산을 하지 않고 도주하던 남자를 쫓고 있었다고 한다.

그녀는 내게 감사 인사를 하고는——.

"괜찮으시면 보답으로 점심 식사를 대접해도 될까요?!"

나를 붙잡았다.

"아뇨. 신경 쓰지 마세요."

나는 빠르게 그 자리를 벗어나려 했다.

"그래도! 미스티아 님께 항상 신세를 지고 있어서요!"

하지만 앨리스 하트펄은 내 팔을 붙잡고 놓아주지를 않았다.

이곳에서 그녀의 팔을 꺾고 떠나는 건 간단하지만, 그래서는 안 된다. 나는 잠시 생각한 후 그녀가 원하는 대로 했다.

"미스티아 님께 정말 신세를 많이 지고 있어서……."

아가씨에 관한 정보를 얻을 수 있다면 괜찮다.

그런 계산을 하며 앨리스 하트펄의 부모님이 운영하는 가게로 들어섰는데, 정보를 캐묻기 전에 그녀는 혼자서 미스티아 님에 관해 이야기하기 시작했다. 안내받은 좌석은 바람이 잘 통하는 창가 좌석으로, 쾌청하고 따스한 햇볕이 들어오고 있었다. 온색으로 꾸며진 실내는 분위기에 이끌린 듯한 단골손님으로 북적이고 있었다.

"미스티아 님처럼 되고 싶어서, 2학년이 되면 육상부에 들어 갈 생각이에요!"

아마, 미스티아 님과는 정반대인 길을 걸으려 하고 있다.

미스티아 님은 몸을 움직이는 것을 기피하는 경향이 있었다.

저택과 바깥 중에선 저택을 고르는 일이 많았고, 움직이지 않는 게 장기라고 말한 적도 있었다. 다른 사람을 구하는 일과 관련되지 않으면 육상부에 들어갈 일은 없겠지.

적당히 맞장구를 치고 있자 앨리스 하트펄은 나를 보며 "멜로 씨는 항상 미스티아 님과 함께 계시죠?"라고 물으며 미소지었다.

"뭐, 그렇죠."

"엄청나게 멋진 일이네요! 언제부터 미스티아 님을 모신 건가요?"

"어릴 적부터 계속이요."

"대단하다! 부러워요!"

나를 바보 취급하는 듯한 맞장구였지만, 아무래도 앨리스 하트펄은 진심으로 그렇게 생각하는 듯했다.

"보람은 느끼고 있어요."

미스티아 님이 말한 게임의 히로인.

앨리스 하트펄은 이 세계의 중심이고 세계의 이치라고 한다.

그렇다면 이 아이를 죽이면 이 세계가 끝나는 걸까. 관찰하는 사이에 그녀는 "아! 요리가 다 됐나 봐요!"라며 주방으로 사라졌다.

앨리스 하트펄에게 맞춰 만들어진 세계.

그녀가 행복해지기 위한 세계.

도저히 그런 생각은 들지 않았다.

가난한 사람이나 범죄를 저지르는 사람, 사람들을 속이는 인간이 많은 세계가 한 소녀의 행복을 위해 만들어졌다고는 믿을 수 없다.

"그라탕이에요! 에헤헤."

잠시 하늘을 바라보고 있자 눈앞에 그라탕이 놓였다.

그녀의 머리카락 색과 같은 분홍색 내열 용기에 담긴 그라탕에서는 맛있는 냄새가 났다. 눌은 냄새는 좋아하지 않는다. 하지만 미스티아 님이 그라탕을 좋아해서 자주 먹게 되었다.

그리고 그라탕을 좋아하는 건 미스티아 님뿐만이 아니다. 딜리아도 좋아한다.

"식기 전에 드세요!"

"감사합니다."

아가씨는 딜리아를 찾아냈다. 다리우스 필진이 딜리아의 정체라고 한다.

딱 한 번 그의 모습을 본 적이 있다. 그의 머리카락 색은 나와 닮아 있었다.

당시엔 아무 생각도 하지 않았지만, 그 머리카락 색을 보고 강렬하게 품었던 점점 의문이 확신으로 변했다.

나와 그가 지냈던 교회. 아가씨가 어째서 딜리아와 나를 쉽게 혼동했는지.

내 출신에는 관심이 없었다. 하지만 아가씨가 딜리아를 찾았다는 이야기를 듣고, 그리고 딜리아가 그라는 것을 듣고, 내가 어떻게 이곳으로 흘러들어오게 되었는지 잠시 조사했다. 타국에 연줄이 있는 정원사와 발이 넓은 전속의와 집사장에게도 협력을 구해서.

그리고 내게 오라버니가 있다는 사실을 알았다.

기구하다고 생각했다. 똑같이 팔리고, 똑같이 구매되어서 정반대의 길을 살고 있다. 그런데 같은 것을 바라본다.

그런 그는 아가씨와 이어지기를 바라지 않는 듯했다. 오로지 아가씨가 행복해지기를 바라고 남몰래 조력하는 데에만 힘쓰고 있다.

나도 똑같다.

아가씨와는 지금의 이 관계로 좋다.

그녀를 지키며 곁에 있다가 같은 무덤에 들어갈 수 있다면 더는 바랄 것이 없다.

하지만 만일 아가씨가 돌아가시는 날에는.

남편이 된 다른 남자가 섞일 바에는.

딜리아의 뼈도 조금은 넣어도 괜찮지 않을까 하는 생각이 들었다.

미스티아 님은 어차피 내가 독점할 수 있는 존재가 아니다. 갑자기 나타난 다른 남자들이 섞일 바에는, 같은 피를 지닌 자가 그나마 낫다.

"입에는 맞으세요?"

"네."

앨리스 하트펄의 질문에 대답했다.

나는 유백색 크림에 은수저를 꽂아 넣으며 이곳에 없는 그녀를 생각했다.

검은 백합의 키스

SIDE: Melo

무엇보다도, 누구보다도 미스티아 님이 원하는 대로 살기를 바란다.

그러면서도 한편으로는, 책임 따위는 전부 버리고, 타인에 관한 건 전부 잊어버리고, 이 손을 잡아 주지 않을까, 타락에 몸을 맡기고 전부 내게 맡겨 주지 않을까 하는 생각을 계속해 왔다.

"멜로, 감기 옮으니까 그렇게 보살펴 주지 않아도 괜찮아. 멜로까지 감기에 걸리면 내가 살 수가 없어."

열이 오른 얼굴로 침대에 누워 있다가도 미스티아 님은 내가 방에 들어가자 곧바로 일어나려고 했다. 오늘은 귀족 아카데미의 시업식 날이다. 미스티아 님은 어젯밤부터 갑자기 고열에 시달려서 2학년으로 진급한 첫날부터 결석하게 되었다.

"이상한 말 하지 마시고 수분을 섭취해 주세요."

나는 부리가 달린 컵을 미스티아 님의 입술에 가져다 댔다. 사과처럼 붉은 입술이 살짝 열렸고 나는 컵을 기울였다.

조금씩, 조금씩 물을 마시게 했다.

몇 년 전에는 이 컵에 독을 넣어서 죽이려고 생각한 적도 있었다. 지금은 살리기 위해 컵을 기울이고 있다. 빨리 나았으면 좋겠다. 하지만 지금은 미스티아 님을 죽이려 했을 때처럼, 잔혹한 충동을 어떻게든 다스리기 위해 필사적이었다.

이대로 침대에 누운 채로 아무 데도 가지 않으면 좋을 텐데.

내 손을 잡아끄는 그녀도 사랑스럽지만, 매일 내 손을 통해 수분을 섭취하고, 식사하고, 미소 짓는 그녀와 지내는 나날을 상상할 때마다 어슴푸레하고 달콤한 감각이 마음에 둥지를 튼다.

"어쩌지, 새로운 반에 적응할 수 있으려나……."

미스티아 님은 사고가 소극적이었으나, 감기 때문인지 오늘은 그게 더 심해진 모습이었다. 나는 "이제 2학년이니까 주변을 신경 쓰기보다는 자신의 장래를 생각하셔야죠."라고 상투적인 말을 골랐다.

"장래, 장래라……."

미스티아 님은 그렇게 중얼거리더니 멍하니 천장을 올려다봤다. 장미 모양이 세공된 샹들리에는 오늘도 눈부시게 빛났지만 덩굴을 닮은 장식이 빛을 마구 반사하여 시야가 어지러웠다.

미스티아 님은 장래에 반려로 누굴 선택할까. 어디든 따라갈 테고, 내가 따라가는 것을 그녀도 허락했지만 신경은 쓰인다.

나의 그녀를 향한 마음과, 그녀의 나를 향한 마음은 우정이나 가족애를 훨씬 넘어섰다. 분명 저주처럼 강렬한 감정이지만, 연애처럼 미화될 만한 것은 아니다.

나와 미스티아 님은 동성이니까. 아무리 노력해도 우리는 핏줄을 이을 수 없다. 태어날 때부터 우리의 진로와 퇴로는 정해져 있다.

"나는 멜로랑 결혼하고 싶어."

"그러시군요."

"응. 멜로랑 계속 같이 있을 수 있다면 뭐든 괜찮아."

감길 듯 말 듯 한 멍한 눈으로 나를 바라보기에 나는 무심코 그녀의 볼에 손을 얹었다.

어차피 고열로 의식이 애매할 것이다. 지금이라면 기묘한 꿈을 꿨다고 오해하겠지. 이성을 놓은 것처럼 나는 그녀의 볼을 그대로 쓰다듬었다.

아름다운 붉은 눈동자가 나를 똑바로 바라봤고, 나는 빨려 들어가듯이 얼굴을 가까이했다. 아직, 괜찮다. 아플 정도로 시선을 마주 보다가 나는 미스티아 님의 입술에 내 입술을 겹쳤다.

지금까지 몇 번이나 그녀의 손을 잡았다. 옷을 갈아입힌 것도 한두 번이 아니다. 다친 그녀의 몸을 씻겨준 적도 있었다. 입술에 연지를 바른 적도, 향유를 바른 적도 있다. 그런데 마치 그녀 마음의 깊숙한 곳에 닿아, 마음이 상냥한 빛으로 가득 차는 듯한 감각에 빠져들었다.

"멜로……?"

당황하는 듯한 목소리에 정신을 차린 나는 미스티아 님에게서 입술을 떨어트렸다. 이대로 대답하지 않고 재우면 분명 미스티아 님은 이게 꿈이라고 오해할 것이다. 그런데도.

"어어……."

미스티아 님의 시선은 그저 허공을 헤매고 있었다. 표정에선 혐오도, 거부감도 보이지 않았다. 오히려 기대감이 어린 것처럼 보여서 나는 그 표정을 홀린 듯이 바라봤다.

"제 거짓 없는 마음이에요. 부디, 제 손을 잡아 주실 수 있나요? 사후뿐만 아니라, 앞으로의 생애 전부를 제게 빼앗겨 주실 수는 없을까요?"

그리고 꿈이나 환상을 부정하는 말을 꺼냈다. 바람을 담아 손을 내밀자, 손바닥에 부드러운 손바닥이 닿았다.

미스티아 님이, 내 손을 잡았다.

"어어, 그, 그러면 앞으로 잘 부탁드립니다……."

볼을 붉히며 올려다보는 그녀가 너무나도 사랑스러워서 끌어안았다. 환자 상대로, 주인 상대로, 은인 상태로 이래서는 안 된다. 하지만 내 인생에서 허락되는 건 아무것도 없었으니 이 정도는 괜찮지 않은가.

언제나, 내게 허락을 내려 준 건 미스티아 님이었으니까.

"평생, 저만의 제 미스티아 님으로 있어 주세요. 전부 제게 빼앗겨서, 저밖에 모르는 미스티아 님이 되어 주세요. 그렇게, 저만의 것이 되어서, 같이 죽어 주세요."

어디에도 가지 않고.

마음속에서 덧붙인 말은 밖으로 흘러나오지 않았다. 미스티아 님은 내게 안긴 채로 눈을 끔뻑거리며 내 등에 팔을 둘렀다.

미스티아 님은, 나를 골랐다.

그러면 이제, 그녀를 위해서 뭐든 해도 좋다는 뜻이다. 내게 무른 그녀. 여성향 게임의 책임도 사라진 지금, 분명 내가 어떤 억지를 부려도 들어줄 것이다. 게다가 그녀의 부모님을 구슬리는 것도 가능하다.

미스티아 님이, 나의 마음을 받아줬으니까.

"미스티아 님. 머리카락에 꽃잎이 붙었어요."

미스티아 님이 내 마음을 조금씩 받아들이기 시작하고 3년이 지난 봄날.

나와 미스티아 님은 옆 나라의 삼림공원을 걷는 중이다.

흰 백합이 흐드러지게 핀 길가에는 하얀 꽃잎이 흩날리며 바람과 함께 나와 미스티아 님을 감쌌다.

그리고 미스티아 님은 메모가 잔뜩 붙은 경영학 서적을 읽으며 느긋한 발걸음으로 걷고 있다.

미스티아 님은 책에서 시선을 떼지 않았다. 미스티아 님이 나와 살기로 결심한 후 나는 그녀를 몇 번이나 설득했다. 함께 있으려면 역시 미스티아 님이 아렌가를 잇는 게 제일이라거나, 그러기 위해서는 옆 나라에서 유학하는 게 좋다거나, 다양한 교양을 쌓기 위해서 통학 없이 정기적으로 시험을 제출해서 수학할 수 있는 형식의 아카데미가 알맞다거나.

아렌가의 사용인들도 미스티아 님이 누군가를 데릴사위로 들이거나 다른 가문에 시집을 가는 것보다는 낯익은 사람이 주변에 있는 게 좋다면서 협력을 아끼지 않았다. 그 뒤에서, 여성향 게임에 관련된 다른 남자들은 이 세계에서 지워버렸다. 미스티아 님이 자신이 그들의 운명을 바꿨기 때문이라고 자책하는 것을 막기 위해 게임 기간이 끝난 후 처리했다.

그러면 게임에 묘사되지 않았을 뿐이고 원래 등장인물들은 단명할 운명이었을지도 모른다고 말할 수 있고, 당신을 지키기 위해서라며 미스티아 님의 행동지침에 개입할 수 있다.

"제대로 앞을 보고 걷지 않으면 위험해요."

예전에는 안전이 가장 중요하다며 무언가를 보며 걷는 일이 전혀 없었는데, 빨리 제대로 된 후계자가 되고 싶다며 밤을 새우는 일도 많아졌다. 미스티아 님은 "자, 잠깐 여기까지만 읽고⋯⋯." 라며 책에 집중했다. 곤란하다고 생각하며 나는 그녀의 볼을 붙잡고 책을 피해 키스를 했다.

"저 말고 다른 걸 보지 말아 주세요. 질투 나니까요── 미스티아."

그렇게, 이름을 불렀다. 단둘이 있을 땐 이름을 부르기로 했다. 그녀는 얼굴을 새빨갛게 물들이며 "밖이잖아."라며 항의했다.

"메, 멜로가 소중하니까, 빨리 공부해서⋯⋯ 나는⋯⋯."

"저도 알아요. 부디 앞으로도 제게 빼앗긴 채로 있어 주세요."

나는 장난스럽게 미소 지은 후 미스티아 님의 손을 붙잡고 걸었다.

미스티아 님은 영원히, 내게 모든 것을 빼앗기면 된다. 아무것도 모르는 채로, 나를 계속 허락하며.

"평생, 제게서 멀어지지 않고."

그렇게 덧붙이며 미스티아 님을 바라보자, 그녀의 등 뒤로 핀 흰 백합 사이에 딱 한 송이, 검은 백합이 피어 있는 것이 보였다.

후기

오랜만입니다. 이나이다 소입니다. 이번에 '악역 영애입니다
만 공략 대상의 상태가 이상합니다' 5권을 읽어 주셔서 정말 감
사합니다.

2권부터 등장했던 딜리아와의 이야기가 마무리되었고, 패닉
상태에 빠진 미스티아가 앨리스를 포함한 다른 캐릭터들과 똑
바로 마주 보게 된 5권은 어떠셨나요?

정신적으로도 물리적으로도 밀착도가 상당히 높아진 해피 엔
딩과, 지금까지 있었던 사건에 기인하면서도 각각 험난한 곳으
로 착지한 배드 엔딩으로 개별 엔딩을 준비했는데, 가능하다면
모든 캐릭터의 엔딩을 읽어 주셨으면 좋겠습니다.

이 이야기의 업로드를 시작한 건 2018년 4월입니다만, 처음
쓰기 시작한 건 아마 2017년 가을이었던 것으로 기억합니다. 개
별 배드 엔딩을 생각한 후, 입학식과 미스티아의 절벽 추락 사
건부터 쓰기 시작한 공략대상이상이었는데, 개별이긴 하지만
행복한 결말을 전해드릴 수 있게 되어서 안도했습니다. 전부 여
러분이 응원해 주신 덕분입니다. 여러분과 함께 운동회를 우승
으로 끝마친 달성감이 드네요.

개인적인 이야기이지만, 상대를 사랑한 나머지 피폐해진 인간
은 이성적이긴 해도 이성의 끄트머리(최하층이 아니라 아슬아슬한 쪽이

요)에 서 있는 듯한 인상이 있습니다. 표면상으로는 문제없어도 실제로는 고집이 무척이나 세지 않을까 생각해요.

그리고 어떠한 계기가 생기면 갑자기 그런 기질이 나타난다고 생각합니다. 그래서 미스티아가 아카데미에 다니면서 '살해당하지 않은 이유', '납치당하지 않은 이유'가 무엇일지를 생각하며 미스티아의 아카데미 생활을 쓰던 나날이었습니다.

그 외에도 피폐한 사람은 비슷한 사람들끼리 화학 반응을 일으킵니다만, 가위바위보처럼 사랑받는 아이, 피폐한 사람, 평범한 아이의 상성이 있어서, 사랑받는 아이는 피폐한 사람에게 강하고, 피폐한 사람은 평범한 아이에게 강하고, 평범한 아이는 사랑받는 아이에게 강하다고 생각합니다. 사랑받는 아이와 피폐한 사람의 장면에선 달콤함이, 피폐한 사람과 평범한 아이의 장면에선 조금 정신적으로 부하가 걸리는 장면이 나오면 좋겠다는 생각도 합니다. 그리고 피폐해질수록 남자에게 사랑받는 사람은 여자아이에게 사랑받으리란 것도요.

또, 피폐한 사람과 원래 어두운 사람의 차이가 있었으면 좋겠다고 생각해서 피나가 등장했습니다. 그녀는 기본적으로 사이코패스의 성질을 지니고 있어서, 합리적이고 타인을 배려하지 않는 판단을 한 나머지 이른바 '얀데레' 비슷한 기질을 보입니다만 피폐한 캐릭터는 아닙니다. 비교적 건전한 우정을 쌓고 있으므로 가능하다면 따뜻한 시선으로 지켜봐 주시면 좋겠습니다.

그리고 다음에 나올 6권에 관해서입니다만, 드디어 6권으로 완결입니다. 원래 4권 완결을 전제로 집필했고, 그래서 권두 일러스트도 1권은 레이드 컬러, 2권은 에릭 컬러, 3권은 제이 컬러, 4권은 로베르토 컬러로 결정했는데, 여러분의 응원 덕분에 6권까지 무사히 간행할 수 있게 되었습니다.

6권은 상당히 복잡한 표현이 섞여 있는 탓에 사이트의 규약에 위반되어 웹 버전 업로드 없이 거의 새로 쓴 분량입니다. 해피 엔딩 이후의 '두 사람'을 부디 마지막까지 지켜봐 주셨으면 좋겠습니다.

또, 이번 권은 아마도 겨울에 발매된다고 들었습니다만, 8월의 더운 시기에 이 후기를 쓰고 있습니다. 후반에 선전이나 공지가 기재되므로, 어쩌면 전반과 후반의 분위기가 다를지도 모르겠습니다.

발매할 때엔 공개되었으리란 전제로 적습니다만, 공략대상이상 클리어파일의 발매가 결정되었습니다. 6권 발매일에 맞춘다는 이야기가 있었으니, 아마도 6권과 같은 날 발매입니다. 1권~5권의 표지 세트와 권두 일러스트 세트, 이렇게 2종류의 세트가 판매됩니다. 하치피스☆왕 선생님의 일러스트를 볼 때마다 좀 더 크게 보고 싶은데……라고 생각했기 때문에 개인적으로 매우 기쁩니다. 전달받은 데이터로 개인적으로 제작하는 건 윤리적으로도 법적으로도 문제가 되어서…….

그럼, 감사 인사를 드리겠습니다.

언제나 아름다운 일러스트를 그려 주시는 하치피스☆왕 선생님, 귀여운 만화판을 그려 주시는 아타카 선생님, 언제나 세심하게 연락과 확인을 해 주시는 편집부의 후카와 님, 오오타 님, 교정의 구시켄 님, 디자이너 여러분, 영업, 인쇄 담당자분들(사인본 집필로 언제나 신세를 지고 있습니다), 굿즈 기획 담당자분들, 연극 관계자 여러분, 그리고 공략대상이상을 응원해 주시는 독자 여러분, 정말 감사합니다. 저, 이나이다 소는 부족한 면이 많지만 앞으로 조금만 더 잘 부탁드리겠습니다.

마지막으로 저번에 제 음식 취향(담백한 맛을 매우 좋아함)을 깨닫게 해 준 유일무이한 친구에게, 깊은 감사를 전하며……

여전히 험난하고 어려운 요즘입니다만 부디 어떻게든 살아가 봅시다.

그럼 6권에서 뵙겠습니다.

CHARACTER KARTE

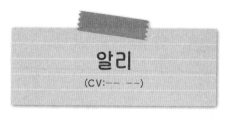

알리
(CV:—— ——)

소속/직업: 귀족 아카데미 용무원
생일: 11월 12일
키: 180cm
혈액형: A형
좋아하는 음식: 그라탕
취미: 일기 쓰기
특기: 청소 검술

딜리아
(CV:-- --)

소속/직업: 없음
생일: 11월 12일
키: 141cm
혈액형: A형
좋아하는 음식: 그라랑
취미: 일기 쓰기, 독서
특기: 숨바꼭질에서 미스티아 찾아내기

만화판 제9화

※일본과의 제책 방식 차이로 인하여
이 페이지부터는 우측에서 좌측으로(←) 읽어주시기 바랍니다.

일러스트 하치피스☆왕
디자인 AFTERGLOW

입학식─
이건 공략 대상과 히로인의 첫 만남 이벤트다.

문제가 생기면 바로 돌아와도 된단다.

감사합니다.

입학 축하해.

그럼 다녀오겠습니다.

그러기 위해서 악역이 아닌 엑스트라가 되어야 한다.

나는 이 평화를 반드시 지켜내겠어.

축하드립니다. 미스티아 님.

환 각?
그게 아니면 곤란한데.

현실.

죄송해요.

왜 어째서 이런 일이

좋은 아침이야. 미스티아.

문을 닫아 버리다니 너무하네.

모처럼 입학식이니까 같이 등교하고 싶어서

와 버렸어.

저기 미스티아.

공략 대상과 악역 영애가 함께 등교 하다니 게임에선 있을 수 없는 일인데

이대로라면 큰일이야.

오늘은 화창해서 다행이야.

그제까지 비가 많이 내렸잖아.

아카데미에 들어간 순간 레이드 녹터를 따돌린다!

그를 문에 두고 나는 달려가는 거야.

이렇게 되면 수단은 하나뿐.

미스티아?

아아아아아아

......응?

다만 걱정인 건 등교 시간이 달라지는 바람에 히로인과 만나지 못할 가능성

지금 여기 있는 레이드 녹터 때문에!

그리고 미스티아는 혼자 남겨진다.

약속했으면서 두고 가시다니 너무하잖아요.

그걸 레이드 녹터가 안아서 붙잡아 주는 게 두 사람의 첫 만남

등교한 히로인이 교문 앞에서 넘어질 뻔하고!

지금 부르면 난 지각이겠네.

그럼 다시 부르면…

나, 마차를 돌려보냈는데.

오늘은 짐이 많아서 내리셔야 할 것 같…

오늘 만큼은 '와 버렸어'를 허락해선 안 돼!

절대 굴할 수는

오늘 만큼은

덜컹

덜컹

덜컹

타고 가세요…

고마워.

신입생 대표로 인사해야 하는데 말이야.

굴하고 말았다.

나는 절대로 레이드 녹터에게 굴하지 않……

대화 종료.

—뭐?

저기, 자르드 군은 잘 지내나… 요

앗

어떡하지… 대화 주제가 떨어졌어!

큰일 이다

마차 안의 공기가 절대영도……

그는 동생과 내가 접촉하는 것을 매우 싫어한다.

미안, 미스티아. 잘 안 들렸어.

레이드 녹터는 동생에게 미쳐 있다.

아하하… 하… 아뇨…

뭐라고 했어?

레, 레, 레, 레이드 님! 입학식 전에 이, 이, 이, 이야기라도 나눌까요?

거리가 이 정도면 잠시 여기 붙잡아 놔야...

첫 만남 이벤트를 무사히 발생시키고 교사로 도망가야 해!

히로인...!

레, 레, 레이드 님은 목표가 있으신가요? 입학하면서 세운 목표요.

이제 곧 입학식 이네요.

그 표정 오랜만 이네요

......뭐?

우선 신입생 대표 인사를 성공적으로 마치는 거라나.

그렇지.

조금 더

대... 대화가 하고 싶어요.

알았어.

다행 이다!

...... 그런데 할 말이 없다.

자르드, 여기 그림책이 있네.

미스띠아 누나! 같이 놀자—

이리 와.

자르드

누나—

상냥하고 순박하며 천진난만한 그야말로 순수의 의인화

자르드 군

레이드 녹터의 동생

레이드 녹터는 나와 자르드 군의 접촉을 매우 싫어한다.

초조한 나머지 그 화제를 꺼내고 말았어…!

바보 같이!

과보호 수준을 넘은 완전한 브라콤이었다.

그리고 결정타가 자르드 군과 놀아줄 때

앗싹

분위기는 최악이지만 어떻게든 시간은 벌었을 거야!

아무도 없는 곳에 가둬버리고 싶어.

다른 학년의 교실이 있는 층에는 출입 불가일 텐데.

당연히 주인이랑 만나고 싶으니까.

왜, 왜 여기에 있는 거예요?

와 버렸어.

에헤

학교 내의 선후배 관계는 중요하니까요.

왜 존댓말이야?

죄송하지만 돌아가 주시겠어요?

......맞다. 오늘 말이야.

● ● ● ● ●

네?

또 방해물이 나타났네.

미안, 주인. 나중에 보자!

자리에 앉도록

아카데미 설명과 자기소개를 할 거야.

어떻게든 각자 히로인과의 첫 만남은 클리어 했지만

문제는 아직 잔뜩 남아 있다.

제시 선생님!

1-A

히로인과
엮일 테니까
도망가자

앗

탁
탁

시작하기
전에는
파란
뿐이었지만

감사해요.
그리고
실례하겠
습니다!

첫 만남
이벤트는
실패했지만
무사히
친해진
모양이다.

레이드
녹터와
히로인은
옆자리.

입학식은
아무
문제 없이
지나갔다.

사교적이지
않은 '나'와
친하게 지내고
싶은 마음은
없겠지.

게임에서
미스티아의
추종자였던
아이들도
있지만...

결과가
의외로
나쁘지
않은걸?

그보다 에릭과
히로인도
자연스럽게
만났고

게임에서는
미스티아와
견원지간이던
그.

전혀
엮인 적이
없는데
어째서인지
내게
우호적──…

그리고
에릭은 나를
'주인'이라고
부르며
주종 놀이를
계속했고

제시 선생님은
공략 대상 중에서
유일한 정상인이다.
선생님만이
희망의 별.
담임선생님이어서
든든하다.

──하지만

레이드 녹터와
아직 약혼 파기를
하지 못했다.
그리고 그는
동생에게
미쳐 있다.

'아카데미에 새로운 바람이 필요하다'라는 전 교장의 의향으로 입학하게 되었다.

하지만 전 교장이 부모님과 지인이어서

평민인 그녀는 원래 이 아카데미에 입학할 수 없다.

앨리스 하트필입니다.

여러분과 사이좋게… 지내고 싶어요.

참고로 그녀의 입학 이유와 전 교장에 대해선 자세히 서술되지 않았다.

스토리 시작에 필요해서 그런 설정이 붙은 거겠지.

그리고 두근러브의 히로인. 참고로 게임 내에선 '이름 변경 가능'

게임에서 미스티아의 악행이 묵인된 것도 그 때문이다.

현 교장은 전 교장과의 관계 때문에 그녀의 존재를 꺼리는 듯하다.

성실하고
쿨한
캐릭터로
등장한 공략
대상이다.

그의 루트는
와이즈가를
잇기를 바라는
주변의 기대와
자신의 꿈
사이에서
고민하는
그를
히로인이
구원한다.

병약한
여동생을
구하고
싶어서
의사를
지망한다.

이른바
청춘물
위주의
시나리오다.

로베르토
와이즈

취미는
딱히 없어.

따

악

그는 그
고결함 때문에
미스티아를
싫어했는데

왜 이렇게
우호적인
걸까

……폭풍이 전혀 지나가지 않았다.

내일을 준비해야 하니까

그럼 갈까? 미스티아.

1-A

아카데미에 입학한 지── 이틀째.

오늘도 히로인과 마주치지 않도록 빨리 등교했다. 실수는 없다.

중세와 근세가 적당히 섞인, 어디까지나 서양풍 세계관인 이 아카데미 에서는

실내화를 신는 게 규칙이다.

오늘은 학력 테스트 날이지…

글쎄?
들어본 적
없어.

하트펄?
어느
가문이지?

미스티아
아렌입니다.
취미는...
산책입니다.

앞으로
1년간
잘 부탁
드립니다.

큰일이다...
취미나
출신 부분을
못 들었어...

어쩔 수
없지...

다음은
위원회
위원
선출이다.

우선
반장부터.

게임 속
미스티아는
어떻게
자기소개를
했을까.

레이드 녹터의
약혼자란 점을
주장했으려나.
아마 그랬
겠지...

돌아가서
자자...

우선
폭풍은
지나갔다.

위원회도
정해져서
오늘은
해산.

반장은
게임과 똑같이
레이드 녹터로
정해졌다.

툭

나는 주인에게 용건이 있는데.

무슨 용건으로 오셨죠?

좋은 아침입니다. 하임 선배. 여긴 '1학년' 교실인데요.

에리...... 하임 선배.

좋은 아침─ 주인.

시작했다...

그게 무슨 의미죠?

아, 또 줄다리기가 시작될지도.

주인한테는 내가 가르쳐 줄게.

주인도 내가 더 좋을 테니까.

미스티아는 저랑 시험공부를 하기로 했는데요.

잠깐 나올래? 할 말 있는데.

말 그대로의 의미인데?

큰일이다. 누가 도와줘...

저기

게임에선
두 사람의
약혼이
알려졌지만

약혼
파기를
계획 중인
나는 그와
약속한
상태다.

아카데미에
있을 땐
약혼 사실을
발표하지
않겠다고.

저
두 사람
무슨
관계야?

아는
사이인가?

쿵닥…
쿵닥…

엄청나게
주목받고
있어

방해된다는
말을
어떻게 해.

만일
앨리스가 오면
파멸의
삼각관계가
시작되고 만다.

하지만
자리가…

저기,
미스티아.
같이 있으면
방해될까?

?
어…

……

어제는 감사했습니다. 덕분에 다치지 않았어요!

아 그때 그…

대화 중에 죄송합니다.

예의 바른 착한 아이야…

어제 문 앞에서 도와주신 분이죠?

이 구성원은 바라지 않았는데

하임 선배는 미스티아 말고 다른 사람을 돕기도 하는군요.

앨리스 양은 하임 선배랑 아는 사이 인가 봐.

죄송해요. 대화를 방해해서…

아뇨

네! 어제 도움을 받았어요.

감탄할 때가 아니지. 도망쳐야 해.

이대로 둘이서 나가자는 뜻인가…

자리 특성상
사람이
지나다닐
수밖에 없어.

출구 바로 옆

M

이유는 하나!
지옥 집회를
피하기
위해서다.

에릭이
나한테
할 말이
있다고
했으니

방과 후에
하임가에
들러야겠다.

게임에서
별동은
사람이
적다는
묘사가
있었는데

정말
이라서
다행이다.

하교
시간

나는
지금

2층 별동
화장실에
틀어박혀
있다.

……하아

선생님 표정이 왠지 불안해 보이는데…?

따 악

괜찮으려나.

괜찮아요.

혹시 다투는 중이었다고 오해하셨나?

아, 역시나.

오해가 풀려서 다행이다.

그럼 오늘 시험은——

그리고 시험이 끝났다.

천천히 심호흡하세요.

괜찮아요. 차분하게 제 눈을 바라보고

솔직히 말하면 불안하다. ─하지만

그녀를 불안하게 만들 수 없어.

…나는 죽는 거야?

화상을 입은 학생이 이 아이 인가?

……네.

네. 그 말대로 예요.

목숨이 위험한 수준은 아니에요. 안심하세요.

Akuyaku reijou desuga kouryakutaisyou no yousu ga ijousugiru
by Sou Inaida 5

악역 영애입니다만 공략 대상의 상태가 이상합니다 5

2024년 3월 1일 1판 1쇄 발행

저　　　자 이나이다 소
일 러 스 트 하치피스☆왕
옮　긴　이 강유정
발　행　인 유재옥
총 괄 이 사 조병권
출판본부장 박광운
담 당 편 집 정지원
편 집 1 팀 박광운 최서영
편 집 2 팀 정영길 조찬희 박치우 정지원
편 집 3 팀 오준영 이소의 권진영
디자인랩팀 김보라 박민솔
디지털사업팀 박상섭 김지연 윤희진
라이츠사업팀 김정미 맹미영 이윤서
영업마케팅팀 최원석 박수진 이다은
물　류　팀 허석용 백철기
경영지원팀 최정연
인쇄제작처 ㈜코리아피앤피
발　행　처 ㈜소미미디어
등　　　록 제2015-000008호
주　　　소 서울시 마포구 토정로222, 403호 (신수동, 한국출판콘텐츠센터)
전　　　화 편집부 (070)4164-3962, 3963 기획실 (02)567-3388
　　　　　　판매 및 마케팅 (070)4165-6888 Fax (02)322-7665

ISBN 979-11-384-8202-8 (04830)
ISBN 979-11-384-3479-9 (세트)